Vassili

# La langue maternelle

Gallimard

© *Librairie Arthème Fayard, 1995,*
*sauf pour la langue grecque.*
© *Éditions Stock, 2006, pour la présente édition,*
*sauf pour la langue grecque.*

Né à Athènes, Vassilis Alexakis a fait des études de journalisme à Lille et s'est installé à Paris en 1968 peu après le coup d'État des colonels grecs. Il a travaillé pour plusieurs journaux français, dont *Le Monde*, et collaboré à France Culture. Son premier roman, écrit en français, a paru en 1974. Depuis le rétablissement de la démocratie dans son pays, il écrit aussi bien en grec qu'en français et a reçu le prix Médicis 1995 pour *La langue maternelle*. Il vit aujourd'hui entre Paris, Athènes et l'île de Tinos en Grèce.

*À Marie-Claire.*

1

Je suis dans une classe, les élèves ont tous un certain âge et sont plutôt pauvrement vêtus. Ce sont des immigrés. L'endroit est misérable et mal éclairé. Je suis arrivé en retard. Une dame que je trouve très antipathique, une Française, est arrivée en même temps et s'est assise derrière moi. « Il faudra bien que je m'explique avec elle », pensé-je. Je ne fais guère attention à ce que dit le professeur, une vague silhouette qui se trouve au loin. Je ne suis même pas sûr qu'il soit en train de parler. Je me tourne soudain vers elle : « Je sais tout ce que tu as dit, tout ce que tu as fait contre moi », lui dis-je. Elle a de tout petits yeux, je suis incapable de dire si c'est moi qu'elle regarde ou bien le prof. Je remarque cinq mots écrits dans son cahier : quand a-t-elle écrit cela, à quel moment le prof a-t-il dicté ces mots ? Ils sont écrits au singulier et au pluriel. Le premier, *rizi* (cela n'a rien à voir avec le riz), prend au pluriel un *n*, *rizin*. J'apprends une nouvelle langue étrangère en compagnie d'une femme détestable.

J'ai pris le métro à Omonia. L'odeur que dégage le tunnel n'a pas changé depuis mon enfance. Les stations parisiennes n'ont pas la même odeur, l'obscurité sent différemment là-bas. Au bout du quai, un sphinx électronique haut de deux mètres lit les lignes de la main. Sur l'écran encastré dans sa poitrine s'inscrivent des messages en plusieurs langues qui incitent les gens à se renseigner sur leur destin. Le texte français comporte des fautes d'orthographe. Un monsieur a glissé sa main dans la fente, mais sans mettre d'argent : un sifflement a résonné aussitôt et l'a obligé à la retirer prestement. Il y avait autour du sphinx pas mal de monde en train de l'examiner, mais jusqu'à l'arrivée de la rame personne n'a voulu connaître son destin.

Le paysage a changé autour d'Athènes. Il a été bâti. On construit partout le même immeuble disgracieux aux balcons étroits. Le métro met davantage de temps que par le passé à sortir de la ville. Les premiers arbres que j'ai vus sont ceux du nouveau cimetière. Théodoris et Mariléna sont venus me chercher en voiture à Kifissia. Nous sommes allés à Stamata.

— Curieux nom, ai-je dit.

Stamata signifie « Arrête-toi ».

— En effet, a dit Théodoris.

Mariléna a retourné le col de ma chemise pour en voir la griffe.

— Combien tu l'as achetée ? m'a-t-elle demandé.

— Mille deux cents francs.

— Ça m'étonnerait que tu aies mis tant d'argent dans une chemise ! Et puis pourquoi coûte-t-elle aussi cher ? Ce n'est pas une marque connue.

— C'est peut-être toi qui ne la connais pas, a dit Théodoris.

Je ne m'habille pas très bien en règle générale. Mon amie Vaguélio a dû insister pour que je renouvelle ma garde-robe. Nous étions ensemble lorsque j'ai acheté la chemise. Elle était venue à Paris pour quelques jours. J'ai acheté en même temps un gilet irlandais avec plusieurs poches et un imperméable. Nous avons traversé Drossia, la Fraîche.

— Il fait effectivement plus frais ici que dans les villages voisins en été, a remarqué Théodoris.

Je lui ai demandé s'il existe un dictionnaire étymologique des communes. Il semble qu'il n'y en ait pas. Costas, mon frère, a été incapable de me dire pourquoi la montagne qui domine Jannina s'appelle Mitsikéli. Il m'a appris que nous hellénisons systématiquement les noms albanais, valaques ou slaves des communes de la Grèce du Nord, pour prévenir toute contestation de notre domination dans la région.

— Mariléna est très gentille avec moi, elle m'aime énormément, m'a confié Théodoris un peu plus tard, alors que nous nous promenions dans la campagne. Tu te souviens du caractère de Niki, n'est-ce pas ? Mais je m'ennuie avec Mariléna, elle est toujours d'accord, quoi que je dise, elle est d'accord.

Niki, elle, ne l'était jamais. Elle ne lui a pas fait d'enfant. Ils étaient convenus avant de se marier qu'ils en feraient six. Il avait peur d'elle. Il hésitait à commenter un film de peur qu'elle ne le contredise.

— Tu n'imagines pas à quel point j'étais soulagé lorsqu'elle était de mon avis.

« Tu ne partiras pas d'ici, lui disait-elle, tu ne sortiras pas ! » Elle hurlait, elle se débattait, Théodoris finissait par céder.

— Elle m'a fait croire une fois qu'elle était sur le point d'avoir un infarctus, elle était tombée à moitié évanouie par terre. J'ai téléphoné aux urgences, dès qu'elle a entendu que j'appelais le 166 elle s'est remise. Elle s'est levée et m'a même reproché mon initiative.

Je ne savais pas que le numéro des urgences était le 166. J'ai décidé de le retenir, j'en aurai peut-être besoin un jour. Nous avons traversé en diagonale plusieurs champs sans barrières où poussaient des herbes sauvages et, ici ou là, un arbre. Nous avons longé des poulaillers. Je ne me rappelle pas avoir entendu d'aboiements de chien. Nous sommes passés par le four du village pour demander à quelle heure nous devions porter le lendemain l'agneau à cuire. Comment a-t-il pu supporter Niki pendant vingt-cinq ans ? Et pourquoi, après tant d'années, a-t-il cessé de la supporter ? Il n'a pas pu me donner d'explication satisfaisante. Il a invoqué le fait qu'il la connaissait depuis l'école, qu'il avait pitié d'elle, qu'elle dépendait entièrement de lui.

— J'avais la certitude qu'elle ne partirait jamais et tu sais combien il m'est difficile de vivre seul. Elle n'avait pas d'amis et n'acceptait pas que j'en aie. Elle était persuadée que nous vieillirions ensemble. Lorsque nous avons acheté l'appartement, elle a fait percer une seconde porte dans la salle de bains pour que la femme de ménage puisse y entrer sans passer par notre chambre : elle songeait déjà à l'époque où l'un de nous ne serait plus capable de quitter le lit.

La mère de Théodoris est persuadée que Niki l'avait ensorcelé. J'ai déjeuné un jour avec elle, elle était une des amies les plus proches de ma mère. Elle m'a dit que son mari, mort il y a quelques années, avait tant d'aversion pour sa belle-fille qu'il avait l'habitude de retourner le cadre de sa photo contre le mur. Je me suis demandé si Théodoris le savait.

— J'ai du mal à te comprendre, lui ai-je avoué.

Il y avait une dizaine de personnes à la maison. D'autres sont arrivées le lendemain, dimanche de Pâques. C'étaient pour la plupart des étudiants, élèves de Théodoris. Il aime bien les réunir, manger et bavarder avec eux. Ils l'écoutent avec respect, même quand il aborde des sujets sans lien avec l'histoire de l'art qu'il leur enseigne. Ils lui témoignent de l'affection, garçons et filles, ils sont séduits par ses bizarreries. Plusieurs filles sont probablement amoureuses de lui, mais elles évitent de le montrer. Elles l'aiment discrètement, sans exigence, elles devinent sans doute qu'elles n'ont droit qu'à une part mesurée de sa sympathie. Il donne l'impression de s'intéresser à chacune d'entre elles, de n'avoir pas de préférence.

Pendant tout l'après-midi les femmes n'ont cessé de préparer le repas. Elles pressaient des citrons, lavaient des laitues, et les disposaient dans des saladiers en terre. Je regardais la télévision. J'ai trouvé dans la bibliothèque un livre de Condylakis, j'ai lu une de ses chroniques consacrée aux malheureux qui perdent leur argent en jouant aux cartes la veille du Jour de l'An et qui rentrent chez eux, désenchantés, à l'aube. Je lisais avec un certain plaisir cet auteur quand j'étais adolescent.

— Ta chaussette est trouée ! m'a dit Mariléna en riant.

Elle a une voix enjouée, plaisante, mais ce qu'elle dit est presque toujours désagréable. Elle ne remarque que ce qui est défectueux, insuffisant, mauvais. Elle annonce des catastrophes, s'attend toujours au pire. Son expression est amère, son visage un peu éteint. Sa présence obscurcit le lieu où elle se trouve. « Peut-être est-elle jalouse des étudiantes de Théodoris », ai-je pensé. Elle est devenue sa maîtresse longtemps avant qu'il ne se sépare de Niki. « Peut-être a-t-elle beaucoup pleuré jadis. »

Vers onze heures du soir, avant notre départ pour l'église, j'ai téléphoné à mon père. J'espérais qu'il décrocherait, une veille de Pâques, mais il ne l'a pas fait. Peut-être n'était-il pas à la maison. Mon père répond rarement au téléphone, sa sonnerie le paralyse, le terrifie. Il n'ose pas s'approcher de l'appareil quand il sonne. Je l'ai vu une fois se crisper dans son fauteuil, en serrant avec force les accoudoirs en bois. Il regardait l'appareil comme s'il le croyait capable de l'attaquer.

— Tu ne veux pas que je réponde ? lui ai-je proposé.

— Non, a-t-il dit doucement. Je te l'interdis.

— De quoi as-tu peur exactement ?

Il m'a regardé, il n'avait plus peur, le téléphone s'était tu. Son regard m'a semblé plutôt douloureux.

— Il y a des craintes qui ne s'expliquent pas.

Même quand il sait que c'est moi qui l'appelle — je lui téléphone tous les jours à treize heures — il tarde à décrocher. Il laisse sonner l'appareil une vingtaine de fois avant de répondre. Je l'imagine en train de s'en approcher à petits pas, d'avancer une main hésitante. Il prétend qu'il lui arrive de décrocher instantanément :

— La sonnerie m'est parfois si insupportable que je préfère l'interrompre tout de suite. Je réponds avant d'avoir eu le temps de prendre peur.

Il n'a aucune difficulté, en revanche, à composer un numéro. Il m'appelle très souvent, sans grande raison la plupart du temps, pour bavarder ou pour me raconter un rêve qu'il a fait. Je suis assez surpris que mon père continue à rêver. Je croyais qu'on cessait de faire des rêves au-delà d'un certain âge, comme on cesse de faire des projets. Je pensais que les nuits des vieillards étaient muettes. Mon père a quatre-vingt-trois ans.

Nous sommes restés sur le parvis de la petite église de Stamata, qui était pleine de monde. Théodoris m'a montré les jambes d'une blonde vêtue d'une robe rouge très courte. Elle portait des chaussures à talons, rouges également. La messe était retransmise par des haut-parleurs. Je ne suis entré qu'un instant dans l'église, pour prendre des cierges. Il y avait surtout des vieux à l'intérieur. La lumière des bougies donnait à leur visage une couleur tendre, presque juvénile. Cela faisait des années, au moins depuis que je vis en France, que je n'étais pas entré dans une église. Je n'y allais pas souvent non plus quand j'étais enfant. Je n'ai pas le souvenir que mes parents nous aient jamais obligés, mon frère et moi, à suivre la messe. J'étais étonné de voir les femmes se signer en passant devant les églises. Je remarquais qu'elles faisaient ce geste rapidement quand l'édifice était petit, et avec ostentation quand il était imposant. Il m'est arrivé quelquefois d'ouvrir la Bible — j'en ai même volé une dans un hôtel — mais je n'ai jamais dépassé le milieu de la deuxième page. Je n'ai pas lu les Évangiles. Mes connaissances sur la religion se limitent à quelques scènes — la première qui me vient à l'esprit c'est le sacrifice d'Abraham —, au premier verset de deux ou trois psaumes, à des phrases éparses : « Pardonne-leur car ils ne savent pas ce qu'ils font », « Que celui qui n'a jamais péché lui jette la première pierre ». Aucune cérémonie ne m'enchantait, pas même la procession du Vendredi saint. La religion ne me séduisait pas. Elle m'inspirait des sentiments plutôt moroses.

Des pétards, des fumigènes et des feux d'artifice ont salué l'annonce de la Résurrection. Les pétards explosaient à une cadence de mitrailleuse. Je me suis demandé comment aurait réagi mon père s'il avait entendu ce vacarme. Peut-être aurait-il été amusé. Un grand nuage blanc a rempli l'espace, donnant l'impression que l'église et les gens autour se trouvaient très haut dans le ciel. Les cierges allumés, qui se multipliaient, figuraient les étoiles.

Nous avons essayé de garder nos cierges allumés jusqu'à la maison, de conserver vivante la flamme prise à l'église. Il suffisait en fait qu'un seul reste allumé en permanence, puisque nous pouvions rallumer les autres à sa flamme. Le mien ne s'est éteint qu'une seule fois. En arrivant à la maison, nous avons tracé une croix noire avec la fumée d'un cierge sous le linteau de la porte d'entrée. J'avais oublié cette coutume. « Je n'ai pas d'histoire », ai-je pensé. Il reste encore sur le bas de mon pantalon des traces de la cire qui a coulé cette nuit-là.

— Tu vas finir par brûler le canapé si tu continues à fumer autant, m'a dit Mariléna.

J'ai dormi sur le canapé. J'ai été réveillé à l'aube par une femme qui épluchait des pommes de terre dans un coin du salon et les jetait dans une bassine d'eau. Elle avait de longs cheveux gris et des jambes musclées, sa jupe était relevée jusqu'aux genoux. J'ai fait la connaissance de son ami, un homme de trente-cinq ans environ, pâle et maigre, qui restait isolé et parlait peu. Il ne gesticulait guère, donnait l'impression d'économiser ses forces comme s'il se sentait vieilli avant l'heure, comme s'il était aussi âgé qu'elle. Elle avait une soixantaine d'années. Elle le dépassait presque d'une tête. Ils avaient sans doute conscience de leur dissemblance car ils se tenaient à distance l'un de l'autre. Il lui souriait de loin. Même son sourire avait quelque chose de forcé, c'était un sourire fatigué, sans joie. Elle, au contraire, faisait preuve d'une activité débordante, allait et venait continuellement, s'occupait de tout. Elle a même dansé après le repas, mais sans grâce. L'effort qu'ils faisaient l'un et l'autre pour atténuer la singularité de leur relation a fini, au bout d'un certain temps, par me lasser, comme une représentation qui traîne en longueur.

— Une nuit il se lèvera en silence, ai-je dit à Théodoris, il mettra ses chaussures, et lui donnera un coup de pied dans la figure.

— Je t'assure qu'il l'aime beaucoup... Ils s'entendent très bien tous les deux.

J'ai été de bonne humeur jusqu'à l'heure du repas et un peu après. Nous avons fait cuire, en fin de compte, deux agneaux au four du village et acheté du foie et des tripes grillés à la broche. Nous avons eu du mal à faire entrer la broche dans la voiture, nous l'avons installée en biais au-dessus de la banquette arrière après avoir enveloppé la viande dans du papier journal.

— Qui va manger tout ça ? a dit Mariléna. Je suis sûre qu'on n'en mangera même pas la moitié !

Elle avait raison. L'un des agneaux est resté presque intact. La table était pleine de nourriture à la fin du repas et il en restait encore dans la cuisine. Ma mère nous préparait des tartines de pain à la margarine quand nous étions enfants. Elle posait sur la margarine des petits morceaux d'olives. Les tartines ressemblaient à des cartes à jouer. Plus tard, les olives ont été remplacées par du fromage, des œufs durs et même des boulettes de viande coupées en deux. Je voyais s'inscrire sur mes tartines les progrès réalisés par l'économie grecque.

Nous avons mangé dans le jardin. De grands nuages traversaient rapidement le ciel en balayant la table de leur ombre. Quelqu'un a lancé un petit cerf-volant blanc qui s'est accroché aux fils électriques comme autrefois. J'ai parlé avec deux étudiantes, elles savaient par Théodoris que je suis dessinateur et que je vis à Paris. Elles m'ont tutoyé. Cela m'a fait plaisir. Je me suis souvenu de certains Français que je connais depuis longtemps et que je vouvoie toujours. Même Véronique Carrier, la rédactrice en chef du *Miroir de l'Europe*, je la vouvoie. Elle m'invite à dîner chez elle une fois par an, au mois de juin. Elle est mariée avec un ethnologue qui a passé une grande partie de sa vie dans la jungle amazonienne. Il en a rapporté un grand nombre d'objets fabriqués par les Indiens, mais rien dans son comportement ne permet de supposer qu'il a vécu auprès d'eux. J'ai beaucoup de mal à imaginer cet homme élégant et vieilli sur un radeau, un revolver à la main. Je quitte leur domicile à onze heures moins le quart : j'ai l'impression qu'ils jugeraient ma visite trop courte si je m'en allais à dix heures trente et trop longue si je restais jusqu'à onze heures. Ils me saluent sans passer le seuil de leur appartement. Je suis obligé de leur tourner le dos pour appuyer sur le bouton de l'ascenseur. Ils n'attendent pas l'arrivée de l'ascenseur. La porte se ferme derrière moi au moment où j'appuie sur le bouton. J'entends leur porte se fermer longtemps avant d'aller chez eux, dès le moment où Véronique renouvelle son invitation annuelle. Cela se passe vers la fin mai. Il ne serait pas excessif de dire que dès le début du printemps j'entends la porte des Carrier se fermer derrière moi. J'aimerais leur expliquer à quel point leur hâte est vexante, mais je n'ai jamais trouvé le bon moment ni les mots qu'il faut. Aussi chaleureux soient-ils, le claquement de la porte qui marquera la fin de la soirée ne me permet pas de me sentir réellement bien chez eux. Charles Carrier raconte toujours un épisode de sa vie chez les Indiens. Il parle des Cashinahuas, les hommes chauves-souris, qui sont ses amis. Ils habitent sur les rives du rio Purus, au Pérou. Je l'écoute avec intérêt et un vague regret. Je pense que je ne connaîtrai jamais les hommes chauves-souris. Il est d'autres voyages que j'aimerais entreprendre et que, faute de temps, je ne ferai probablement jamais. Je commence à prendre congé des pays que je n'ai pas visités, des hommes que je n'ai pas rencontrés. Mes connaissances resteront aussi limitées qu'elles le sont aujourd'hui. Je ne sais pas si j'aime les

Carrier, ni même si je les trouve sympathiques. Ils ne m'inspirent peut-être aucun sentiment.

Une fille m'a caressé le bras. Elle regardait continuellement ailleurs, elle ne voulait rien perdre de ce qui se passait autour.

— Qu'est-ce que tu bois ? m'a-t-elle demandé.

Je buvais du raki. Mon verre était à moitié vide. Elle s'est éloignée. J'ai cru qu'elle allait chercher la bouteille de raki mais je me suis trompé. Je l'ai vue engager la conversation avec quelqu'un d'autre.

J'ai parlé aussi avec un poète aux yeux bleus. Ses cheveux, soigneusement coiffés en arrière, finissaient en une minuscule queue de cheval retenue par un élastique vert. Son costume était vert aussi. Il portait une cravate voyante aux dessins géométriques. Théodoris nous a présentés peu avant le déjeuner.

— Il y a une interview de lui dans *To Vima*.

Il a baissé les yeux avec modestie. Il m'a demandé si les Français lisent de la poésie. Je lui ai dit qu'ils préféraient le roman.

— Ici aussi, a-t-il dit, le public se tourne de plus en plus vers le roman, mais la poésie reste populaire.

— Nous avons une grande tradition poétique, a rappelé Théodoris. Les jeunes ont besoin de références pour écrire. Le roman ne les leur fournit pas, il n'a pas de véritables racines chez nous. La poésie, elle, a des racines, et le théâtre aussi. Le théâtre exprime certainement mieux la réalité grecque d'aujourd'hui que le roman.

Le poète a évoqué une conversation qu'il avait eue naguère avec le romancier Costas Taktsis :

— Il considérait le roman comme le miroir de la société industrielle. C'est de cette façon qu'il expliquait son succès dans les pays développés.

Une petite femme vêtue de noir, au visage doux, l'a approché par-derrière et a enroulé ses bras autour de son cou. Il n'a manifesté aucun étonnement, il ne s'est même pas retourné.

— Tu ne veux pas mettre ton chapeau ? lui a-t-elle dit. Le soleil pourrait te faire du mal.

« Il a un chapeau », ai-je pensé. Il ne lui a pas répondu. Il a voulu savoir si je fréquentais le milieu artistique grec de Paris. Il me vouvoyait.

— Non. Je ne vois que Manthoulis. Nous mangeons de temps en temps une soupe de haricots.

Il a eu l'air déçu.

— Vous ne faites que du dessin ?

— Oui.

— Il dessine remarquablement, a dit Théodoris.

Je ne dessine pas remarquablement. Je fais à peu près le même dessin que tous les dessinateurs de presse. Je cherche dans la même direction qu'eux. Nous détournons les mêmes symboles, le drapeau américain, l'étoile de David. Que penserais-je de mes dessins, s'ils étaient faits par un autre ? Je crois que je ne les remarquerais pas. Le poète avait un bloc-notes dans la poche extérieure de sa veste. Il s'est isolé pour écrire.

— Tu ne vas pas te lancer dans une épopée, j'espère ? lui a dit son amie. Écris quelque chose de court, de lapidaire ! Le repas est presque prêt !

Je suis rentré à mon tour dans la maison, le salon était vide. J'ai ramassé par terre, à côté du canapé, le livre de Condylakis et je l'ai rangé dans la bibliothèque. Il n'y avait pas de cheminées dans les maisons, jadis. J'en ai vu récemment, même dans des appartements. « Mes compatriotes ont découvert les cheminées durant mon absence », ai-je pensé. À travers la baie vitrée, je voyais les invités, mais je ne les entendais pas. Théodoris était en train de raconter une histoire. Je l'ai vu faire une série de petits sauts. Cela devait être une histoire drôle car tout le monde a ri. Mariléna a traversé le salon.

— Tu en as assez de nous voir ? m'a-t-elle interrogé.

J'ai allumé la télé. Kilaïdonis chantait une vieille chanson qui rappelait la musique des îles :

*Garde le sourire capitaine*
*Car cette tempête aussi se calmera.*

Vaguélio aimait bien cette chanson, elle la chantait dans la voiture. Nous arrivions en retard au port, nous avions tout juste le temps de monter sur le bateau. Il faisait encore nuit. Les lampadaires des quais étaient allumés. Une équipe de jeunes tournait un film publicitaire sur le pont vide. Je n'ai pas tant la nostalgie de Vaguélio que de l'époque où j'étais bien avec elle. Les choses étaient plus simples. J'ai pensé qu'elle devait se trouver chez ses parents, à Vrilissia, et qu'elle regardait peut-être la même émission à la télévision. « Il faut absolument que je connaisse l'origine de ces noms : Vrilissia, Mitsikéli, Stamata. » Mariléna a retraversé le salon en transportant une chaise longue blanche. Elle me l'a montrée.

— C'est de la moisissure, tu crois ? m'a-t-elle demandé.

Il y avait en effet d'innombrables points de moisissure verdâtres, groupés au milieu de la toile. J'ai remarqué soudain qu'ils formaient une silhouette humaine — je distinguais la tête, les épaules, les hanches.

— Je comprends ce qui a dû se passer, a dit Mariléna. La moisissure a gagné sur la sueur qui a imprégné la toile. Ils doivent utiliser cette chaise longue en été pour prendre des bains de soleil.

Je l'ai aidée à la porter dehors. Nous avons d'abord trinqué avec des œufs durs teints en rouge comme l'exige la tradition pascale. Je ne sais pas pourquoi nous donnons cette couleur aux œufs ni pourquoi nous pratiquons ce jeu qui s'achève lorsque toutes les coquilles sont cassées sauf une, la plus solide. J'ai écouté avec une grande attention le bruit que faisaient les œufs en s'entrechoquant, comme si je m'attendais à ce que cette note unique me rappelle une musique oubliée. J'ai vu un bref instant les mains de ma mère près de la marmite où elle faisait bouillir les œufs. Je crois qu'elle jetait le colorant dans l'eau. Elle tenait une cuillère en bois. L'œuf que j'ai choisi s'est révélé assez solide, mais une dame a fini par le casser en frappant de la pointe du sien le gros bout du mien, ce qui est tout à fait irrégulier.

— Excuse-moi ! m'a-t-elle dit. Je n'avais pas remarqué que tu le tenais à l'envers !

— Ça ne fait rien, ai-je dit.

« Dans les pays où cette coutume n'existe pas, on ignore sans doute que le petit bout de l'œuf est toujours plus dur que le gros. » J'ai imaginé mon père chez lui en train de trinquer tout seul avec deux œufs, cassant le petit bout de l'un et le gros de l'autre, faisant en quelque sorte match nul avec lui-même.

La musique jouait très fort. L'ami de la femme mûre a baissé à plusieurs reprises le volume de l'électrophone, jusqu'au moment où elle lui a dit :

— Mais les jeunes aiment bien que ça joue fort !

Il lui a souri et n'a plus bougé de sa place. La fille à côté de moi mangeait silencieusement. Les gestes qu'elle faisait en se servant déplaçaient légèrement ses longs cheveux noirs. Ils étaient très épais, pourtant je les distinguais un à un comme s'ils étaient dessinés à l'encre de Chine. Chaque cheveu avait son propre éclat. Ses épaules étaient nues. Sa robe n'était retenue que par de fines bretelles. Elle a jeté un rapide coup d'œil dans mon assiette et a continué à manger. Son épaule séparait ses cheveux, laissant une minuscule ouverture sombre en forme de delta. De temps en temps je franchissais cette ouverture comme si je voulais me protéger de la lumière. Je me disais que sa peau devait être tendre près de son cou. Je ne voyais pas si elle portait des boucles d'oreilles. J'ai décidé cependant que, de l'intérieur de la cachette formée par ses cheveux, une boucle d'oreille était visible. Je l'ai imaginée ornée de pierres bleues. J'ai été déconcerté quand elle m'a parlé, comme si j'avais oublié sa présence.

— Théodoris m'a dit que tu es très connu à Paris, est-ce que c'est vrai ?

— Le journal qui m'emploie n'a pas une très grande diffusion, mais j'y travaille depuis longtemps. Je suis surtout connu des gens du métier.

Elle n'avait pas ce qu'on appelle un beau visage, pourtant elle était très attrayante. Son menton était légèrement saillant et son nez arrondi comme celui d'un enfant. J'ai imaginé le croquis que je pourrais en faire, cela ne me prendrait pas plus de trente secondes.

— Quel genre de dessins tu fais ?

— Des caricatures politiques... Je faisais surtout du dessin d'humour à mes débuts, mais les journaux n'en veulent plus. C'est un genre qui a été condamné, je ne sais pas pour quelle raison, comme le billet.

Elle m'a regardé avec curiosité. Elle a rejeté ses cheveux en arrière. Elle ne portait pas de boucles d'oreilles.

— Les journaux ne publient plus que des caricatures et des bandes dessinées. Je n'ai jamais aimé la bande dessinée, ça me fatigue d'inventer une histoire, de créer des personnages.

— Tu n'aimes pas beaucoup ce que tu fais, n'est-ce pas ?

— J'ai une énorme documentation chez moi, des milliers de photos d'hommes politiques, de personnalités. D'autres photos encore, car je suis obligé de savoir comment s'habille un cardinal, un Indien, un soldat américain. Je dois être en mesure de représenter un Exocet, un paysage du Moyen-Orient, une salle d'opération... Les photos sont classées dans des boîtes vertes qui occupent le plus grand mur de mon appartement.

« Je ne suis même pas capable de parler clairement de mon travail », ai-je pensé.

— Je rêve de pouvoir jeter un jour toutes ces photos, les boîtes, les rayons, de façon à libérer le mur.

— Tu as une adresse à Athènes ?

Théodoris s'est approché de nous et s'est assis à côté d'elle sur le bras du fauteuil. Il a penché sa tête en arrière, ses yeux étaient rouges.

— Tu ne te sens pas bien ? lui a-t-elle demandé.

— Je ne sais pas si c'est le vin ou le soleil qui m'a abruti.

Il s'est tourné vers moi :

— Je pense téléphoner à Niki, qu'est-ce que tu en dis ?

— Je ne le ferais pas à ta place.

— Elle est peut-être seule... Elle a un copain, bien sûr, mais il est de Sparte. Il est sans doute allé à Sparte pour fêter Pâques.

— Alors Niki doit être à Sparte.

Je me suis mis à rire, il a ri aussi.

— Il ne t'a pas proposé de te montrer ses dessins ?

— Non, lui a répondu la brune, mais j'aimerais bien les voir.

— J'habite rue de Thèbes, lui ai-je annoncé.

— Ah bon ? J'ai une amie dans cette rue, au 42.

Un jour je ferai la connaissance de son amie. Nous prendrons un verre d'ouzo dans le quartier, puis nous irons jusqu'à la mer avec sa mobylette. Elle perdra son sabot en route.

— J'ai perdu mon sabot ! me dira-t-elle en me montrant son pied nu.

Je descendrai de la mobylette et je chercherai son sabot sur la chaussée sans me préoccuper des voitures qui dévaleront à tombeau ouvert l'avenue Syngrou. Je le trouverai et je le remettrai à son pied. Nous irons dans une boîte qui s'appellera L'Amazone, en face de l'aéroport.

— Vous n'auriez pas vu ma femme par hasard ? me demandera Charles Carrier.

Il me serrera la main et s'éloignera vite. Nous boirons du gin. Nous nous assiérons par terre, au milieu d'une rangée de plantes artificielles. Elle posera sa tête sur mon épaule. Je lui caresserai la poitrine. Je lui proposerai d'aller boire un café à l'aéroport.

— Tu crois que c'est ouvert à cette heure-ci ?

Elle aura du mal à se lever. Ses forces l'abandonneront alors que nous serons en train de traverser le parking en plein air. Je l'installerai au pied d'un arbuste rachitique. L'aéroport sera effectivement ouvert, ainsi que le bar, mais il n'y aura personne dans les immenses salles d'attente qui sont généralement bondées. Un seul vol sera inscrit sur le panneau des arrivées, prévu pour quatre heures dix du matin, en pro-

venance de New Delhi. Je sortirai avec les deux gobelets de café. La fille aura disparu. Je tournerai autour de l'arbre. Une voix dira :
— Tu cherches la fille ?
Ce sera un soldat armé d'une mitrailleuse, dirigée vers le bas.
— Elle est partie, me dira-t-il.
Je viderai au pied de l'arbre l'un des cafés et je m'éloignerai en buvant l'autre. Je ne trouverai pas la mobylette à l'endroit où nous l'aurons laissée. Un taxi passera à grande vitesse devant moi. À l'arrière du véhicule, j'apercevrai Véronique Carrier.

Théodoris n'avait plus le courage de s'occuper de ses invités. J'ai pris la dame-jeanne et j'ai servi du vin à tout le monde. On a voulu savoir comment je signe mes dessins.
— Pol, ai-je dit.
— Pavlos se dit Paul en français, a précisé Mariléna.
— Je crois avoir vu certains de vos dessins, a dit la dame qui avait cassé mon œuf. Ma sœur habite Montpellier. Elle est psychiatre.
Les étudiants dansaient sur des airs populaires au bout de la terrasse. Ils faisaient de grands bonds sur place, de sorte que leurs ombres restaient à peu près immobiles. C'était un peu comme s'ils dansaient sur de petits tapis gris. Certains d'entre eux ont exécuté une danse

épirote, extrêmement lente. La musique était monotone comme le vent. « Il se peut que cette danse soit antérieure à la musique qui l'accompagne, qu'on l'ait d'abord dansée en écoutant le bruit du vent. » Mon frère habite Jannina, la capitale de l'Épire. Il est pharmacien, mais il s'occupe surtout de l'étude du folklore local. Il publie la revue *Épirotika*. Je compte aller le voir. Il a une grande maison, en dehors de la ville, entre le lac et la montagne. « Peut-être pourra-t-il m'expliquer pourquoi on trinque avec les œufs de Pâques. »

— Tu as vu l'heure qu'il est ? a dit quelqu'un.

Il était dix-sept heures.

— Oh là là ! a dit un autre.

Ils ont commencé à quitter la table, à se disperser autour de la maison. Ils se sont couchés dans l'herbe. « Tout s'achève par la fatigue, le repas, les conversations, la musique. » Je me suis installé dans un coin du jardin près du robinet d'où partait un tuyau en plastique vert avec des croisillons jaunes. Juste à côté, il y avait une grande pierre plate marquée d'une cannelure profonde en son milieu qui ressemblait à un I majuscule. Cela m'a fait penser à l'epsilon de Delphes. J'ai appris par hasard, en feuilletant un guide chez Vaguélio, que cette lettre renferme un mystère. Je ne suis jamais allé à Delphes. J'avais ouvert le livre plutôt par désœuvrement. J'étais chez elle pour tenir compagnie à un plombier qui essayait de réparer la machine à laver la vaisselle. Je ne sais plus pour quelle raison Vaguélio s'était absentée. Si le plombier avait été plus compétent, je n'aurais pas lu ce livre. Il avait complètement démonté l'appareil et examinait les pièces une par une, en les portant à la lumière. Il soufflait dessus, les nettoyait, sans réussir cependant à localiser la panne.

— Curieux, répétait-il de temps en temps.

Il s'asseyait sur le sol sans la moindre hésitation, malgré l'eau qui avait inondé la cuisine, pour inspecter la base du lave-vaisselle. Il croyait régulièrement avoir trouvé la solution : il remontait la machine, la branchait, mais l'eau coulait toujours par terre.

— Ça ne doit pas être ça, disait-il, et il la démontait à nouveau.

Il faisait déjà nuit.

— Laisse tomber, on la portera chez le fabricant. Je te dédommagerai, bien sûr.

Son regard était lourd.

— J'y arriverai, a-t-il dit. Il n'est pas question que j'accepte de l'argent si je n'y arrive pas.

Tout de suite après, il s'est couché sur le carrelage pour récupérer un ressort qui s'était glissé sous la cuisinière électrique. « Pourvu qu'il ne casse pas la cuisinière. » C'est à ce moment-là que je suis allé dans le salon et que j'ai commencé le livre. J'ai appris qu'à l'entrée du temple d'Apollon où officiait la Pythie étaient gravées certaines des maximes énoncées par les

Sept Sages : « Connais-toi toi-même », « Rien de trop ». Parmi elles se trouvait une lettre isolée, l'epsilon majuscule, dont la signification reste inconnue. L'E a suscité de nombreuses hypothèses, poursuivait l'auteur du texte, mais aucune n'est jugée satisfaisante. Cette découverte m'a réjoui, et comme j'avais l'impression que je la devais au plombier, j'ai cessé de le persécuter et je n'ai même pas protesté lorsqu'il a cassé les deux verres qui séchaient sur l'évier. L'énigme de l'E m'a rappelé les problèmes des mots croisés. « Il s'agit sans doute d'un mot très difficile à trouver puisqu'on n'a ni sa définition, ni le nombre de ses lettres. »

— Dis-moi un mot qui commence par epsilon, ai-je demandé à Vaguélio lorsqu'elle est rentrée vers une heure du matin.

— *Éndélos*, tout à fait, a-t-elle dit.

Le plombier nous a convaincus de le laisser faire encore une tentative. « Il ne s'en ira jamais, ai-je pensé. Il passera toute sa vie ici à essayer de réparer le lave-vaisselle. Nous vieillirons tous les trois ensemble. » À deux heures du matin, il a enfin consenti à s'en aller. Il a effectivement refusé l'argent que je lui proposais. Je le revois sur le palier, chargé de sa boîte à outils et d'un sac contenant les pièces de rechange, en train d'attendre l'ascenseur, tête basse.

— Ne t'en fais pas, lui ai-je dit.

Il s'est contenté de bouger légèrement la tête, sans me regarder. Il devait se sentir vaincu.


Un petit lézard vert se tenait à une dizaine de centimètres de la pierre et l'examinait. Il a regardé à droite, à gauche. Il a fait demi-tour et s'est immobilisé. Il a constaté, je suppose, qu'aucun danger ne le menaçait car il s'est encore tourné vers la pierre en relevant la tête comme s'il voulait en apercevoir le dessus. Il n'y avait que des aiguilles de pin sèches. Il a commencé à la contourner. Ses pattes arrière, qui le faisaient avancer, étaient beaucoup plus puissantes que celles de devant. Celles-ci ne lui servaient qu'à s'orienter. Il s'est arrêté devant le tuyau d'arrosage qui avait à peu près la même couleur que sa peau. Il est à moitié monté dessus, a regardé de l'autre côté, puis il est redescendu. Il n'a pas jugé utile de franchir le tuyau pour passer à un endroit qui ne différait guère de celui où il se trouvait. Pendant que j'observais ses mouvements, j'ai songé à l'unique inscription antique que j'aie jamais éprouvé le besoin de recopier. Je l'ai vue dans un musée de Berlin. Je pense qu'elle n'aurait pas attiré mon attention si la santé de ma mère n'avait déjà commencé à décliner. Je la connais par cœur car je la recopie tous les ans dans mon nouvel agenda : « Attale à la reine Apollonis, sa mère, pour l'affection qu'elle lui a témoignée. »

J'ai vu dans l'encyclopédie qu'Apollonis, reine de Pergame, femme d'Attale I$^{er}$, était célèbre pour sa bonté. L'inscription est due à Attale II. J'imagine qu'elle est postérieure à la mort de sa mère.

Je ne sais pas à quel moment mon humeur s'est assombrie. J'ai vidé ma pipe en la frappant doucement par terre. Je ne voulais pas inquiéter le lézard. Avant d'avoir eu le temps d'écraser les cendres qui dégageaient un peu de fumée, j'ai entendu quelqu'un crier :

— Voilà comment on provoque les incendies de forêt !

C'était la brune aux cheveux longs. Son expression irritée m'a atterré.

— Tu ne peux pas vider ta pipe ailleurs ?

J'ai écrasé les cendres. Des images de forêts en feu vues à la télévision, l'été précédent, m'ont traversé l'esprit. Elle m'a tourné le dos et s'est éloignée d'un pas vif. « Je ne ferai jamais la connaissance de son amie qui habite au 42, rue de Thèbes. On n'ira pas se promener avec sa mobylette jusqu'à la mer. Elle ne perdra pas son sabot sur l'avenue Syngrou. » Je me suis levé. Le lézard s'était éloigné.

— Je vais partir, ai-je dit à Théodoris.

Il se tenait au bord de la terrasse et regardait en contrebas. En arrivant à côté de lui je me suis rendu compte qu'il fixait la chaise longue.

— Viens voir, m'a-t-il suggéré.

— Je sais, ai-je dit. Les traces de moisissure dessinent une silhouette sur la toile.

— C'est le fantôme de Niki. Elle était la seule à utiliser cette chaise longue.

Il n'avait pas le courage de me raccompagner, il avait mal à la tête, mal au dos. C'est donc Mariléna qui m'a conduit en voiture jusqu'au métro de Kifissia.

— Quand rentres-tu à Paris ?
— Je ne sais pas.

Je n'avais pas envie de répondre à d'autres questions. Je regrettais de m'être autant confié à la brune pendant le repas. Nous traversions une rue bordée de modestes maisons basses, en ciment, que la lumière de cette fin de journée rendait belles.

— Je suis content que tu sois avec Théodoris, lui ai-je dit. Je n'aimais pas beaucoup Niki.

Sans doute est-ce à cause d'elle que nous avions cessé de nous voir, Théodoris et moi, ces dernières années. Il y a longtemps, j'avais rapporté à Niki des objets miniatures, des chaises, des assiettes, pour décorer la maison de poupée qu'elle avait fabriquée. Elle jouait avec cette maison tandis que je discutais avec Théodoris. Elle ne participait pas à la conversation, cependant elle la suivait attentivement. Je me suis aperçu que Mariléna aussi se comportait quelquefois en petite fille : elle posait des questions naïves, elle réclamait l'aide de Théodoris pour porter un objet pas particulièrement lourd. Je me suis demandé si elle ne faisait pas collection de poupées : en dehors des objets miniatures, j'avais apporté à Niki quelques poupées.

— Il sort avec ses étudiants trois soirs par semaine, ça ne te paraît pas beaucoup ?

— Qu'est-ce que tu fais, toi, pendant ce temps ?

— Je regarde la télé, je dessine. Mais mon prof m'a dit que la lumière électrique altère les couleurs. Quant à la télé, il n'y a vraiment pas grand-chose à voir.

J'ai pensé qu'ils devaient tous les deux consulter souvent leur montre pendant ces trois soirées et que pour Théodoris le temps passait certainement beaucoup plus vite. Elle est descendue de voiture en même temps que moi à Kifissia, elle voulait faire des courses. Elle a retiré son sac à dos du coffre, il avait la forme d'un panda avec une grosse tête noir et blanc. Lorsqu'elle l'a mis sur son dos, le museau de l'animal s'est niché dans ses cheveux. J'ai pensé que Théodoris aurait du mal à se séparer de Mariléna, s'il le décidait un jour.

J'ai revu le cimetière par la fenêtre du métro. Un peu plus loin, il y a un stade de football. J'y allais quelquefois, quand j'étais enfant. Je ne soupçonnais pas à l'époque que nos ovations pouvaient indisposer les visiteurs du cimetière. Je l'ai visité pour la première fois il y a quinze mois. J'ai aperçu la masse grise du stade entre les cyprès, mais je ne lui ai pas prêté plus d'attention que je n'en accordais autrefois au cimetière. Je m'y suis rendu à nouveau une semaine plus tard. Je croyais que je trouverais facilement la tombe. J'ai pris la première allée à gauche et j'ai commencé à lire les noms sur les pierres — des dizaines, des centaines de noms inconnus. J'ai finalement trouvé l'endroit, trois allées plus loin. « Qu'est-ce que tu fais là, toi, au milieu de tous ces inconnus ? » ai-je pensé. Je me suis assis par terre et j'ai regardé le gravier entre mes chaussures. C'est alors que du stade voisin, qui était resté absolument muet jusque-là, une clameur immense s'est élevée. Elle a résonné si fort que j'ai cru me retrouver dans les tribunes, trente ans en arrière.

La nuit commençait à tomber lorsque je suis sorti à Omonia. Je ne sais pas de quoi parlent les gens qui se réunissent tous les soirs sur cette place. Je ne me suis jamais approché d'eux pour les écouter. « J'ai vu assez de monde aujourd'hui. » Je me suis arrêté un instant au carrefour des rues Patission et Chalcocondyli. J'ai décidé que j'aimais bien la couleur orange des trolleybus et le jaune des taxis. J'ai traversé la rue Patission et j'ai commencé à monter vers le Lycabette, en évitant la place d'Exarchia. Bien qu'il se trouve entre Exarchia et Colonaki, deux quartiers très animés, le mien est complètement désert et sombre la nuit. Je dirais qu'il est sombre même dans la journée : il ne dispose que de boutiques miteuses qui vendent des sous-vêtements féminins passés de mode, du matériel électrique et des jouets en plastique. Leurs vitrines semblent poussiéreuses. Il y a également quelques ateliers de reliure et plusieurs petites imprimeries vieillottes et tristes, comme si elles n'avaient jamais l'occasion d'imprimer que des faire-part de décès. L'unique restaurant du quartier est logé en sous-sol. Les rues portent des noms de personnages obscurs ou de petites villes de province. C'est un quartier tranquille et passablement sale qui survit en marge des modes et de l'agitation. J'y ai acheté à bas prix un rez-de-chaussée. Je préfère habiter ici plutôt qu'à Ano Patissia où j'ai grandi et où mon père vit toujours. Ano Patissia me rend mélancolique. Les immeubles qui ont remplacé les vieilles maisons me dépriment et les maisons qui sont restées intactes me dépriment aussi.

Je suis passé devant un café où quelques vieux jouaient aux cartes. Un peu plus haut, sur le même trottoir, j'ai vu une agence de pompes funèbres ouverte. À l'intérieur, un homme regardait la télé. « Il attend les vieux qui jouent aux cartes. Il attend qu'ils aient fini leur partie. »

J'ai rangé dans le tiroir du lit-coffre le pull que je tenais à la main, j'ai vidé mes poches sur la table de marbre fixée au mur et allumé le chauffe-eau. Mon appartement paraît grand depuis que j'ai fait abattre les cloisons. J'ai très peu de meubles. Seuls les angles sont occupés, par le bureau, le lit, une bibliothèque, le réfrigérateur et l'évier. Je pense installer au milieu un ping-pong ou un billard français. J'aime beaucoup les deux jeux, sans être doué ni pour l'un ni pour l'autre. Le ping-pong a l'avantage de pouvoir être déplacé, on peut le plier dans un coin. Peut-être serai-je amené à inviter du monde. Il m'est difficile d'accepter l'idée que cela n'arrivera pas, qu'il n'y aura jamais de fête ici. Le billard donnera indéniablement un caractère sévère à l'appartement. J'ai l'impression qu'il n'aime pas la musique sauf, peut-être, l'opéra. Mais l'opéra aussi est de trop quand commence la partie. On ne doit entendre alors que la musique du jeu lui-même, le déplacement caressant des boules, leur imperceptible rebondissement sur la bande, la note juste et sourde qu'elles produisent lorsqu'elles se rencontrent. On dirait qu'elles s'excusent mutuellement. Le ping-pong a un caractère plus gai : son bruit évoque le pas d'une femme qui descend un escalier de marbre sur des talons aiguilles. Sa balle est à peine plus lourde que l'air. Elle est faite pour s'envoler. On a raison de la coincer sous la raquette quand le jeu s'arrête. Elle est très fragile, mais cela n'atténue pas sa joie de vivre. Je suppose que si elle rencontrait une boule de billard, surtout la rouge, elle la regarderait avec respect, peut-être avec terreur. L'inconvénient du ping-pong c'est qu'on ne peut y jouer tout seul. Je l'aurais probablement choisi si Vaguélio était encore avec moi. Quand je suis d'assez bonne humeur pour souhaiter la présence d'une femme chez moi, je penche pour le ping-pong.

En rentrant de Stamata, j'étais content de me retrouver dans cet appartement vide. « Je n'achèterai peut-être ni billard ni ping-pong. » J'ai téléphoné à mon père. Il a répondu relativement vite. Il était allé à l'église, la nuit précédente, avec ses voisines.

— Nous avons dîné ensuite chez Fanny, m'a-t-il dit. Nous avons veillé jusqu'à deux heures du matin !

Mon père vit entouré d'un certain nombre de dames, veuves ou célibataires, qui l'aident dans les travaux ménagers, lui font ses courses, repassent ses chemises. Fanny est la plus jeune. Elle était en classe avec mon frère. Elle avait du succès à l'époque, elle restait cependant inaccessible. Elle attendait d'être libérée de la charge de son père pour se marier. Mais son père, qui était invalide, a tardé à la libérer : il est mort il y a un an. Depuis elle s'habille en noir.

— Elle est allée hier au cimetière, m'a-t-il dit. Elle a arrosé notre mimosa et les géraniums.

Je me suis concentré un moment sur le mimosa. J'ai essayé de le discerner dans l'obscurité. Un vent léger le courbait de temps en temps. Mon père m'a annoncé qu'il allait s'occuper de ses dents.

— Je n'aime pas me cacher derrière ma main quand je parle.

Il remercie les dames du quartier de l'aide qu'elles lui apportent en leur racontant des histoires imaginaires. Je crois qu'il les fait passer pour vraies.

— Il a vraiment eu une vie étonnante, votre père ! m'a dit une voisine.

Il travaillait comme caissier au siège de la banque Emboriki : je ne pense pas qu'il ait jamais commis de faute, mais il aimait plaisanter avec les clients. Ma mère m'a confié un jour qu'il avait failli se faire renvoyer pour cette raison. Quelques années avant de prendre sa retraite, il a eu une promotion qui n'était en réalité qu'une mise à l'écart. On lui a attribué un minuscule bureau dans les étages où il ne voyait plus personne. Comme il n'avait pas grand-chose à faire non plus, il lisait des livres sur l'Afrique.

— L'Afrique m'intéresse, disait-il.

Il avait accroché aux murs de son bureau des photos de guerriers africains aux gros ventres et aux jambes squelettiques. Certains avaient un os dans le nez, comme dans les livres illustrés. On lui a aussi fait des remarques à propos de ces photos. Il a quitté la banque à la première occasion, avant d'avoir eu soixante ans. Il avait commencé à travailler très jeune. Il ne nous racontait pas d'histoires quand nous étions enfants. Il laissait ce soin à ma mère.

Je me suis souvenu du visage de la brune tel que j'aurais pu le dessiner. J'ai vu clairement ce dessin inexistant, sans réussir cependant à déterminer son support. J'ai vu un tas de petits traits noirs dans le vide. Je me suis assis à mon bureau et j'ai regardé un moment les crayons de couleur — ils forment un joli bouquet dans un lourd pot d'étain — et les flacons de peintures acryliques. Elles sont desséchées pour la plupart. Je n'ai eu que rarement l'occasion et le temps de dessiner à Athènes. Je me souviens très bien des croquis que j'ai faits ici, pour la couverture d'un livre, pour un journal, pour le mariage d'un ami, pour mon frère, et cinq ou six pour Vaguélio. J'avais fait son portrait sur du papier machine, elle était assise sur le lit, la tête inclinée. Elle fumait. Elle tenait la cigarette tantôt de la main droite, tantôt de la main gauche : j'ai constaté, en terminant, qu'elle avait sur le dessin une cigarette à chaque main. Je l'ai intitulé *Vaguélio aux deux cigarettes* et je le lui ai donné. J'aimerais bien le revoir, j'avais utilisé toute la gamme des rouges, aucune autre couleur. J'ai aussi dessiné ma mère sur son lit d'hôpital, au feutre noir. Ses cheveux ne sont pas coiffés, ils partent dans tous les sens, comme paniqués. Ses yeux sont fermés, la bouche est assez réussie. J'ai naturellement gardé cette esquisse. Je l'ai mise dans une enveloppe kraft. Je la vois d'ici, elle est dans la bibliothèque, entre les volumes noirs de l'encyclopédie Éleuthéroudakis. Il y a plusieurs mois que je n'ai pas regardé ce dessin. Je veux et je ne veux pas le voir.

Il m'a semblé que j'avais envie d'écrire. J'ai sorti la machine de sa mallette, c'est une vieille machine, elle m'a été offerte par un cousin de ma mère. Je ne l'ai jamais utilisée. Le ruban m'a paru neuf. J'ai passé une feuille dans le rouleau. Le désir d'écrire était intense mais sans contenu. « Je n'ai peut-être sorti la machine que pour voir les lettres de l'alphabet. » Mon regard s'est fixé sur les accents et les esprits qui ont été récemment supprimés. Je me suis demandé s'il me serait facile de perdre l'habitude de les utiliser. Les touches étaient légèrement creuses. Elles ressemblaient à des fauteuils de théâtre. « Les lettres me regardent », ai-je pensé. J'avais allumé ma pipe. Je portais une chemise blanche dont la pochette était pleine de billets de banque.

Mon appartement est situé à l'arrière de l'immeuble, il donne sur un jardin où il n'y a qu'un arbre, un laurier. « La balle de ping-pong tombera tout le temps dans le jardin. Je serai obligé d'escalader la grille pour la ramasser. Il faudra peut-être supprimer la grille. » J'ai fini par admettre que je ne ferais rien ce soir-là. Je ne dessinerais pas, je n'écrirais pas, je ne mangerais pas, je ne prendrais pas de bain, je ne regarderais pas la télévision. Je fumerais encore une pipe ou deux puis je me coucherais. Je n'ai pas voulu me lever du bureau sans avoir essayé la machine. J'ai appuyé sur la touche qui soulève le rouleau et j'ai frappé, au milieu de la page, l'epsilon majuscule.

2

Je n'ai pas beaucoup de choses à raconter. Je rencontre de temps en temps des amis. Je vais assez souvent dans un café à Colonaki. Je me suis promené près de la halle, je voulais acheter une scie et un portemanteau en bronze, mais je n'ai pas trouvé de portemanteau qui me plaise. J'ai acheté une livre de fromage de brebis. Le frigidaire ronronne doucement : si je n'arrive pas à m'habituer au bruit, je trouverai un moyen pour le faire cesser. J'ai fixé au mur, à côté du bureau, la feuille de papier machine où figure l'epsilon. L'été qui a suivi mon installation à Paris, j'ai apporté à ma mère un plan de la ville.

— C'est ici que j'habite, lui ai-je dit.

Elle a marqué l'endroit d'une croix et elle a affiché le plan dans la chambre à coucher. Chaque arrondissement avait une couleur différente. Le mien était rose. J'ai déménagé ensuite dans le treizième, qui était vert puis dans le seizième qui était grenat. À chaque déménagement, ma mère ajoutait une croix sur le plan. Elle avait également noté l'adresse des journaux pour lesquels je travaillais. Elle a été bien ennuyée lorsque je me suis installé en banlieue, comme si je l'avais privée de la possibilité de me suivre.

— Tu es où, maintenant ? m'a-t-elle dit.

J'ai fait un point sur le mur avec mon stylo, dix centimètres au sud du plan. L'encre s'est étalée, rendant visible le point à distance. Le plan est toujours au même endroit. Sur le mur d'en face, mon père a accroché une carte du monde.

— Elle te sert à quoi, cette carte ? lui ai-je demandé.

— Je l'étudie, m'a-t-il répondu.

Le lit est également resté à sa place, mais plus personne ne l'utilise. Mon père a pris l'habitude de dormir à côté, dans notre ancienne chambre d'enfants.

« Je suis bien dans mon appartement », pensé-je, sans conviction. Mes pensées ne me concernent pas, elles ne servent qu'à m'occuper, à me divertir. J'ouvre la porte d'entrée en hésitant, comme si je n'étais pas vraiment chez moi. Mes pas sonnent faux. Les murs et les objets me considèrent avec méfiance. Ils n'ont pas encore appris à me connaître. C'est normal qu'ils se posent des questions sur mon compte : « Qui est-ce ? Qu'est-ce qu'il fait ici ? »

Je me sens obligé de justifier ma présence. Je balaie, je lave la baignoire, je fais ce que je peux. Je cherche à m'attirer la sympathie de mon appartement. Il faut qu'il comprenne qu'il peut me faire confiance. Je regrette qu'il n'y ait pas de cafards, car j'aurais l'occasion, en les exterminant, de monter dans son estime. Je suppose que nos relations s'amélioreront sensiblement lorsque je prendrai la grande décision de le faire repeindre. Des traces de ciment et de plâtre marquent l'emplacement des cloisons abattues. C'est dire que le souvenir de ces murs reste intact. En faisant les cent pas dans l'appartement, j'ai l'illusion agréable de passer à travers les murs.

Je suis effrayé lorsqu'un verre me tombe des mains, comme si j'avais peur d'être grondé. Costas me disait que la coutume de casser les assiettes au cours des repas de fête repose sur la croyance que le bruit fait fuir les mauvais esprits. Je crois que mes propres bruits les attirent plutôt, que les esprits ne sont qu'à un pas de moi lorsque je ramasse les morceaux de verre.

Il y a une dizaine d'années, j'ai collé sur la porte de mon frigo, à Paris, une photo en noir et blanc de Rita Hayworth. Je pensais que je me lasserais de la regarder au bout d'un certain temps. Ça n'a pas été le cas : je me suis habitué à elle, le temps a légitimé sa présence. Je n'ai nulle envie de me séparer de cette image. J'ai même dit à Martha, la femme de ménage, de faire attention à ne pas la mouiller en nettoyant l'appareil. Elle ne doit pas suivre ma recommandation car le papier a pris quelques rides. Au cours de ces dix ans, Rita Hayworth a vieilli.

L'absence de toute obligation professionnelle accentue ma perplexité. J'ai toujours eu beaucoup de travail à Paris, beaucoup trop même, et voilà que soudain je ne fais plus rien. Je n'ai pas envie de dessiner. Dessiner quoi, d'ailleurs ? Le pull vert, offert par Vaguélio, tel que je l'ai aperçu par la porte entrouverte de la salle de bains, posé sur le couvercle noir de la cuvette ? J'ai lu dans l'encyclopédie que l'adjectif vert, *prassino*, vient de *to prasso*, le poireau. Il me semble que les Français pensent plutôt au vert gazon quand ils utilisent ce mot, qu'ils lui prêtent une nuance plus vive. « Seul le noir est partout le même. » Je n'ai pas envie de déboucher le flacon d'encre de Chine. Son odeur me rappellera mon bureau au journal, les salles d'attente de plusieurs autres quotidiens, mes premiers pas dans le métier. J'ai passé vingt-quatre ans à Paris. Je regarde sans joie le flacon, comme si cette encre noire était la quintessence de ma vie parisienne. Je n'ai trouvé ni Mitsikéli, ni Stamata, ni Vrilissia dans l'encyclopédie. J'ai cependant découvert que le mont Pentélique, au pied duquel se trouve Vrilissia, s'appelait jadis Vrilissos. « Je pourrais entreprendre la rédaction d'un dictionnaire étymologique des communes. » Il faut croire que j'éprouve le besoin d'un changement radical.


Il commence à faire jour. Je vois la silhouette du laurier à travers la porte-fenêtre, mais ses feuilles n'apparaissent distinctement qu'à sept heures. Je me lève très tôt, comme si j'avais un travail urgent. J'ai déjà bu un café, je vais préparer le second. Mon texte avance lentement. Je suis content chaque fois que je trouve le mot juste. « Je fabrique des phrases... Je me regarde dans un nouveau miroir. » Un dessin célèbre de Steinberg représente un homme en train de s'effacer lui-même avec une gomme. Je n'ai pas l'acuité qu'exige le dessin d'humour. Mes pensées sont incertaines, elles fleurissent dans la pénombre. Quand le soleil se lève, j'arrête d'écrire. Dans le journal que je tenais adolescent, je me plaignais déjà qu'il ne se passait rien, que je n'avais rien à écrire. Je venais de découvrir la capacité des mots à habiller le vide. Ils me font songer à des vêtements suspendus à des cintres. Je ne fais que poursuivre la rédaction de ce même journal après une interruption de plus de trente ans.

Je dessinais surtout le dimanche matin. Je prenais mon carnet, un crayon et je quittais la maison. Je passais par des terrains vagues, j'atteignais un cours d'eau où poussaient des roseaux et des arbres. Je dessinais les baraques qui se trouvaient là, un chien, un mûrier. Je m'asseyais souvent au pied d'un arbre. Je me souviens de l'ombre de ses feuilles sur la page blanche. Je rentrais vers midi à la maison, heureux et affamé. Ma mère aurait aimé qu'un de ses fils devienne écrivain. Elle lisait beaucoup, elle avait de l'admiration pour les écrivains. Elle a pu croire que je réaliserais son rêve car mes rédactions avaient une certaine originalité, mais celle-ci n'était pas suffisante. Elle a été un peu déçue lorsque je lui ai dit que je comptais faire les Beaux-Arts, et encore plus quand je lui ai annoncé ma décision de me consacrer au dessin. Elle considérait le dessin comme le parent pauvre d'un art qui, de toute façon, ne l'intéressait pas vraiment. Les rédactions de Costas n'étaient pas meilleures que les miennes pour la bonne raison que c'était moi qui les rédigeais la plupart du temps, à l'insu de ma mère. Lui m'aidait en maths, en physique et en grec ancien. Je n'étais pas bon en grec ancien. J'étais persuadé que les classiques étaient ennuyeux sans les avoir lus. La fréquentation de mes ancêtres me désolait. Ils avaient la même mine austère que les saints des icônes byzantines. Mon regard se dirige vers le papier fixé sur le mur. Pourquoi ai-je commencé à m'intéresser à l'epsilon, moi qui n'ai jamais étudié sérieusement la langue ancienne ? Je me contente en fait de le regarder. Mon esprit s'arrête au seuil de son mystère. L'E me tient compagnie.

Ma mère a terminé ses études secondaires à Amphissa. Elle était fière de son lycée. C'était un établissement public qui disposait cependant de la fortune considérable que lui avait léguée un homme d'affaires du nom de Yagdzis. Cet argent permettait au lycée de payer largement ses professeurs et, naturellement, de choisir les meilleurs. Le bon niveau de l'enseignement local expliquait, aux yeux de ma mère, l'intense activité culturelle de la cité. Elle affirmait qu'Amphissa publiait davantage de revues que Patras, dans le Péloponnèse.

— Le Péloponnèse n'évolue pas, disait-elle, parce qu'il ne lit pas.

Elle a vécu à Amphissa jusqu'à la fin de ses études. Ensuite, elle est venue avec son père et sa mère à Athènes. Son père, qui était originaire de l'Épire et qui travaillait à Amphissa dans le bâtiment, a investi toutes ses économies dans une boutique de passementerie qu'il a ouverte rue Lekka. Au début des années 1930, les gens n'avaient malheureusement pas besoin de galons et de rubans. Mon grand-père a été ruiné et a sombré dans une longue dépression. Son humeur ne s'est améliorée que le jour de la déclaration de guerre. Il semble qu'il soit parti pour le front avec un sentiment de soulagement. Peut-être espérait-il que la guerre allait mettre fin à ses soucis. Il a été tué parmi les premiers, dans les montagnes de l'Épire, non loin de la région où il était né. Ma grand-mère est morte quelques années plus tard. Je l'ai connue, mais je ne me souviens pas du tout d'elle.

Enfant, je m'imaginais Amphissa comme les royaumes des contes, avec des maisons en chocolat et de gros marchands souriants vêtus de gilets rouges. Au fil des années, les récits de ma mère sur sa ville se sont espacés, comme si elle commençait à oublier ou comme si elle n'avait plus le courage de faire un aussi long voyage dans le temps pour se souvenir. Son désir de revoir Amphissa s'est également estompé. Elle craignait de ne plus la reconnaître. Elle n'avait plus aucun parent dans la région. Je suis sûr qu'elle n'y pensait, vers la fin de sa vie, que lorsqu'elle achetait des olives. Elle était fâchée quand elle ne trouvait pas chez l'épicier les fameuses olives d'Amphissa.

— Je ne veux pas de tes olives à la sarriette ! disait-elle à l'épicier avec une aigreur qui ne lui ressemblait pas.

Elle nous parlait des sonnettiers d'Amphissa, qui étaient « connus de tous les Grecs », comme ses tanneurs du reste. Elle nous racontait que les bergers essayaient les clochettes et les sonnailles pendant des heures, assis en tailleur.

— Ils les tenaient à cinquante centimètres du sol environ, à hauteur du garrot d'une chèvre ou d'un mouton. Il fallait que le son de chaque clochette soit unique afin que le berger puisse suivre à l'oreille les déplacements de l'animal.

Les clochettes étaient en quelque sorte les pièces d'identité des animaux.

Il fallait encore qu'elles s'harmonisent bien entre elles de façon que les mouvements du troupeau produisent une musique agréable.

— Les bergers les choisissaient avec autant de soin que des instruments de musique et c'est avec le même soin qu'elles étaient fabriquées par les sonnettiers. Un des magasins les plus connus de la ville portait le nom du musicien Liszt, il s'appelait Chez Liszt !

Elle n'avait pas que de bons souvenirs d'Amphissa. Sa mère était ouvrière dans une tannerie, elle lavait les peaux. On les trempait, paraît-il, dans une mixture, à base d'excréments de chien, qui avait la propriété de dilater les pores et qui facilitait ainsi le nettoyage.

— L'odeur infecte de la tannerie accompagnait ma mère jusqu'à la maison, nous disait-elle. Lorsque je rentrais de l'école, je pouvais deviner sa présence dès la porte d'entrée. Les gens appelaient les tanneurs des « crottiers ».

Elle souriait parfois en disant ce mot, mais habituellement elle ne souriait pas. Les termes scatologiques lui déplaisaient souverainement. Elle n'approuvait même pas les mots pipi et caca. Elle les avait tout bonnement remplacés : elle disait « un-deux » pour pipi et « deux-trois » pour caca.

— Tu veux faire « deux-trois » ? me demandait-elle.

C'est à l'école que j'ai découvert, à ma grande surprise, que cette terminologie n'était guère répandue.

Je crois que l'intérêt de Costas pour le folklore a été éveillé au départ par les récits de notre mère. Il me fait un peu penser à elle quand il explique une tradition populaire : il parle lentement, avec circonspection, en pesant bien ses mots. Ce n'est que lorsqu'il s'agit de questions qui l'intéressent moins et qu'il connaît peu qu'il devient prolixe.

— Soyez précis, disait ma mère.

J'essaie d'être précis. Je me sers beaucoup du dictionnaire, surtout de *L'Antilexico* de Vostandzoglou. Cet homme a eu la bonne idée de classer les mots par thèmes, en les réunissant autour de quelque mille cinq cents termes de base. Le verbe *éveiller* que j'ai utilisé plus haut figure dans la rubrique *incitation*. L'entrée *barbe* nous apprend que la barbichette qui pousse juste sous la lèvre porte le joli nom de *bamterlélé*. Ma barbe couvre une grande partie de mon visage. Elle est devenue presque blanche. Je l'ai laissée pousser la première année de mon installation à Paris. J'étais alors étudiant aux Beaux-Arts. J'ai oublié la forme de mon visage.

J'ai eu l'occasion de rencontrer Vostandzoglou, il y a très longtemps, dans les bureaux d'un magazine. Il était né en Asie Mineure. Je me souviens de son regard bienveillant. Il voulait devenir romancier, mais comme il avait besoin d'un bon dictionnaire, il a décidé d'en écrire un. Le travail s'est révélé plus important que prévu : il a classé environ vingt mille mots, et n'a rien pu faire d'autre jusqu'à sa mort. Son *Antilexico* me rappelle des mots oubliés qui me touchent, il m'amuse en m'apprenant de façon inattendue que le préservatif s'appelle également « couvre-bite » *(périkavlis)*, il m'encourage à me promener à travers la langue. J'ai par moments l'impression, en le feuilletant, de lire le roman que son auteur n'a pas eu le temps d'écrire.

Je crois que les Grecs de la diaspora ont beaucoup contribué à l'enrichissement de la langue — je pense notamment à Coraïs et à Psicharis qui ont vécu à Paris. Quant à moi, je l'ai plutôt oubliée pendant les années de mon absence. J'aurais sûrement plus de mal encore à écrire les choses insignifiantes que je raconte (je me demande périodiquement pourquoi je continue à écrire) si ma liaison avec Vaguélio, qui a duré deux ans, ne m'avait permis de renouer avec le grec. Nous nous téléphonions tous les jours quand j'étais à Paris et, à Athènes, nous nous voyions quotidiennement. Sa présence adoucissait l'atmosphère de mon appartement. L'attente de son arrivée l'adoucissait aussi.

Les amours débutantes ont besoin de mots nouveaux. Nous en avons inventé plusieurs avec

Vaguélio. Je lui ai donné un autre nom et elle a également changé le mien. Nous avons découvert ensuite que ces surnoms avaient une foule de diminutifs. Nous avons attribué des noms inédits aux jeux que nous pratiquions. Elle se cachait par exemple dans l'armoire et criait :

— Où suis-je ?

Je faisais mine de l'ignorer :

— Où es-tu ?

Elle bondissait soudain hors de l'armoire et me jetait à terre. Nous essayions de nous étouffer mutuellement sous les couvertures. Elle m'empêchait de prendre ma pipe ou le journal. Nous luttions.

— Apporte-moi quelque chose de rouge, lui disais-je.

— Et toi quelque chose de noir !

Nous nous mettions en quête, elle d'un objet rouge et moi d'un noir. Nous courions à quatre pattes. Nous allions de l'entrée de son appartement jusqu'à la chambre à coucher. Celui qui montait le premier sur le lit avait gagné. Nous nous bousculions, nous nous poussions contre les murs, nous nous tirions par les pieds. Le chien de Vaguélio suivait le déroulement de ce jeu en se tenant à l'écart, immobile et comme pensif. C'était un chien blanc aux oreilles tombantes. Elle l'avait trouvé dans la rue, elle l'appelait Gaour, du nom du héros d'un roman populaire dont l'action se déroulait dans la jungle.

Nous avons changé le sens de certains mots usuels. Nous avons créé des mots qui n'avaient aucun sens pour pouvoir bavarder dans le vide. Je lui disais, par exemple :

— Où as-tu mis le *varsoumas*, ma grande ?

— Le *varsoumas* ? répétait-elle pour gagner du temps. Il est dans la *yenditsa* !

— Ah bon ? disais-je d'un air désapprobateur.

— Parfaitement ! Dans ma famille, on met toujours le *varsoumas* dans la *yenditsa*, ajoutait-elle en s'esclaffant.

Elle riait facilement et s'emportait fréquemment. Elle était persuadée que je voyais d'autres femmes. Elle n'écoutait pas ce que je disais mais elle essayait de deviner ce que cachaient mes paroles. L'espace se rétrécissait alors dangereusement. Je l'ai priée une fois de s'en aller.

— Tu veux vraiment que je parte ?

Elle était devant la porte d'entrée, la main sur la poignée.

— Attends une seconde.

J'ai pris un crayon-feutre et j'ai tracé le contour de son ombre sur le sol.

— Non, ai-je dit en terminant.

— Efface ça, s'il te plaît, m'a-t-elle demandé un peu plus tard.

Je n'ai jamais réussi à effacer complètement ce dessin. La trace est toujours visible par terre. Nous nous sommes disputés une fois au sujet de la Macédoine. Elle comptait se rendre à une manifestation organisée par le gouvernement contre les Macédoniens slaves, appelés « gens de Skopje ». Athènes entendait faire obstacle à la reconnaissance de leur État sous le nom de Macédoine. Vaguélio prétendait que seule la Grèce avait le droit de l'utiliser, étant donné que la principale région au nord du pays le porte déjà. « La Macédoine n'est que grecque » : tel était le slogan gouvernemental que les médias répétaient inlassablement plusieurs jours avant la manifestation.

— Tu ne peux pas comprendre parce que toi tu ne vis pas ici, m'a-t-elle dit. Ça t'importe peu qu'une guerre éclate, n'est-ce pas ? Tu as bien la nationalité française, non ?

Elle m'avait déjà posé cette question à deux reprises, mais il faut croire que ma réponse ne l'avait pas convaincue. Je soutenais que nous devions reconnaître Skopje sous le nom de Macédoine du Nord ou de Nouvelle-Macédoine.

— On ne peut pas leur permettre de s'approprier notre histoire. Ils se sont installés dans cette région la semaine dernière ! Ce sont des touristes ! Qu'est-ce qu'ils ont à voir avec Alexandre le Grand ? Si nous les reconnaissons en tant que Macédoniens, nous leur ouvrons les portes de la Macédoine grecque !

— C'est nous qui prétendons qu'il n'y a qu'une seule Macédoine, pas eux.

Cette discussion nous a laissé un ressentiment durable. Nous avons toujours évité par la suite d'aborder ce sujet. Elle n'est pas allée finalement à la manifestation, qui a eu lieu à Athènes, au Champ de Mars — peut-être le gouvernement grec avait-il choisi cet endroit pour montrer qu'il était prêt à toutes les éventualités. Il y a eu énormément de monde. Les cris des manifestants faisaient trembler les vitres de mon appartement.


Nous nous sommes connus à Thessalonique, au Festival du cinéma grec, elle accompagnait une actrice de ses amies. On m'avait nommé membre du jury pour les courts-métrages. Nous avons bu de l'ouzo à midi dans un passage. Il y avait d'autres personnes avec nous. Je ne l'ai pas vue les jours suivants et j'ai cru qu'elle était partie. Le soir de clôture elle m'attendait à la sortie du Palais du cinéma.

— On y va ? a-t-elle dit.

La chambre était haute de plafond. Un vasistas au-dessus de la porte laissait pénétrer dans la pièce la lumière bleue du couloir. Elle éclairait la partie inférieure du lit. Nos jambes étaient bleues. Nous sommes sortis tard dans la nuit, nous nous sommes assis sur l'herbe d'un terre-plein. Des ouvriers montés sur des échelles enlevaient les lettres de l'enseigne du « 31ᵉ Festival du cinéma ». C'étaient des lettres géantes, aux couleurs vives. On voyait à peine les ouvriers à la lumière pâle des réverbères, mais on distinguait parfaitement les lettres qui descendaient une à une sur le trottoir.

Nous sommes restés un jour de plus à Thessalonique. Nous nous sommes promenés sur les quais, la mer était calme et avait à peu près la couleur du ciel. De temps en temps les cloches sonnaient. C'était un dimanche. La courbe interminable que forment les quais m'a paru idéale. Nous avons traversé la place Aristote qui avait un air de fête et une autre place où étaient rassemblés des centaines d'immigrés russes, désabusés et mal habillés. Vaguélio a essayé de les photographier mais ils l'en ont empêchée. Elle a photographié sur l'avenue Egnatia une agence de pompes funèbres. Elle avait les mêmes meubles gris et les mêmes murs beiges que la plupart de ces établissements. Ils sont lugubres comme il convient à des endroits où l'on n'entend jamais que de mauvaises nouvelles.

— Pourquoi tu prends ça en photo, ma jolie ? lui a dit un colosse en tablier blanc qui se tenait dans l'encadrement de la porte de la pâtisserie voisine. C'est moi que tu devrais photographier !

C'est ainsi que nous avons fait la connaissance de M. Aphthonidès — son nom signifie en grec « abondance ». Il devait peser autour de cent vingt kilos. Nous sommes entrés dans sa boutique et nous avons commandé deux galettes fourrées. Il s'est installé à notre table. Il nous a dit qu'il était originaire de Constantinople et nous a cité plusieurs gâteaux aux noms turcs qu'on ne confectionne plus car personne ne sait les apprécier. Il nous a appris que le yaourt doit se faire avec du lait de bufflonne qui est devenu presque introuvable. J'ai supposé que son nom de famille était un surnom à l'origine, mais je ne lui ai pas posé la question. Il en voulait aux femmes, les trouvait toutes hypocrites.

— Et quand je dis toutes, j'inclus aussi ma mère ! a-t-il souligné.

Il nous a fait goûter plusieurs pâtisseries. Nous n'avons rien pu payer en fin de compte, pas même les galettes. À midi nous sommes revenus au passage où nous avions bu de l'ouzo quelques jours auparavant, comme si nous avions hâte de prendre des habitudes communes.

Je me suis souvenu du jugement de M. Aphthonidès sur les femmes lors d'une de mes dernières disputes avec Vaguélio. Elle m'a avoué qu'elle continuait à voir un de ses anciens amants, chose qu'elle niait catégoriquement jusque-là. J'ai été hors de moi.

— Il a raison finalement, Aphthonidès ! lui ai-je lancé.

Elle en voulait perpétuellement à quelqu'un, elle se fâchait avec ses sœurs, par périodes elle refusait d'adresser la parole à sa mère. Elle vivait fébrilement, travaillait beaucoup — elle est photographe —, se couchait aux aurores et buvait énormément. Je crois qu'elle avait peur de s'ennuyer. J'étais moins habitué qu'elle aux scènes de ménage. Je n'ai pas eu de liaisons orageuses à Paris. Mes histoires d'amour s'achevaient paisiblement. Les feuilletons de télévision grecs décrivent invariablement un conflit, entre le père et la mère, le fils et la fille, le père et le fils, la fille et son fiancé, la mère et une voisine, l'employé et son patron, le patron et sa secrétaire. « Je n'aime pas qu'on me parle sur ce ton ! » : telle est la phrase clé des séries grecques. Les courts-métrages que j'avais vus à Thessalonique, dus à de jeunes réalisateurs, avaient souvent pour thème une dissension familiale, mais leur ton était dramatique. Ils exprimaient la détresse d'enfants confrontés à des parents autoritaires.

Par la fenêtre de la salle de bains, ouvrant sur le puits de jour de l'immeuble, j'entends se disputer un jeune couple, le gardien avec sa fille. De temps en temps un vieillard pousse un grognement prolongé comme s'il essayait de cracher. En été, quand toutes les fenêtres sont ouvertes, des cris résonnent également de l'autre côté de l'immeuble. À Paris, mes voisins sont plus discrets. En fait, je les connais à peine. Je n'ai jamais vu le monsieur qui s'est installé depuis quelques mois à mon étage. Cependant, une nuit où je regardais par la fenêtre, j'ai vu son ombre à côté de la mienne sur le mur blanc de l'immeuble d'en face. J'ai failli lui faire un petit signe amical par l'intermédiaire de mon ombre mais je n'avais pas particulièrement envie d'engager la conversation, ne fût-ce qu'indirectement. Nous ne nous sommes donc jamais rencontrés, mais je peux dire que nos ombres, elles, se connaissent.

Elle a été surprise quand je lui ai annoncé mon intention de la quitter. Elle était persuadée que j'avais plus que jamais besoin d'elle. J'étais effectivement très affligé. Il faut croire qu'il y a des malheurs qui ne se partagent pas ou qu'on n'a pas envie de partager.

— J'ai besoin d'être seul, lui ai-je dit.

Nous étions assis dans le salon de son appartement, chacun sur un côté du canapé d'angle. Sur la table basse il y avait une corbeille à fruits bleu ciel pleine de pièces de monnaie. Elle n'a rien dit. Elle s'est levée et a mis un disque de Nino Rota dans le lecteur. Elle a monté le son très haut, comme si cette musique que nous avions souvent entendue ensemble pouvait réduire la distance qui déjà nous séparait. Elle a allumé une cigarette puis elle est entrée dans la cuisine qui communique avec le salon par une grande ouverture. Elle faisait quelque chose, penchée sur l'évier. Je ne suis pas sûr qu'elle se soit rendu compte de mon départ. En m'éloignant dans la rue, je continuais à entendre la musique. C'était celle des *Nuits de Cabiria*.

Lorsque j'arrête d'écrire, vers neuf heures du matin, et que je bois mon troisième café, la tranquillité de l'appartement me réjouit. Je n'entends aucune voix à cette heure. Les gens sont partis travailler ou faire leurs courses. Je n'entends même pas le vieillard, j'imagine qu'il dort. Je regarde fixement le laurier du jardin ou bien la vapeur qui monte de la tasse de café. L'écriture me fatigue, me tourmente, mais elle me procure en même temps un certain plaisir. Je crois qu'il est dû au contact des mots. Je respire tout près de la langue, voilà ce que je suis en train de faire. Quant au contenu de mon texte, j'ai dit qu'il ne me paraissait pas important. J'ai le sentiment qu'il existe des silences entre les phrases, de longs silences, comme si j'écrivais pour taire une chose plutôt que pour l'exprimer.

La facilité avec laquelle je me suis défait de l'habitude de noter la *périspoméni*, l'accent circonflexe, et les esprits, m'a convaincu qu'ils étaient superflus. J'écris au crayon Staedtler. De temps en temps je dessine dans la marge du manuscrit une tête ou un homme en train de courir. J'ai également dessiné un cube encadré par des cheveux de femme — un cube coiffé d'une perruque. Je ne me sers pas de la machine, je l'ai rangée dans sa mallette. J'étais à la fois gêné par son bruit et par l'aspect guindé des caractères. Ils conféraient à mon texte une gravité insolite. J'ai inventé le jeu suivant qui m'occupe quand je manque d'inspiration : je compose des phrases en utilisant exclusivement des mots qui commencent par la lettre E. J'en ai produit trois pour l'instant.

*Erpéton échon énochlissin ex éntonou ellipséos édesmaton éphagen étéron erpéton* : reptile souffrant d'un manque intense de nourriture dévora un autre reptile.

*Ekchristianisménos eidololatris éviassen épamphotérizonta épiscopon eis ecclissaki érimikon* : idolâtre converti au christianisme viola un évêque équivoque dans une chapelle isolée.

*Écho épiskephthi eidon-eidon épaguelmatiès, emvrithis éntomologous, eccentrikous ephoplistès, émbirous ergatès, euprossigorès étairès, émpathis eirénodikès, ékolaptoménous éthnosotérès, eukolossymvivastous éphoriakous, exantliménous épétès* : j'ai rendu visite à toutes sortes de professionnels, entomologistes érudits, armateurs excentriques, ouvriers expérimentés, accueillantes hétaïres, juges de paix haineux, hommes providentiels en gestation, agents du Trésor arrangeants, mendiants épuisés.

J'avais failli visiter Delphes un été, il y a longtemps.

— Comment est-ce possible que tu n'y sois encore jamais allé ? m'avait dit ma mère.

Elle m'avait regardé avec l'étonnement profond que lui inspiraient jadis mes fautes d'orthographe.

— Quelle idée d'écrire ça comme ça ! disait-elle.

Elle m'avait conseillé d'observer attentivement la statue qui représente une petite fille souriante, mais je n'ai pas réussi en définitive à faire ce voyage. Quand avait-elle visité Delphes ? Lorsqu'elle était lycéenne, sans doute. Le sanctuaire se trouve tout près d'Amphissa. Je pourrais y aller maintenant. « Le moment est peut-être venu », pensé-je. Je regarde encore le laurier du jardin. « Peut-être. »

Je ne sais pas combien de temps je resterai ici. Cela fait quinze jours que je suis rentré. Je n'ai téléphoné que deux fois en France. J'ai appelé Martha et une consœur au journal, Marie-Christine, je lui ai demandé de m'envoyer vingt paquets de tabac.

— Tant que ça ? a-t-elle dit.
— Je t'en demanderai peut-être d'autres.

Je fume trois ou quatre paquets par semaine. C'est la première fois que je me trouve ici sans avoir de billet de retour. « Si je savais pourquoi je suis venu, je pourrais prévoir la date de mon départ. » J'observe les brins de tabac brûlés dans le fourneau de ma pipe : certains se dressent verticalement, d'autres forment des parenthèses, des points d'interrogation, ou encore de petites vagues. Ils me font songer à la calligraphie arabe. Martha continue à s'occuper de mon appartement et à régler mes factures. Je lui ai dit d'ouvrir le courrier, il y avait surtout des invitations à des expositions, à des inaugurations de bars à vin, des prospectus.

— Les Deux Oursons bradent leurs articles en cuir à des prix...

— Jette ça, étais-je obligé de lui répéter car elle était prête à me lire même les prospectus.

Une lettre est arrivée de Grèce. Est-elle de Vaguélio ? Elle ne sait pas que je suis à Athènes. Malheureusement, Martha n'a pas réussi à déchiffrer la signature.

— C'est une écriture penchée ? lui ai-je demandé.

— Plutôt penchée, mais il y a aussi des lettres droites.

Je me suis rendu compte que je ne me souvenais plus très bien de l'écriture de Vaguélio. Était-elle réellement penchée ? Elle ne m'a écrit que rarement.

Je prête une oreille attentive à ce qui se dit autour de moi. J'examine Athènes comme si j'étais venu pour l'étudier. Lors de mes précédents voyages je n'avais pas le temps de la regarder. Je pensais sans cesse à Paris. Athènes me fascinait moins. Je ne peux pas dire que je ne connais pas la ville, ni non plus que je la connais bien. J'étais persuadé que la rue Callidromiou était parallèle à l'avenue Alexandras et j'ai été stupéfait lorsque, en remontant la première, je suis tombé sur la seconde. Je me suis trouvé un jour sur la colline Stréphi en croyant que j'étais sur le Lycabette. La réalité m'oblige à réviser fréquemment le plan de la ville que j'ai en tête. Je déplace des rues, des collines, parfois des quartiers entiers que je remplace par d'autres. Ce plan ressemble aux très anciennes cartes où rien n'est à sa place.

Je connais cependant l'allure pitoyable des arbres d'Athènes. Ce sont en général des orangers amers. Leur taille n'atteint pas deux mètres. Le tuteur qui est censé les soutenir est habituellement sorti de terre — quelqu'un a dû lui donner un coup de pied — et s'appuie en fait sur eux. Ils portent leur tuteur comme une croix. Ils souffrent eux aussi de l'atmosphère polluée de la ville. Le soir ils sont encore plus à plaindre car les habitants du quartier déposent autour d'eux leurs ordures dans des sacs en plastique. Tard dans la nuit, les éboueurs les débarrassent de cette désagréable compagnie, mais pas complètement. Une partie du contenu des sacs, soit parce qu'ils sont mal fermés, soit parce qu'ils sont déchirés par des chats, reste sur le trottoir.

Je marche la plupart du temps tête baissée, ainsi je connais bien mieux les trottoirs que les immeubles. Pour ces derniers, je ne suis vraiment familiarisé qu'avec leurs sous-sols. Le haut de leurs fenêtres dépasse à peine le niveau du trottoir. Il existe une petite tranchée entre ces fenêtres et le trottoir que les piétons utilisent comme poubelle. Ils sont habités par des personnes âgées qui regardent vers la rue avec une sorte d'espoir. Elles portent des pyjamas délavés. On est surpris que les pouvoirs publics autorisent la location de ces sous-sols qui sont régulièrement inondés par les eaux de pluie. On a nettement l'impression que l'État est du côté des propriétaires et des entrepreneurs qui, depuis des décennies, multiplient les abus en empiétant sur les rues, en dévorant les espaces publics — le mont Lycabette est bâti pratiquement jusqu'au sommet — et en construisant des immeubles beaucoup trop élevés. En me promenant dans les rues d'Athènes je crois entendre continuellement la conversation à voix basse d'un entrepreneur et d'un fonctionnaire ministériel. Chaque immeuble atteste à sa manière que le fonctionnaire a fini par céder.

Très étroits dans l'ensemble, les trottoirs sont souvent envahis de montagnes de briques, de sable et de poussière de marbre. Dans cette ville bâtie à outrance, les travaux de construction ne s'arrêtent jamais. Il arrive aussi que les trottoirs soient tout simplement absents : on les démolit régulièrement pour réparer une canalisation, installer de nouvelles lignes de téléphone. Les matériaux qu'on utilise pour les revêtir, une fois les travaux terminés, sont d'une extraordinaire diversité. Il s'agit tantôt de dalles lisses, tantôt de plaques en ciment mélangé à du gravier, tantôt de carreaux beiges ou orangés ornés d'une striure ondulée oblique. Une telle cacophonie indispose les boutiques élégantes, qui dissimulent leur pan de trottoir sous une moquette verte ou un linoléum noir. Je me suis suffisamment habitué à Athènes telle qu'elle est devenue pour avoir oublié son visage d'antan. Je me souviens seulement qu'il y avait très peu de voitures et qu'on voyait passer des charrettes dans les rues. Elles étaient tirées par des chevaux trapus à longue crinière. J'avais entendu dire qu'ils étaient hongrois. Je n'ai plus le courage de me souvenir. J'ai peut-être atteint l'âge qu'avait ma mère lorsqu'elle a cessé de nous parler d'Amphissa.

Mon intérêt pour la ville et ses habitants n'est pas continu. Il s'interrompt brusquement. Mon regard erre sur la table ronde du café, il lui faut du temps pour aller de mon pouce que j'appuie sur son bord jusqu'au cendrier. Je fais glisser mon pouce. Ma main tombe sur mon genou. Le malaise que je ressens me satisfait. « Je n'ai pas envie d'être bien. » Il y a un instant, j'étais curieux d'entendre la réponse que la dame assise un peu plus loin ferait à son compagnon. Elle était visiblement sur le point de lui dire quelque chose, mais elle n'a rien dit, elle a même serré les lèvres. J'ai du mal à évaluer la sincérité de l'intérêt que je porte aux hommes et aux choses. Je ne sais pas ce qui le déclenche ni ce qui le freine. J'ai été ému par le récit d'un chauffeur de taxi concernant la mort de son fils âgé de douze ans. Le garçon était atteint d'une affection de la moelle osseuse.

— J'ai dû vendre tout ce que j'avais pour pouvoir le faire soigner en France, m'a-t-il confié. Ce taxi n'est plus à moi. Je travaille pour un patron maintenant. J'ai fait le tour des armateurs, ils ont bien voulu me donner un peu d'argent, l'un deux cents, l'autre deux cent cinquante mille drachmes. Ça m'a coûté en tout cinquante millions. La Sécurité sociale ne m'a remboursé que la moitié. La moelle utilisée pour la greffe, les médecins l'ont prélevée sur ma fille, qui a quinze ans. Le petit a passé huit mois à l'hôpital. L'opération a réussi mais son foie n'a pas supporté le choc, on a tout juste eu le temps de le rapatrier. On lui a aménagé une petite chambre d'hôpital dans l'avion. Il est mort en arrivant. Dieu n'a pas eu pitié de lui.

« Je suis venu pour écouter cette histoire », ai-je pensé.

— Je dois encore huit millions.

— Tu les rembourseras, lui ai-je dit.

— Je n'ai plus de forces. Je les rembourserai, bien sûr. D'ailleurs, personne ne me presse. Il se trouvera bien quelqu'un pour épouser ma fille sans dot. Mais je n'ai plus de forces.

En sortant du taxi je lui ai demandé le nom de sa fille.

— Callirhoé, m'a-t-il dit.

Je suis plus facilement ému qu'autrefois, mon équilibre est à la merci du moindre événement.

Même les mélos affligeants que je vois à la télévision m'émeuvent. J'ai les larmes aux yeux quand Alexandrakis est enfin accepté par sa belle-famille et quand sa belle-mère, une bourgeoise décatie, lui dit :

— Viens, mon fils, dans mes bras !

Je ne supporte pas cette scène, ma poitrine se comprime, je ne me contrôle plus. Il faut croire que je n'ai pas suffisamment pleuré au cours de ma vie, que je n'ai pas pleuré quand il le fallait et que j'extériorise maintenant des émotions oubliées. Les larmes qui coulent sont des larmes anciennes.

J'ai réussi à me contenir à peu près ce jour-là. Deux ou trois fois seulement je suis sorti de la maison afin que mon père ne puisse pas me voir. Je suis allé au bout du jardin. C'est moi qui ai averti toute la famille par téléphone. J'ai fait preuve d'un certain sang-froid, malgré le mal que me causait la phrase que je devais dire. Je l'ai répétée trente, peut-être quarante fois. J'avais l'impression de la découvrir à chaque appel, comme si j'apprenais moi-même la nouvelle que j'annonçais.

— Vous savez…, commençais-je.

Ils ne savaient pas, bien sûr, cela venait juste d'arriver.

Je ne peux pas prétendre que je suis venu pour m'occuper de mon père car je ne m'occupe pas beaucoup de lui. Je ne suis allé qu'à deux reprises à Ano Patissia. Il m'a rendu visite lui aussi. Le fait que je sois à Athènes le rassure, je pense, il est content lorsque je l'appelle. Mais il ne veut pas que j'en fasse davantage pour lui. Il ne supporte pas que je le tienne par le bras dans la rue. Sa démarche est devenue incertaine. Il se déplace légèrement, comme un danseur. Mon père n'admet pas qu'il a vieilli. Il est vrai qu'il ne souffre de rien de grave, même s'il se plaint parfois de son foie ou de ses reins. J'ai du mal, moi aussi, à admettre son vieillissement. Je suis outré quand les dames du quartier l'appellent « grand-père ». Il accepte volontiers l'aide qu'elles lui apportent, il y voit une manifestation de tendresse plutôt qu'un geste de pitié.

Chaque fois que je suis allé le voir, j'ai trouvé Fanny chez lui, en train de ranger la cuisine. Je ne l'avais pas vue depuis plus d'un an. J'étais à Paris quand son père est mort. Sa peau m'a paru extrêmement pâle, peut-être parce qu'elle était habillée en noir et qu'elle n'était pas maquillée. Elle a maigri. Son front m'a rappelé celui de son père. Nous avons peu parlé la première fois. Elle évitait de me regarder, elle fixait soit la porte, soit le frigidaire, comme si elle était gênée par son apparence et qu'elle voulût entraîner mon regard ailleurs.

— J'ai vieilli, m'a-t-elle dit.

Elle a quarante-neuf ans, comme mon frère, mais elle paraît plus jeune. Je l'ai trouvée déprimée, pas vieillie. Elle continue à me rappeler la jeune fille qu'elle a été. Elle a de très jolies jambes.

— Qu'est-ce qu'il vous raconte, mon père ? lui ai-je demandé à un moment où nous étions seuls.

— Les aventures de Pim. C'est un jeune garçon qui s'est échappé de chez lui et qui traverse les États-Unis en essayant de gagner sa vie. On se réunit tous les mercredis, on fait du thé et il nous raconte la suite.

Nous avons parlé un peu plus la seconde fois, mon père bricolait à l'étage. J'ai appris que les parents de Pim, des forains italiens installés à New York, ne sont pas ses véritables parents, ils l'ont enlevé au cours d'une tournée en Europe.

— Il nous a promis que le jeune homme ferait le tour du monde !

Je lui ai donné des nouvelles de Costas. Elle m'a parlé d'une de ses amies qui avait un bon boulot, trois enfants charmants, un mari compréhensif et qui, un jour, a sauté du balcon de son appartement. Elle m'a assuré que je la connaissais, que nous étions ensemble au cours d'anglais. Je n'ai pas réussi à me souvenir d'elle.

— Elle est morte la semaine où…

Elle s'est mise à pleurer. J'ai posé ma main sur son dos.

— Il faut que tu essaies de l'oublier.

Elle a tourné les yeux vers moi.

— Je n'ai pas envie de l'oublier, a-t-elle dit sèchement.

Elle n'a pas voulu déjeuner avec nous. Elle est partie après avoir terminé son travail. J'ai demandé à mon père s'il lui donnait de l'argent.

— Elle s'est mise en colère quand je lui en ai parlé... Elle dispose de la retraite de son père qui est assez confortable. Elle ne dépense presque rien, n'achète pas de vêtements, ne sort pas. Elle va au cimetière tous les matins puis elle vient me voir.

Mon père mange avec un appétit impressionnant. Il aime avoir plusieurs plats autour de lui et il les a. Les uns sont préparés par lui, les autres lui sont offerts par ses voisines. Il ne faisait pas la cuisine autrefois et il n'était pas si gourmand. Avant même d'avoir avalé la courgette ou la tomate qu'il vient de piquer, son regard se tourne avec envie vers le riz aux épinards ou les pâtes gratinées. J'étais gêné autrefois par le bruit qu'il faisait en aspirant sa soupe, sans doute parce que je savais qu'il agaçait ma mère. Maintenant cela me dérange moins. Naturellement, je trouve qu'il mange trop. J'essaie de le lui faire comprendre en touchant à peine aux plats quand nous sommes ensemble. La privation que je m'impose pour lui donner l'exemple fait que je sors de table en ayant toujours faim. Mais il ne fait guère attention à ce que je mange. Nous prenons le café au salon. Il m'a juré qu'il n'a pas besoin d'argent pour payer le dentiste, que tous les frais sont pris en charge par la Mutuelle des employés de banque. Il lui manque deux ou trois des incisives du haut.

— Tu as raison de t'en occuper, lui ai-je dit.

— Bien sûr que j'ai raison !

Sa photo est sur le buffet. C'est une photo en couleurs prise à la campagne, on distingue des arbres derrière elle. On voit ses épaules, ses bras. Lorsque nous avons partagé ses affaires, c'est moi qui ai pris la veste de laine qu'elle porte. On ne voit pas la cigarette qu'elle tient à la main, mais on aperçoit la fumée qui monte parallèlement à son bras gauche et s'évanouit au niveau de son épaule. Mon père, lui, ne fume pas.

— Les femmes ont nettement plus d'argent que les hommes, a-t-il déclaré brusquement. Les plus riches ont une quarantaine d'années, des cheveux châtains, portent des lunettes et sont plutôt maigres. Elles n'ont pas l'air riche, mais elles ont d'énormes portefeuilles dans leur sac ! Les grosses n'ont pas un rond, elles dépensent tout, elles sont futiles. Elles doivent de l'argent même à l'épicier ! Je sais ce que je te dis, j'ai été caissier pendant trente-trois ans !

Il a répété « trente-trois ans » puis il s'est tu. Le souvenir de la vie qu'il a eue le chagrine. Cela m'ennuie bien. Il ne voit aucun de ses anciens collègues. Il n'a pas d'amis à la banque. Il ne s'est jamais lié qu'avec un client, Stélios, un photographe. C'est lui qui a pris la photo de ma mère qui est sur le buffet. Leur amitié ne me déconcerte pas, Stélios non plus n'est pas un homme ordinaire. Les murs de son studio sont couverts de haut en bas de centaines de photos où on le voit à côté de De Gaulle, de Kennedy, de Brigitte Bardot, de Gagarine. Chaque fois qu'il allait à l'aéroport pour faire un reportage sur un illustre visiteur, il s'arrangeait pour se faire photographier avec lui. Il confiait son appareil à un confrère et posait auprès de la personnalité. Qu'espérait-il ainsi ? Voler un peu de sa gloire ? C'est un collectionneur de célébrités. Il est connu de tous les hommes politiques grecs. Il affirme que Caramanlis, quand il a reçu Giscard d'Estaing à Athènes, l'a invité spontanément à serrer la main du président français. Je crois bien avoir vu une photo où Stélios se trouve entre les deux hommes, il me semble même qu'il les tient tous les deux par le bras. J'ai eu l'occasion de visiter son studio. Les célébrités ont quelquefois l'air maussade, alors que Stélios, sur tous les clichés, a un sourire triomphant. La renommée de certains de ces personnages n'a été que de courte durée — anciens champions dont les records ont été vite battus, maris d'actrices oubliés après leur divorce —, de sorte que je me demande parfois qui peut bien être l'homme à côté de Stélios. Mon ignorance le surprend et le navre :

— C'est Manfred Germar ! Comment ça se fait que tu ne connaisses pas Manfred Germar, toi qui t'intéresses à l'athlétisme ?

Il a probablement peur que tous ces gens ne sombrent dans l'oubli et que sa collection ne perde, du même coup, sa valeur. Heureusement, il a réussi à devenir lui-même assez célèbre : il y a quelques années, l'hebdomadaire *Tachydromos* lui a consacré un long article illustré sous le titre « le Don Quichotte de la photographie ». D'autres journaux ont également parlé de lui. À l'époque de la junte militaire, il a cessé d'aller à l'aéroport, il n'avait aucune envie d'être pris en photo avec les invités des colonels. Pendant cette période, il a dû gagner sa vie en photographiant les baptêmes et les mariages qui avaient lieu dans son quartier.

Je suis monté au premier étage pour aller aux toilettes. La porte de la chambre à coucher était entrouverte. J'ai regardé le couvre-lit marron, orné de grandes fleurs orange, qui était visiblement posé à même le matelas. J'ai vu sur le mur la carte du monde qu'étudie mon père. J'allais pénétrer dans la pièce, mais la porte, au moment où je la poussais, a grincé légèrement. Je crois bien que c'est ce bruit qui m'a empêché d'entrer.

Je n'aime pas rester seul au salon — mon père aussi est monté au premier étage. Je pense fatalement à cet après-midi où nous avions dû déplacer tous les meubles. Nous avions enlevé les chaises et la table basse, plié la grande table et poussé le buffet dans un coin. Nous avions créé un grand vide. Je me souviens que les verres cliquetaient dans le buffet au moment où nous le déplacions. Dès le lendemain, les meubles avaient retrouvé leur place.

Le téléphone n'a pas sonné. Costas l'appelle le soir, à vingt heures. Je lui ai demandé si la sonnerie le dérange depuis longtemps.

— Depuis toujours, a-t-il dit, mais je n'y faisais pas attention, avant. Maintenant je fais attention, c'est toute la différence. Il arrive que le téléphone reste muet pendant des heures et que je reçoive deux ou trois appels d'affilée. Quand il a sonné une fois, il est certain que dans les minutes qui suivent on va m'appeler à nouveau.

Je lui ai proposé de lui acheter un appareil au timbre plus doux. Il a un vieux téléphone noir.

— Ça ne changera rien.

Il a jeté un coup d'œil à l'appareil qui est posé sur un petit coffre près de la porte d'entrée. Juste au-dessus est accrochée une grande glace dans laquelle on voit une partie de l'escalier qui monte au premier.

— Qu'est-ce que tu fais, toi ? m'a-t-il demandé. Comment tu t'occupes ?

Il ne me posait pas de questions dans le temps. Je parlais surtout avec ma mère. Lui qui bavardait tant à la banque ne disait pas un mot à la maison. C'est auprès de ma mère qu'il prenait de nos nouvelles. Je n'aurais jamais eu vent de ses difficultés à la banque si ma mère ne m'en avait pas parlé. Il ne fait pas de doute qu'elle tenait le rôle principal. Aussi bien Costas que moi nous nous confiions plus volontiers à notre mère que nous ne parlions entre nous. Elle nous intimidait moins. Nous lui parlions pendant des heures. Elle s'exprimait peu. Elle écoutait, surtout.

— Je ne fais rien.
— Ce n'est pas possible...

Il a dit cela d'une petite voix hésitante comme s'il craignait de paraître indiscret. Son intérêt m'a touché. J'ai réalisé qu'il était installé dans le fauteuil où s'asseyait ma mère. Comme je n'avais rien d'autre à lui raconter, je lui ai parlé du mystérieux E de Delphes. Il a manifesté une vive curiosité :

— C'est étonnant ! a-t-il répété à deux ou trois reprises.

Quand j'ai eu terminé, il a ajouté :
— Tu sais à quoi me fait penser cette lettre ? Aux messages jetés à la mer par les naufragés et qui arrivent à destination après des années, quand ils sont devenus presque illisibles. Il y a un message de ce genre, à moitié effacé, dans *Les Enfants du capitaine Grant*. Il subsiste très peu de

lettres et un chiffre dont personne ne sait s'il correspond aux degrés de longitude ou de latitude.

Je lui ai avoué que Fanny m'avait parlé de Pim. Cela n'a pas eu l'air de lui déplaire, ni de lui faire plaisir. Il m'a semblé qu'il attendait que j'en dise davantage. Je me suis souvenu que ma mère se moquait un peu de son goût pour la fabulation.

— C'est vrai que tu vas lui faire faire le tour du monde ?

— Peut-être, a-t-il dit, en restant sur sa réserve.

— Tu as choisi un itinéraire ?

Il a compris que je n'avais pas l'intention de me moquer de lui.

— Je pense qu'il va parcourir l'Amérique, jusqu'à la Terre de Feu, qu'il passera ensuite en Afrique. Je n'invente pas tout, tu sais : je reprends des éléments dans des romans ou des films. Je suis en train de lire un livre sur Mexico. Je suis obligé de me renseigner, je ne veux pas leur raconter n'importe quoi.

Il m'a commandé deux romans de Jules Verne, *Les Enfants du capitaine Grant*, car son action se situe en partie en Amérique du Sud, et *Le Phare du bout du monde*.

— Je suis certain, a-t-il dit, que le phare du bout du monde se trouve sur la Terre de Feu.

J'ai pensé à la suite du voyage de Pim et je lui ai proposé de lui apporter aussi les aventures de Tarzan.

— Mais je l'ai, *Tarzan*! s'est-il exclamé, comme s'il était impensable qu'il ne l'eût pas.

Il m'a raccompagné les deux fois jusqu'à la porte du jardin. Il est resté là, comme le faisait ma mère, attendant que je tourne au coin de la rue.

Je marchais vite comme si je voulais échapper aux souvenirs qui me restent de ce quartier. Ils ne sont pas mauvais, mais ils me paraissent si lointains qu'ils m'attristent forcément un peu. « Ce quartier n'est pas un endroit, c'est une époque. Je traverse une époque. » J'ai ressenti une douleur inexplicable en voyant une collégienne d'une douzaine d'années, avec un tas de livres sous le bras, en train d'ouvrir la porte de sa maison. Je suis passé à côté de mon ancienne école primaire. Le mur qui protège la cour de récréation a été surélevé, il est haut de quatre mètres. J'ai entendu les cris des enfants. Soudain, un ballon de basket est passé par-dessus le mur et a atterri presque devant moi. Il a rebondi sur le capot d'une voiture, puis au milieu de la chaussée et s'est arrêté devant l'entrée d'un immeuble. Il n'y avait personne dans la rue. J'ai ramassé le ballon et d'un coup de pied je l'ai expédié dans la cour. Aux cris des enfants j'ai deviné que le jeu avait repris. « Je suis venu pour vous renvoyer le ballon », ai-je pensé.

3

J'ai aperçu le poète dont j'avais fait la connaissance à Stamata, je l'ai salué de loin mais il n'a pas réagi. Il portait le même costume vert. La librairie était bondée. Je me suis donné du mal pour m'approcher du buffet et me verser du résiné dans un verre en plastique. J'ai remarqué un homme d'un certain âge à la barbe blanche qui portait un chapeau noir à large bord, une cape noire et une écharpe rouge autour du cou. Il m'a rappelé la silhouette d'Aristide Bruant dessinée par Toulouse-Lautrec. J'ai reconnu plusieurs écrivains dans l'assistance et une jeune blonde aux cheveux en brosse qui présente à la télévision l'émission *Portraits*. La manifestation était organisée par l'éditeur Manos Acridakis pour la présentation à la presse d'un volume consacré à *L'Éternelle Grecque*, préfacé par Amalia Stathopoulou, l'actuel ministre de la Culture.

Amalia est une vieille amie de Manos. Nous l'attendions pour commencer la conférence de presse. Les gens regardaient à travers la vitrine de la librairie, guettant l'arrivée de la voiture officielle.

— Une journaliste m'a parlé de toi tout à l'heure, m'a dit Manos, elle veut te rencontrer. Je vais lui dire que tu es là.

Il a regardé autour de lui mais il ne l'a pas vue.

— Jusqu'à quelle heure on va attendre ? a demandé la blonde de la télévision.

— On peut patienter encore une dizaine de minutes, Ioanna.

Je me suis souvenu de son nom, elle s'appelle Ioanna Calogridou.

— Pas plus de dix minutes, d'accord ? a-t-elle dit en mangeant un petit sandwich triangulaire.

J'ai constaté qu'elle suscitait l'attention générale. Elle était très maquillée. Aussitôt après avoir mangé le sandwich, elle a sorti un petit miroir rond de son sac et a examiné sa bouche. Elle a fait différentes mimiques comme si personne ne la voyait. L'homme au chapeau noir attirait également les regards. Il parlait à deux écrivains, à peine moins âgés que lui, qui étaient pensifs et un peu tristes. Son expression à lui était plutôt réjouie. Il avait l'air de prendre plaisir à parler. L'un des écrivains a soulevé ses lunettes et a essuyé ses yeux avec un grand mouchoir blanc. J'ai cru qu'il pleurait. Les quelques écrivains que j'ai connus à Paris m'avaient également paru moroses, comme s'ils ne songeaient jamais qu'à des histoires qui se déroulent dans des petites villes pluvieuses. Le poète de Stamata — je l'appelle ainsi car je n'ai pas retenu son nom — a commencé à traverser la foule. Nous nous sommes regardés et, une fois encore, il a évité de me saluer.

Un exemplaire de *L'Éternelle Grecque* était ouvert sur une table de verre. Je l'ai feuilleté : il était composé d'une série de portraits de femmes illustres, Sapho, Anna Comnène, Bouboulina, Pénélope Delta et quelques autres. C'était une édition de luxe abondamment illustrée. La préface soulignait la contribution des femmes à la culture grecque, aux luttes sociales et aux combats de libération. Le ministre soutenait que la Grecque d'aujourd'hui est digne de ses lointaines ancêtres et que ses performances s'amélioreront dans l'avenir grâce aux lois qui garantissent l'égalité des sexes. C'était un texte d'une vingtaine de lignes. La signature de Stathopoulou occupait le reste de la page.

À l'époque de la dictature j'avais dessiné une grosse femme avec une jambe relevée, prête à écraser sous son talon un minuscule petit garçon.

— Est-ce que tu m'aimes ? lui demandait-elle.

J'éprouvais une vive hostilité à l'égard des Grecques. Ne sachant pas à quoi attribuer l'attitude timorée de la plupart de mes compatriotes envers la junte, j'avais décidé que la faute en revenait à leurs mères. Je n'en voulais pas aux pères : seules les femmes étaient à mes yeux responsables. Je devenais fou de rage chaque fois que je voyais une mère gifler son enfant. Après le soulèvement des étudiants de l'École polytechnique, j'ai bien dû réviser un peu mon jugement, sans pour autant changer d'avis. Il est aussi facile de se forger une opinion qu'il est dur de s'en défaire. J'ignore les raisons de mon animosité à l'égard des femmes. Ma mère était plutôt douce. J'étais loin de me sentir aussi opprimé par la famille que paraissent l'être les auteurs des courts-métrages présentés à Thessalonique. Je dois avouer d'autre part que je n'ai pas fait preuve de beaucoup d'audace pendant la dictature. Deux ans après le coup d'État, je suis parti pour Paris. Je participais certes aux manifestations qui avaient lieu là-bas contre les colonels, je restais cependant au fond de la salle pour éviter d'être pris en photo. Je savais que plusieurs photographes collaboraient avec l'ambassade qui établissait des listes d'opposants. Quelques-uns des dessins que j'ai publiés à l'époque dans la presse française auraient pu agacer les autorités grecques. Cela n'a pas été le cas, apparemment. L'ambassade ne savait peut-être pas qui était Pol. Je doute qu'elle ait jamais cherché à le savoir.

La couverture du livre montre Bouboulina, debout à la proue de son bateau, en train de diriger les opérations contre la flotte turque. La scène se passe pendant la guerre de l'Indépendance de 1821. Les hommes de son équipage semblent effrayés. Le bateau — une très grosse barque — s'appelle l'*Agamemnon*.

J'ai regardé de nouveau l'assistance. Malgré l'impatience de certains due au retard du ministre, l'ambiance restait chaleureuse. Il était évident qu'ils se connaissaient tous très bien, je n'entendais autour de moi que des prénoms, Yorgos, Nicos, Socrate, Éléonora, Dimitra, Catérina. À Paris, dans les mêmes circonstances, il me semble que j'aurais surtout entendu des noms de famille, Delbourg, Grandmont, Carrier, Caumont, Nicolaïdès, puisque c'est ainsi qu'on prononce mon nom en français. En grec on dit Nicolaïdis, en mettant l'accent sur l'avant-dernière syllabe. J'ai été jaloux de ces démonstrations d'amitié comme si je ne faisais pas partie de la même société, comme si j'étais un intrus. J'ai repris du résiné, je devais protéger constamment mon gobelet des mouvements brusques des invités. Le poète a remis à Calogridou un livre qui était sans doute un recueil de poésies car son format était grand et ses pages peu nombreuses.

— Elle arrive ! a dit quelqu'un.

Une Mercedes noire aux vitres teintées venait de faire son apparition. Il y a eu un grand mouvement vers la porte, le poète et Calogridou ont été les premiers à mettre pied sur le trottoir.

— Tiens-toi prêt, Thanassis ! a crié Calogridou à un jeune type qui portait une caméra sur l'épaule et était en train de manger une glace à côté du kiosque, sur le trottoir d'en face.

Je me suis souvenu que les kiosques vendaient déjà des glaces quand j'étais enfant. Ils étaient équipés d'une glacière. Thanassis ne s'est pas ému outre mesure, il s'est juste penché pour regarder à l'intérieur du véhicule qui avançait avec une lenteur de corbillard.

— Mais jette donc cette glace ! a encore crié Calogridou.

Quelqu'un a fait remarquer que c'était une voiture du corps diplomatique.

— C'est peut-être l'ambassadeur du Nigeria, a dit Manos. Il habite près d'ici.

La voiture a tourné au coin de la rue. Ils sont tous rentrés dans la librairie quelque peu vexés. Seule Calogridou est restée dehors et a continué à crier. Elle avait ressenti comme un affront personnel le manque d'empressement de son cameraman.

— Quand je te dis de faire une chose, c'est tout de suite, compris ?

Thanassis a jugé bon de se remuer un peu : il a traversé la rue et s'est arrêté devant la librairie tout en continuant à manger sa glace.

— On ne peut vraiment compter sur personne dans ce pays ! a dit Calogridou, exaspérée, en rentrant dans le magasin.

Elle s'est tournée ensuite vers Manos :

— Appelle Amalia, il faut tout de même qu'on sache si elle vient ou pas !

J'ai senti que l'ambiance était en train de se gâter. Manos a certainement pensé la même chose car il a aussitôt pris le téléphone. Je ne savais pas que la télévision, qui était presque inexistante quand je suis parti de Grèce, était devenue aussi influente. Il était clair que l'émission de Calogridou pouvait assurer le succès du livre.

— C'est occupé, a dit Manos.

La conférence de presse a commencé sans le ministre. Ce sont les auteurs de l'ouvrage, trois hommes, qui ont d'abord pris la parole. Ils nous ont assuré que leurs textes, basés sur des sources historiques sérieuses, dissipaient les légendes qui entouraient certaines des héroïnes du livre, comme Sapho. J'ai appris qu'Anna Comnène et son frère Jean s'étaient livré une lutte acharnée pour conquérir le trône de Byzance. Je serais curieux d'en savoir un peu plus sur cette affaire. Anna a perdu en fin de compte la partie et a consacré les dernières années de sa vie à la rédaction de l'*Alexiade*, une très longue biographie de son père, l'empereur Alexis I$^{er}$. Elle était amoureuse de la langue grecque :

— Elle prétendait qu'elle aimait davantage la langue que l'air qu'elle respirait, a dit l'un des auteurs.

L'homme au chapeau noir s'était éclipsé. Au milieu des deux écrivains se tenait maintenant le poète qui leur chuchotait quelque chose. Le cameraman, encadré de deux assistants dont l'un tenait un projecteur et l'autre le micro, filmait tantôt les orateurs, tantôt le public. Manos a pris la parole en dernier. Il a estimé que l'expansionnisme de la Turquie et le réveil des nationalismes dans les Balkans représentent une menace pour le pays et imposent la mobilisation de tous les Grecs. J'ai cru qu'il voulait tourner en dérision les discours des hommes politiques mais j'ai vite constaté que ce n'était pas le cas.

— Il y a quelque temps, nos frontières passaient entre le camp occidental et le bloc communiste. Nous étions séparés de nos voisins par un abîme. Notre sécurité était assurée. La chute des régimes communistes a bouleversé les règles du jeu. De nouvelles alliances se créent, nous ne pouvons plus compter que sur nos propres forces. L'Occident, qui a découvert que nous étions orthodoxes comme les Serbes et les Russes, nous considère avec suspicion.

Je me suis demandé si nous devions vraiment avoir peur de nos voisins. Ni l'Albanie ni le nouvel État macédonien ne me paraissaient en mesure de nous assaillir. Devions-nous avoir peur de la Bulgarie ? Peu avant de quitter Paris, j'avais vu dans *Le Miroir de l'Europe* une carte des Balkans corrigée de la main du Russe Jirinowski, sur laquelle la Bulgarie s'étendait jusqu'à la mer Égée. Je soupçonne les grandes puissances de régler à peu près ainsi le sort des petits peuples, en traçant au feutre quelques traits sur une carte. Pour ce qui est de la Turquie, elle est bien sûr notre ennemie perpétuelle. Je crois qu'il nous est impossible de la voir objectivement. La crainte de la Turquie fait partie de l'identité nationale.

Les gens ne semblaient pas très intéressés par l'intervention de Manos. Il en est arrivé finalement au sujet du livre. Il a évoqué l'éternelle femme grecque sur un ton lyrique, comme s'il s'agissait d'une seule personne voyageant à travers les siècles. On a entendu une chasse d'eau puis on a vu l'homme au chapeau noir sortir par une porte située au fond de la librairie. Le projecteur s'est fixé sur lui et l'a suivi tandis qu'il se dirigeait vers moi. Manos a levé les yeux de son texte. On aurait dit qu'il avait du mal à le déchiffrer, privé de la lumière du projecteur.

— Discrète et bienveillante, indulgente et généreuse, la femme grecque se transforme en tigresse enragée lorsque la nation, notre civilisation et notre religion sont en danger.

L'homme au chapeau noir s'est arrêté à côté de moi. Il m'a dit à l'oreille :

— Je suis, hélas, obligé d'aller très souvent aux toilettes !

Il s'est écarté et m'a regardé en plissant les yeux, comme on étudie un tableau. Mon étonnement a eu l'air de le satisfaire.

— Chut ! Laissons parler notre ami ! a-t-il ajouté en me montrant Manos d'un mouvement de tête.

J'ai connu Acridakis à la fin des années 1960. Il faisait partie d'une organisation clandestine, on le considérait comme l'un des militants les plus doués de l'extrême gauche. Il a été arrêté lors de l'insurrection de l'École polytechnique et a passé les derniers mois de la dictature dans un camp de détenus, sur une île. Il s'est lancé dans l'édition après la chute de la junte. Plusieurs maisons d'édition se sont créées alors, mais très peu ont survécu. Manos a compris plus tôt et mieux que ses confrères que les textes révolutionnaires qu'ils publiaient tous à leurs débuts perdraient rapidement les faveurs du public. Peut-être a-t-il réellement cessé de croire à la révolution, le fait est qu'il s'est parfaitement adapté aux lois du marché. Les œuvres de Gramsci, Rosa Luxemburg, Althusser et Lukács ne représentent plus qu'une infime partie de son catalogue, où dominent les romans, les ouvrages de psychanalyse et les livres d'actualité politique. Il a évité de se mêler ouvertement à la vie publique, ce qui lui a permis de conserver de bonnes relations avec tous les partis. Il a publié également des guides touristiques, des études sur les astres, sur les plantes médicinales et un livre de cuisine intitulé *Les Grecs à table* dont la couverture est ornée d'un de mes dessins. J'imagine que Rosa

Luxemburg, Gramsci et les autres doivent considérer d'un regard désappointé, du haut de la bibliothèque où ils sont installés, les livres exposés aujourd'hui dans la vitrine.

Je ne vois Manos que lorsqu'il vient à Paris pour le Salon du livre. Je l'ai hébergé une fois, il voulait à tout prix faire l'amour avec Martha. Je l'ai prévenu qu'il risquait de se faire casser la figure par son mari, et il s'est aussitôt calmé.

L'homme au chapeau noir s'est de nouveau penché vers moi :

— Cela fait des années que je regarde avec plaisir vos dessins dans *Le Miroir de l'Europe*, a-t-il dit.

Il m'a offert une cigarette. D'autres personnes bavardaient ici et là. Le cameraman ne filmait plus, on avait éteint le projecteur. Le discours de Manos commençait à lasser. Je songeais aux propos qu'il aurait tenus s'il avait eu vingt-cinq ans de moins. Il aurait violemment accusé les deux grands partis et l'Église d'exacerber le nationalisme populaire. Il aurait soutenu que les menaces qui pèsent sur la Grèce ne sont qu'un mythe destiné à détourner l'attention du peuple des véritables problèmes. À l'époque où nous nous sommes connus, il ne trouvait pas de mots assez durs pour dénoncer le soutien fourni par le Saint-Synode à la junte. Il n'aurait pas manqué de rappeler que l'Église est toujours dirigée par des sympathisants de l'extrême droite. J'avais l'illusion d'entendre deux discours en même temps, prononcés par la même voix, qui se contredisaient l'un l'autre.

— J'ai décidé de publier maintenant *L'Éternelle Grecque* car il m'a paru nécessaire de rappeler les sacrifices qui ont été consentis dans ce pays pour la sauvegarde de certaines valeurs. Des ombres maléfiques planent sur nos frontières. Je voudrais souligner à la fois l'intérêt historique de l'ouvrage et son actualité.

Les applaudissements ont été plutôt tièdes. Manos, lui, paraissait très satisfait, comme s'il avait réussi par son intervention à repousser les ombres maléfiques.

— Sur quoi vous travaillez en ce moment ? ai-je dit à l'homme au chapeau noir.

Je lui ai posé cette question en espérant que sa réponse me permettrait de comprendre à qui j'avais affaire.

— J'écris un essai sur les poèmes homériques. Je soutiens que les chants de l'*Iliade* et de l'*Odyssée* rendent hommage aux lettres de l'alphabet, le chant I à l'alpha, le II au bêta et ainsi de suite. Le chant I de l'*Iliade* met en scène plusieurs personnages dont le nom commence par A : Athéna et Apollon interviennent dans le conflit qui oppose Achille à Agamemnon.

Plusieurs personnes l'avaient approché et l'écoutaient. Il s'en était aperçu et ne s'adressait plus uniquement à moi.

— Homère inaugure l'alphabet, fête sa naissance. Le chant XVI de l'*Odyssée*, qui correspond à la lettre *p*, est construit autour du mot *pater* : Ulysse retrouve son fils Télémaque. Dans l'*Iliade*, le poète raconte les exploits et la mort de Patrocle. Les deux poèmes sont élaborés selon la même règle, ce qui prouve qu'ils sont dus au même auteur.

J'ai pensé que je devrais l'interroger sur l'epsilon de Delphes. Une dame lui a demandé s'il comptait publier ses articles. J'ai compris alors qu'il s'agissait du professeur Caradzoglou, qui enseigne la littérature à l'université d'Athènes. Il est surtout connu pour les chroniques d'humeur qu'il publie dans *Embros Dimanche*. La photo qui accompagne toujours ses articles le montre tête nue. Il a dit « oui » à la dame et a aussitôt tourné le dos au petit groupe qui l'écoutait.

— Qu'est-ce qu'on dit de la Grèce en Europe ? On se moque un peu de nous, n'est-ce pas ?

Nous avons été subitement encerclés par les gens de la télé, le projecteur a été braqué sur Caradzoglou. Calogridou lui a demandé, elle tenait elle-même le micro :

— Qu'est-ce que vous pensez, monsieur le professeur, de la femme grecque ?

— Je l'estime infiniment, a-t-il dit. Infiniment... La seule chose qui m'ennuie chez elle, c'est qu'elle lave les cendriers à peine salis, et qu'elle les dépose ensuite sur l'évier. Elle ne les essuie pas, elle attend qu'ils sèchent tout seuls, ce qui explique que les cendriers sont perpétuellement sur l'évier. Je crois que la femme grecque les considère comme des assiettes dans lesquelles certains ont la mauvaise habitude d'écraser leur cigarette.

Le regard de Calogridou était terne. « Elle n'entend pas ce qu'il dit », ai-je pensé. Elle l'a remercié. J'ai exprimé le désir de poursuivre ma conversation avec lui après la réunion. Il devait retrouver sa femme à quatorze heures dans un café de Colonaki.

— Venez, si vous voulez, m'a-t-il proposé. Je vous préviens qu'elle est folle, mais elle ne nous dérangera pas. Elle est beaucoup moins bavarde que moi !

— Silence mes amis ! a dit Manos. J'ai le ministre au bout du fil !

L'assistance s'est tue instantanément, tous les regards se sont tournés vers le téléphone.

— On t'a attendue jusqu'à une heure dix... Oui, oui, je comprends... Je vais te faire porter un exemplaire... Tu n'oublies pas ce que tu m'as promis, n'est-ce pas ?... D'accord, je verrai avec elle... Tu veux leur parler ? Je vais brancher le haut-parleur... Je t'embrasse, à bientôt.

Il a appuyé sur un bouton. Un genre d'écho a résonné, puis un sifflement qui a été suivi par un silence complet. Nous avons entendu une petite toux.

— Vous m'entendez ? J'espère que vous m'entendez.

C'était Stathopoulou. Sa voix, étonnamment jeune, presque enfantine, est connue de tous les Grecs, comme dirait ma mère.

— Je suis navrée de vous faire faux bond. J'aimerais sincèrement fêter avec vous cette publication exceptionnelle, consacrée aux femmes qui ont honoré la Grèce par leur talent et leurs combats. J'ai envie de vous confier un secret : quand je pense au suicide de Pénélope Delta le jour où les Allemands sont entrés dans Athènes, les larmes me montent aux yeux.

Sa voix est devenue célèbre au temps où elle faisait du théâtre. Les journaux se souviennent encore de son interprétation d'Électre, au théâtre d'Épidaure, à la fin des années 1950. Il semble qu'elle ait été si émouvante dans la scène où Électre reconnaît son frère Oreste et qu'elle ait prononcé de telle façon la réplique fameuse : « Voix tant attendue, tu es donc arrivée ? » que tout le monde a été bouleversé, y compris Oreste, qui a oublié du coup son texte. N'en déplaise aux envieux qui prétendent qu'elle a au moins soixante-cinq ans, Amalia a réussi à préserver non seulement sa voix, mais aussi son allure. Les envieux, encore eux, affirment qu'elle a subi un grand nombre d'opérations de chirurgie esthétique. Sa photo paraît très souvent dans la presse. Je ne pense pas que sa popularité soit due à ses qualités de comédienne — cela fait plus de trente ans qu'elle n'a pas joué — ni à sa politique culturelle, car le budget de son ministère est insignifiant, mais plutôt à son étonnante jeunesse. Elle donne l'impression d'avoir dompté le temps, d'avoir remporté une victoire peu ordinaire. Quand elle se rend en province, le monde se presse autour d'elle, veut la toucher. C'est une véritable star, l'héroïne d'un conte de fées. Elle traverse la vie comme l'inaltérable femme grecque franchit les siècles.

— Je vous confirme, a-t-elle poursuivi, que le gouvernement est décidé à étendre les droits de la femme et à reconnaître son rôle social. Comme vous le savez tous, nous avons déjà pris certaines mesures dans ce sens. Nous en prendrons d'autres.

Plusieurs personnes regardaient vers le plafond comme si elles s'attendaient à apercevoir le ministre à travers le nuage allongé formé par la fumée des cigarettes. Un téléphone a sonné dans le bureau de Stathopoulou.

— Voilà en deux mots ce que je voulais vous dire... Je bois avec vous à la santé de la femme grecque... À la santé de notre pays !

Les applaudissements ont été très vifs cette fois-ci et ont couvert la tonalité de la ligne interrompue.

— Pourquoi est-ce que tu n'as rien filmé ? a interpellé Calogridou le cameraman sur un ton relativement calme.

— Filmer quoi, Ioanna ?
— Les gens qui écoutaient, voyons !... Ça a été un moment exceptionnel !

Les gens étaient effectivement sous le charme. Ils ont mis du temps à reprendre leurs conversations. Caradzoglou était parti. Je suis allé vers Manos pour le saluer, il bavardait avec les deux écrivains. « Ils déjeuneront sûrement ensemble, ces deux-là », ai-je pensé.

— Elle n'est probablement pas très intelligente, disait Manos, mais elle sait d'instinct ce qu'elle doit dire ou faire.

— C'est une comédienne, a observé avec mépris l'un des écrivains.

— Elle ne lit pas, a ajouté celui qui portait des lunettes.

La chemise à rayures bleues et blanches de Manos ressemblait au drapeau grec.

— Mais elle passe très bien à la télévision, a-t-il dit, c'est ce qui compte aujourd'hui. Je sais bien qu'elle ne lit pas : elle me confiait qu'elle n'avait pas ouvert un seul livre depuis qu'elle a quitté le Conservatoire d'art dramatique.

— Je m'en vais, a annoncé Calogridou.

— Tu parleras de mon bouquin en premier dans l'émission, d'accord ?

— On verra ça ! a-t-elle dit sur un ton moqueur.

— Elle sera obligée d'en parler en premier, m'a confié Manos pendant qu'elle s'éloignait. La chaîne de télévision où elle travaille est dirigée par le plus jeune frère de Stathopoulou, Pandélis.

« Il connaît décidément tout le monde », ai-je pensé. J'ai trouvé subitement insupportable sa présence et celle de ses invités. Je suis parti précipitamment, comme j'étais parti de Stamata. J'étais attendu sur le trottoir par le poète.

— Que devenez-vous ? m'a-t-il demandé très poliment.

— Ça va.

J'ai voulu poursuivre mon chemin, mais il m'a encore arrêté.

— Puis-je vous accompagner ? Je sais que vous avez rendez-vous avec M. Caradzoglou. J'aimerais bien lui parler. Il ne nous aime pas du tout, nous les poètes, je crois même qu'il méprise la poésie. Sauf si vous avez des choses personnelles à vous dire, bien entendu.

Je ne lui ai pas demandé comment il était au courant de mon programme. Je me suis contenté de l'assurer que l'entrevue aurait un caractère strictement confidentiel.

— Il est amoureux de ma sœur ! ai-je expliqué.

Je me sentais de mieux en mieux au fur et à mesure que je m'éloignais de la librairie et du poète. « Il se faufile, ai-je pensé. Il fait partie des gens qui se faufilent. Manos aussi se faufile. Ils se faufilent tous, peut-être ? » La répétition du verbe *élissomai*, se faufiler, m'a paru si drôle que je me suis mis à rire en attendant que le feu pour les piétons passe au vert. J'ai décidé d'acheter un carnet et de noter tous les mots commençant par epsilon qui attirent mon attention, un à chaque page. « J'inscrirai le verbe *élissomai*. Quel mot m'avait dit Vaguélio ? *Ektaktos*, exceptionnellement ? *Éndos*, dedans ? » Je me suis souvenu qu'elle m'avait dit *endélos*, tout à fait. Le nom de Vaguélio commence également par epsilon dans sa forme vieillotte, mais je ne l'ai jamais appelée Évanguélia. Au moment de traverser, je me suis rendu compte que je tenais toujours le gobelet en plastique à la main. Je l'ai déposé au sommet d'une montagne de sacs-poubelle après avoir bu le peu de résiné qui restait. J'ai jugé satisfaisante ma description des trottoirs. « J'en ai fini avec les trottoirs. Je n'en parlerai plus, je n'ai plus besoin de les regarder. »

C'était une superbe journée printanière. Il soufflait un vent doux qui purifiait l'atmosphère et rendait la marche bien légère. J'ai vu un citronnier en fleur sur une place. Un chien blanc marchait devant moi. Il ressemblait à Gaour, le chien de Vaguélio. Au bout de la place, le chien a tourné à droite. J'ai continué.

J'ai eu l'idée de consacrer une journée entière à suivre un chien errant. « Je noterai tous ses déplacements et combien de temps il passe à chaque endroit. » Le soleil inondait les tables qui occupaient presque entièrement le trottoir, sur deux rangées. Caradzoglou était assis à l'intérieur, je l'ai vu à travers la vitre. Il n'avait enlevé ni son chapeau ni son écharpe. Sa femme doit avoir soixante-dix ans, elle a de grands yeux et une peau de cire. Elle n'a pas réagi quand je me suis approché d'eux. Ce n'est que lorsque je me suis assis et que j'ai commencé à bavarder avec son mari qu'elle a un peu changé de position, sans me regarder toutefois. Ses mains étaient croisées sur sa jupe en laine noire. Caradzoglou buvait du lait chaud, elle du thé. Sa tasse était pleine.

— Avez-vous vu les soldats de l'ONU à la télévision ? m'a-t-il demandé. Vous ne trouvez pas que certains ont un visage bien inquiétant ?

Deux gouttes de lait s'étaient accrochées à sa barbe blanche. Il y avait surtout des jeunes à la terrasse et des hommes de quarante-cinq ans en blouson de cuir noir qui lisaient le journal. Il m'a dit qu'il appréciait *Le Miroir de l'Europe*, qu'il le considérait comme un journal assez objectif malgré le fait qu'il défendait presque systématiquement la politique étrangère du gouvernement français.

— Saviez-vous que Véronique Carrier a été interprète au ministère des Affaires étrangères ? C'est à cette époque que je l'ai connue, elle venait de terminer ses études en Suisse.

Je sais qu'elle a beaucoup d'amis au ministère des Affaires étrangères, j'ignorais cependant qu'elle y avait travaillé. J'ai été surpris et déçu de l'apprendre par Caradzoglou. Je me suis souvenu du bruit de la porte des Carrier lorsqu'elle se ferme derrière mon dos. « D'ici un mois, si je suis à Paris, j'irai dîner chez eux. » Cette perspective m'a paru intolérable. J'ai appelé le garçon et commandé un ouzo. J'ai essayé d'expliquer à Caradzoglou comment les journalistes français voient la Grèce :

— Ils sont nombreux à souhaiter que notre place au sein de l'Union européenne soit prise par la Turquie. Ils pensent qu'ils s'entendront mieux avec la Turquie. Ils désapprouvent notre amitié pour les Serbes et ne comprennent pas notre opposition à la reconnaissance de l'État macédonien. Il existe en France un très large consensus autour des questions de politique étrangère. Les possibilités de faire entendre un point de vue différent sont très réduites. Les discussions sur la Bosnie, comme il y a quelques années sur la guerre du Golfe, font immédiatement monter le ton. Seule la presse écrite rappelle de temps en temps que les problèmes ne sont pas simples.

— Mais c'est le rôle de la télévision, a-t-il dit, de simplifier les choses et d'exiger des sanctions exemplaires pour les coupables ! Ici aussi il est devenu difficile d'émettre un avis différent. Ceux qui demandent l'ouverture d'un dialogue avec le gouvernement de Skopje passent pour des traîtres. Nous devrions céder sur le nom et leur demander en échange d'enseigner le grec comme langue étrangère dans leurs écoles. Puisqu'ils revendiquent notre héritage culturel, la moindre des choses est qu'ils apprennent notre langue. J'ai écrit tout cela dans l'une de mes chroniques. On me laisse écrire ce que je veux, probablement parce que personne ne me lit.

Il s'est adressé à sa femme :

— Tu te souviens de Paris, Marika ?

Ce nom m'a profondément ému. J'ai dû me courber et faire semblant de nouer mes lacets.

— Je te parle, Marika ! a dit Caradzoglou avec rudesse.

Marika est restée muette. Je crois qu'elle a tenté de sourire. Elle a eu un mouvement hésitant des lèvres, puis elle a fixé un point sous la table. « C'est le troisième point qu'elle regarde depuis que je suis arrivé. » Elle observait le bas de sa jupe, ou le pied de la table, ou le sol, ou encore les chaussures de son mari, ou quelque chose au-delà de tout cela, qui n'était rien, peut-être. Caradzoglou a haussé les épaules.

— Nous habitions rue des Feuillantines. Je garde un très bon souvenir de ces années.

C'était certainement l'affiche de Toulouse-Lautrec qui lui avait inspiré sa tenue. On dérobe toujours quelque chose aux endroits où l'on a vécu. Les artistes grecs qui ont passé quelque temps à Paris achètent habituellement un béret. Je n'ai pas de béret et je crois bien que mes vêtements ne permettent pas de deviner où je vis. Ma barbe non plus ne trahit rien, sauf peut-être mon âge : elle n'est plus à la mode ni en France ni en Grèce. Le tabac que je fume est français pourtant, il est même l'un des rares qui ne soient vendus qu'en France. Un nuage bien français s'échappe de ma pipe.

Les vêtements d'Aristide Bruant s'accordaient parfaitement aux attitudes théâtrales que prenait Caradzoglou. Il faisait autant de mimiques que les acteurs du cinéma muet. Chaque fois qu'il prononçait une phrase importante, il se taisait pendant quelques instants, en conservant la même pose, comme s'il attendait la fin des applaudissements du public. Il parlait en s'inclinant en arrière, ce qui m'a fait supposer qu'il enseignait dans un amphithéâtre. Seule sa voix n'était pas théâtrale, elle était aiguë, mais il articulait clairement. Comme tous les bons comédiens, il jouait même quand il ne parlait pas : il caressait sa barbe, redressait son chapeau, relevait le bas de sa cape qui touchait le sol et la rabattait sur ses genoux. Je me suis demandé s'il était chauve. Je n'ai pas réussi à me souvenir clairement de sa photo dans *Embros Dimanche*.

Nous avons parlé de la situation politique en France. Il était au courant de la montée de l'extrême droite et de l'impact de ses messages au sein du gouvernement. Je lui ai dit que la pauvreté est désormais visible dans les rues, que les sans-abri constituent une véritable armée. Il ne savait pas qu'on les désigne par les initiales SDF ni qu'il existe des publications qui traitent exclusivement de leurs problèmes et sont diffusées par eux-mêmes.

— Le chômage a blessé les Français, les a humiliés, lui ai-je dit. Pas tous, bien sûr : il semble que les revenus du capital sont importants et que la Bourse se porte à merveille. Mais ceux qui ont perdu ou risquent de perdre leur emploi sont légion. Ils forment un monde hétéroclite qui comprend les pêcheurs de l'Atlantique, les employés d'Air France, une grande partie des jeunes. Créer aujourd'hui une entreprise de cinq personnes passe pour un exploit, les journaux télévisés en parlent longuement.

Je lui ai dit qu'en allant de chez moi jusqu'à la station de métro je rencontre sept clochards, assis sur le trottoir, une boîte de conserve vide à côté d'eux pour la monnaie des passants.

— Avez-vous remarqué de quel genre de conserve il s'agit ? m'a-t-il demandé vivement, comme s'il attachait une grande importance à ce détail.

— Il me semble que ce sont des boîtes de thon.

— Je crois que les gens se débrouillent mieux ici. Ils travaillent au noir, ils ont des revenus à l'étranger. Ils ont souvent plusieurs employeurs. Une consœur d'*Embros* perçoit quatre salaires, du journal, de la radio, de la télévision et d'une agence de relations publiques. Il n'est pas exclu qu'elle touche également de l'argent d'un parti politique. Je vous la présenterai, si vous visitez la rédaction, elle est très belle, et très riche naturellement.

Il était déjà quinze heures. J'ai eu peur qu'il ne s'en aille avant que j'aie pu l'interroger sur l'epsilon de Delphes. Sa femme ne semblait pas suivre la conversation. « Elle n'entend que certains des mots que nous prononçons et imagine d'autres phrases. »

— Elle a acheté une immense bibliothèque en bois de rose, a continué Caradzoglou, qui lui a coûté cinq millions ! Elle m'a montré la photo de sa bibliothèque, elle est vide ! Elle n'a même pas dix bouquins !

Le serveur a apporté l'ouzo avec quelques pistaches dans une soucoupe. Je me suis souvenu de l'ouzerie du Pirée où nous allions quand nous étions au lycée. Elle était très connue pour la variété de ses hors-d'œuvre. Chaque nouvelle commande d'ouzo était accompagnée d'une assiette de plus en plus garnie. À la fin, on nous apportait les hors-d'œuvre dans un plat.

J'ai vu un gros cafard par terre, noir, immobile. Caradzoglou aussi l'a remarqué. Il a pris aussitôt une expression terrorisée en me montrant sa femme du coin de l'œil. J'ai compris qu'il ne fallait pas qu'elle voie le cafard. Elle était assise, heureusement, de l'autre côté et ne regardait plus sous la table, mais dehors. Le cafard a fait deux, trois pas et s'est arrêté. Il semblait égaré, ou épuisé. « C'est peut-être sa première sortie à la lumière du jour, sa première promenade. » Ses ailes brillaient comme du métal. Il ne donnait nullement l'impression d'avoir traversé des souterrains crasseux. Il s'est approché encore un peu. Les mouvements vifs du lézard vert de Stamata me sont revenus à l'esprit. J'ai repoussé le cafard du pied. Caradzoglou m'a fait signe, en écarquillant les yeux, de ne pas l'écraser. « Cela ferait le bruit sec d'un bout de bois que l'on casse », ai-je pensé. Marika ne s'était rendu compte de rien. « Elle croit avoir peur des cafards comme mon père s'imagine avoir peur du téléphone. En réalité ils redoutent autre chose. » Je lui ai demandé quel mot commençant par E domine dans le chant V de l'*Iliade*.

— *Éris*, la dispute. Il s'agit de disputes de guerriers, ce qui explique l'emploi fréquent du mot *énchos*, la lance.

Le mot *éris* m'a rappelé Vaguélio. J'ai regardé à l'extérieur comme si je m'attendais à la voir. Les deux écrivains marchaient au bord du trottoir, l'un derrière l'autre. Ils regardaient tous les deux par terre. « Ils marchent comme moi. » J'ai pris la décision de téléphoner à Vaguélio. « Je lui demanderai si c'est elle qui m'a écrit à Paris. » J'ai interrogé enfin Caradzoglou sur l'epsilon de Delphes.

— On ne saura jamais sa signification, a-t-il dit. Les textes anciens n'en parlent guère. Seul Plutarque l'évoque, beaucoup plus tard, au début du II$^e$ siècle après Jésus-Christ. Il était prêtre au sanctuaire de Delphes, il était bien placé pour en connaître le sens. Eh bien, il ne le connaît pas. Il fait des suppositions qui ne sont ni convaincantes, ni dérisoires. Elles sont vaines, tout simplement.

— Comment faut-il interpréter le silence des anciens Grecs ? Connaissaient-ils ou ne connaissaient-ils pas le sens de l'epsilon ?

Pour la première fois Marika s'est tournée vers moi.

— Pourquoi tu ne bois pas ton thé ? lui a demandé son mari.

— Je l'ai oublié, a-t-elle dit d'une voix faible et un peu éraillée.

Elle a touché de son index la tasse de thé comme pour s'assurer qu'elle était bien là. Puis elle a retiré sa main, l'a posée sur sa jupe et a regardé encore dehors. J'ai jeté un coup d'œil derrière mon siège. Le cafard n'y était plus.

— Peut-être le connaissaient-ils, et peut-être pas. Je préfère croire pour ma part qu'ils ignoraient sa signification et qu'ils jugeaient superflu de s'occuper d'un problème insoluble. L'E était-il ou n'était-il pas un mystère ? C'est une énigme supplémentaire !

« On ne sait rien donc », ai-je pensé avec une certaine satisfaction. J'ai pris conscience que je n'étais nullement pressé d'être débarrassé de ce problème. Le vieil epsilon m'est apparu comme un jouet quasiment neuf.

— Pourquoi vous intéressez-vous à cette lettre ?

— Je ne sais pas... J'espère que j'arriverai au moins à élucider ce mystère.

— Pour ce qui est de l'epsilon, ne vous faites pas d'illusions, vous ne trouverez rien. Vous perdrez votre temps.

À la fin de notre conversation il a complété le portrait de la société grecque qu'il avait commencé à esquisser :

— Il faut que vous sachiez que la Grèce est une jungle. Nous aussi, nous avons changé. Nous sommes devenus des fauves. La crise que nous traversons est d'abord morale, comme en Italie. Vous souvenez-vous de la cupidité des chercheurs d'or dans les vieux westerns ? Nous avons le même regard fiévreux qu'eux. La révélation de certains scandales, dans la mesure où elle donne l'impression que nous vivons dans une société transparente, nous plonge davantage dans les ténèbres.

Le spectacle de la rue était bien moins sombre que cette description. Beaucoup de gens passaient, reconnaissaient un ami parmi les clients, s'arrêtaient pour bavarder. L'ambiance amicale que j'avais remarquée lors de la conférence de presse régnait également sur le trottoir. J'avais le sentiment de me trouver dans un village plutôt que dans une ville de l'importance d'Athènes. Il y avait toujours une personne qui souriait, tantôt à une table, tantôt à une autre. On aurait dit que le même sourire faisait le tour du café.

— Ne vous laissez pas abuser par le soleil, a-t-il dit. Vous faites bien de vivre à l'étranger.

Je n'en étais pas convaincu. La torpeur qui me gagnait m'amusait vaguement. Je l'ai attribuée à l'ouzo. Il n'en restait plus une goutte dans mon verre, il n'y avait qu'un glaçon. Caradzoglou a payé, nous avons échangé nos téléphones. Une jeune fille est passée à côté de nous, elle portait un parfum léger. Elle cherchait quelqu'un, elle a parcouru la salle du regard, puis elle est ressortie.

— Les Grecs anciens croyaient que les dieux sentaient bon, a dit Caradzoglou.

Nous étions tous les trois debout. Je les ai salués. J'ai cru que Marika ne dirait rien, mais elle a laissé son mari s'éloigner de quelques mètres.

— Vous trouverez ! m'a-t-elle dit sur un ton pressant comme si elle tenait absolument à m'en convaincre.

Elle est partie hâtivement. J'ai reçu ces mots comme un cadeau inespéré. « Je trouverai, ai-je pensé, puisque Marika l'a dit. » L'idée que le verbe trouver, *eurisko*, commence par epsilon — j'ai naturellement pensé au célèbre *eurêka* d'Archimède — m'a rendu encore plus joyeux. Ma bonne humeur n'a guère été altérée par le bruit que j'ai entendu sous mes pas alors que je me dirigeais, quelques instants plus tard, vers la sortie du café. C'était le bruit d'un bout de bois que l'on casse.

Je me suis promené longtemps à Colonaki. L'aristocratie athénienne, qui était jadis concentrée dans ce quartier, a donné à ses rues des noms distingués. La rue Solon croise successivement les rues Homère, Démocrite, Pindare et Héraclite. Un peu plus loin, après la place, on trouve côte à côte Hérodote, Lucien et Plutarque. Un autre quartier, Pangrati, a un faible pour les anciens Grecs mais, construit après Colonaki, il a dû se contenter des moins fameux d'entre eux, Hellanikos, Pyrrhon, Chrémonide, Astydamas. Vaguélio habite Pangrati, rue Vryaxidos : je m'étais imaginé que c'était le nom d'une hétaïre, eh bien non, c'est celui d'un sculpteur. Cela m'ennuyait bien, à l'époque où j'allais souvent chez elle, de croiser à chaque carrefour deux anciens Grecs dont les noms ne me disaient pas grand-chose. Mais je pensais que la faiblesse de leur notoriété excusait en partie mon ignorance. Hélas, je n'étais pas beaucoup mieux renseigné sur les célébrités réunies à Colonaki. Je ne savais pas quand avait vécu Plutarque, ni qu'il était prêtre au service d'Apollon. Je ne me souviens que de deux ou trois phrases d'Héraclite. Je ne connais que le peu de chose qu'il est vraiment impossible d'ignorer. Colonaki me rappelle l'étendue de mon ignorance, me montre ses véritables dimensions, me tire par l'oreille comme le faisaient les plus sévères de mes professeurs.

« Les dieux sentaient bon » : je retrouvais avec plaisir les paroles de Caradzoglou, elles résonnaient agréablement à mes oreilles. « Il existe une musique que je ne connais pas », ai-je pensé. Je me suis demandé pourquoi le cours de grec ancien était si ennuyeux à l'école, si morne. Nous le suivions, chagrinés comme des enfants qu'on emmène faire une promenade au cimetière. Parfois nous étions paralysés par les figures de marbre de nos ancêtres et parfois nous avions envie de nous moquer d'eux — de les affubler de faux nez par exemple ou de les barbouiller de rouge à lèvres. Nous nous moquions surtout d'Homère. Je me souviens d'une version pornographique de l'*Iliade*, rédigée en vers, qui circulait en cachette, écrite dans un cahier. Elle était plus ou moins connue dans tous les établissements scolaires et était sans doute l'œuvre de générations d'élèves qui avaient souffert sur les mêmes bancs en essayant de comprendre le dialecte homérique. Nous faisions le commentaire suivant sur les origines du poète :

— Neuf villes revendiquaient sa naissance, mais en réalité il est né dans trois d'entre elles seulement.

L'*Iliade* et l'*Odyssée* ne nous intéressaient que sous forme de bandes dessinées ou de films. Je me souviens parfaitement de Kirk Douglas dans le rôle d'Ulysse. Je n'ai lu l'*Odyssée* que longtemps après avoir quitté l'école, alors que j'étais en train de perdre le souvenir de cette époque, dans une édition française de poche. J'étais au journal au moment où Ulysse atteint le pays des Lotophages. Il était midi, les confrères étaient partis déjeuner, la grande salle de rédaction était vide. Peut-être parce que je prévoyais que ma mémoire me lâcherait petit à petit, cet épisode m'a fait grande impression. C'est alors que je me suis demandé pour la première fois comment les professeurs chargés de nous enseigner pareil texte parvenaient quand même à nous endormir. Ulysse aurait dû nous paraître au moins aussi attachant que Robin des Bois. Nous connaissions bien la mer qui malmène son bateau, nous vivions sur ses rivages. Elle était le théâtre de nos propres craintes et de nos rêves. C'est à Paris également que j'ai lu Platon et certains présocratiques. De temps en temps, je feuilletais une volumineuse présentation de la mythologie grecque. Chacune de ces lectures renouvelait ma perplexité : pourquoi étions-nous si rebutés par le cours de grec ? Les convictions religieuses de mes professeurs les empêchaient de porter sur l'Antiquité un regard serein. Seuls les mythes qui avaient un caractère moral les intéressaient. J'ai été très surpris lors de mon arrivée en France en constatant que la mythologie grecque avait dans ce pays de nombreux supporters. Je ne l'aimais pas beaucoup pour ma part car je la connaissais peu.

Je suis entré dans une grande librairie-papeterie de la rue Solon et j'ai demandé le texte de Plutarque sur Delphes, mais ils ne l'avaient pas. J'ai pris l'*Iliade* en grec ancien avec sa traduction en grec moderne. Je ne l'ai toujours pas lue en entier. Je ne la connais que partiellement, comme la plupart des choses que je n'ignore pas tout à fait. J'ai acheté aussi *Les Enfants du capitaine Grant* et *Le Phare du bout du monde* pour mon père. A-t-il inventé le nom de Pim ou l'a-t-il trouvé dans un roman ? Parmi les piles de cahiers du rayon papeterie, j'ai trouvé exactement ceux que j'utilisais à l'école. Ils portent sur leur couverture, dans un cadre jaune, une illustration en couleurs inspirée par la guerre de l'Indépendance de 1821. Sur le troisième ou quatrième cahier de la pile figurait la même image que sur l'album d'Acridakis, mais beaucoup moins bien imprimée. J'ai donc retrouvé Bouboulina, debout à la proue de l'*Agamemnon*. J'ai choisi ce cahier pour noter les mots commençant par epsilon. Il a quarante pages. Est-ce l'antipathie que j'éprouvais pour le chef de l'armée grecque qui m'empêchait de lire l'*Iliade* ? Je n'ignorais pas qu'Agamemnon avait sacrifié sa fille afin d'obtenir le souffle de vent nécessaire au départ des bateaux pour Troie. Je pensais qu'Iphigénie devait avoir mon âge. Il me semble que je confondais, étant enfant, Agamemnon et Abraham.

J'ai tourné à droite dans la rue Pindare et j'ai commencé à monter vers le Lycabette. Il était quatre heures moins vingt. Les rues étaient vides. Je n'avais pas du tout faim. Les premières rues parallèles à la rue Solon sont parmi les rares à ne pas porter de noms de personnages de l'Antiquité : elles honorent la mémoire de trois instigateurs du soulèvement de 1821, Scouphas, Tsacalof et Anagnostopoulos. Ils m'ont rappelé les poèmes où Victor Hugo compare les insurgés de 1821 aux héros de la guerre de Troie. Le nom du bateau de Bouboulina permet de supposer que les insurgés eux-mêmes songeaient aux héros de l'Antiquité. Je me suis arrêté au coin des rues Anagnostopoulos et Pindare pour reprendre mon souffle. Je me suis assis au bord du trottoir, les yeux tournés vers le bas de la rue Pindare qui se prolonge jusqu'au cœur d'Athènes. Beaucoup plus loin, bien au-delà du centre-ville, s'élève le rocher de l'Acropole. D'après les gravures du siècle dernier, Athènes n'était qu'un village en 1821, construit au pied de l'Acropole. Autour de lui s'étendait une plaine jaunâtre, un petit désert où passait parfois une femme chargée d'une cruche ou un berger à la tête d'un petit troupeau. L'Acropole est aujourd'hui masquée par les immeubles et la fumée que dégage la ville. On ne la distingue qu'à travers un brouillard épais, et uniquement du haut des collines environnantes. Je crois que la décision de transformer le village du XIXe siècle en capitale a été prise pour des raisons purement sentimentales, son nom permettant d'associer la Grèce moderne à l'ancienne. L'État grec déclarait ainsi qu'il reprenait le fil d'une très vieille histoire.

J'ai ouvert l'*Iliade*. Je n'avais pas vu le texte original depuis l'école. J'ai lu deux vers et je me suis aussitôt reporté à la traduction, sur la page de gauche. J'ai lu encore un vers et sa traduction. J'ai continué ainsi, pendant un moment : mon regard allait d'une page à l'autre comme si je suivais un match de tennis. J'ai dû reconnaître que l'original demeurait aussi hermétique pour moi qu'il l'était au lycée. Je me suis souvenu que nous ne disposions pas à l'école de traduction des auteurs classiques. Il nous fallait apprendre parfaitement le grec ancien pour pouvoir apprécier Homère ou Platon. L'*Iliade* était une suite de rébus, comme le *Banquet* et *Antigone*. L'école n'avait pas l'ambition de nous initier à la poésie ou à la philosophie, mais de nous apprendre une langue qui, sans être complètement étrangère à la nôtre, était néanmoins très difficile. Nous aurions peut-être été séduits par les classiques si nous avions pu les étudier en traduction, comme les élèves français ou allemands, et nous aurions alors étudié volontiers leur langue. Mais au lieu de partir des œuvres pour arriver à la langue, nous partions de la langue et nous n'arrivions jamais aux œuvres. Nous n'étions pas préoccupés par l'esprit, mais par la lettre des textes. J'ai allumé ma pipe et je me suis levé. Je n'avais plus le courage de continuer à monter vers le Lycabette. J'ai pris la rue Anagnostopoulos en me dirigeant vers mon quartier. Colonaki avait commencé à m'assommer.

Mes pensées ralentissaient mes pas, j'avançais précautionneusement, comme si mon chemin était jonché de petits obstacles invisibles. J'avais continuellement envie de m'arrêter. Les obstacles réels que je rencontrais, faits de briques ou de sacs-poubelles, me gênaient moins. Je savais comment les contourner. La même idéologie romantique qui avait imposé l'installation de la capitale à Athènes inspirait mes professeurs. Ils rêvaient de réduire la distance entre le grec ancien et le grec moderne. La langue étant le cordon ombilical qui nous reliait à nos ancêtres, la principale preuve que nous descendions bien d'eux, il importait que ce lien soit renforcé, qu'il soit rendu évident. Nous devions non seulement apprendre le vieux grec, mais renoncer de surcroît au grec moderne. La langue que nous parlions était considérée comme vulgaire. On nous contraignait à écrire dans un curieux idiome artificiel, intermédiaire entre le grec moderne et le grec ancien, appelé pur, *catharévoussa*. Nous n'avions de toute façon pas d'autre livre de grammaire que celui du grec classique. Mes professeurs essayaient de faire abstraction du temps qui s'était écoulé entre Homère et les années 1950.

Nous faisions en cours d'histoire le même genre d'acrobaties par-dessus les siècles, de sorte que les événements les plus anciens nous paraissaient relativement récents. Nous passions de l'époque d'Alexandre le Grand à l'an mille pour assister à la résurgence de l'hellénisme au sein de l'Empire byzantin. La domination romaine était quasiment ignorée. Après avoir pleuré la chute de Constantinople en compagnie de Constantin Paléologue, nous traversions à une vitesse prodigieuse les siècles de l'occupation ottomane pour nous arrêter pile en 1821. Que la Macédoine d'Alexandre le Grand soit présente dans nos mémoires n'est pas aussi surprenant qu'on le pense à l'étranger. C'est la carte de cette Macédoine-là que nous étudiions à l'école.

Je crois que Colonaki s'arrête à l'escalier de pierre qui relie la rue Anagnostopoulos à la rue Didotos. Il a une cinquantaine de marches. Je les ai descendues très lentement. Certains jours nous étions assez fiers d'être grecs, lors des fêtes nationales notamment, ou lorsque nous entrions en contact avec des étrangers. Mais le reste du temps nous n'éprouvions aucune fierté. Les références continues à l'Antiquité nous faisaient plutôt douter de nous. Nous avons été élevés dans la certitude qu'aucun texte de qualité ne pouvait s'écrire dans le grec que nous parlions, que nous n'aurions jamais rien de mieux à présenter que les œuvres du passé. Nous avons consacré des milliers d'heures à l'étude de l'Antiquité sans vraiment la découvrir. Nous avons juste appris à dessiner notre arbre généalogique. « Dommage », pensais-je en descendant l'escalier. Je répétais ce mot à chaque marche. Je regrettais de ne pas avoir su plus tôt que les dieux sentaient bon.

Je croyais que Didotos aussi était un ancien Grec. Il ne l'est pas. Il s'agit en fait de Firmin Didot, l'helléniste et éditeur français du XIX$^e$ siècle. L'École française d'archéologie, qui a fait les fouilles de Delphes, est située dans cette rue. Elle est entourée d'un jardin avec de grands arbres. Le livre de Plutarque se trouve sûrement dans sa bibliothèque. Les numéros des maisons m'ont rappelé que le nombre 5 était indiqué autrefois par la lettre E. Mais pourquoi le temple d'Apollon, qui était considéré comme le centre du monde, porterait-il le numéro 5 ? « Le centre du monde n'a pas besoin de numéro. » Il m'était difficile d'accepter l'indifférence des Anciens à l'égard de l'epsilon : « S'il avait été accroché ailleurs ils auraient pu l'ignorer, mais sa place à l'entrée du temple de Delphes ne pouvait que les intriguer... Pourquoi considéreraient-ils comme un mystère impénétrable une simple lettre de l'alphabet?... Même s'ils étaient persuadés qu'ils n'en trouveraient jamais la solution, ils en auraient probablement fait état dans un dialogue portant justement sur l'attitude qu'il convient d'adopter face aux problèmes réputés insolubles. » J'étais enclin à penser qu'ils n'évoquaient nulle part l'epsilon parce qu'ils en connaissaient tous le sens.

Sur le trottoir, au coin des rues Didotos et Zôodochos-Pègè, était garé un taxi. Par la portière avant, qui était ouverte, je voyais les pieds nus du chauffeur. Il était couché sur la banquette, le visage couvert d'un journal qui révélait sans doute un nouveau scandale car il portait en lettres géantes le titre « ΑΙΣΧΟΣ ! », *eschos*, ce qui veut dire honteux ou affreux. J'ai encore pensé à l'epsilon puisque la diphtongue *ai* se lit è en grec moderne. J'ignore cependant si on la prononçait de la même façon dans l'Antiquité. Cela ne m'a pas empêché d'imaginer que l'E de Delphes était une monumentale faute d'orthographe, comme celles que je faisais à l'école, et qu'il désignait en réalité un mot commençant par *ai*. J'ai songé au mot *ainigma*, énigme.

La librairie d'Acridakis était sur mon chemin. Elle était fermée. Plusieurs exemplaires de *L'Éternelle Grecque* étaient exposés dans la vitrine. « Nous voyageons sans cesse en arrière », ai-je pensé. La Grèce de mes professeurs vivait dans le passé, elle cherchait à préserver sa jeunesse. Elle défiait le temps, comme le défie Stathopoulou. « Nous sommes un vieux pays qui parle avec une voix d'enfant. » Je voyais le contour de ma silhouette sur la vitre, et derrière elle une bibliothèque chargée de livres. Ses rayons barraient mon corps, le divisaient en étages. Je distinguais un peu mieux mon visage et ma barbe.

Je n'ai pas téléphoné à Vaguélio. « La soirée passera agréablement, mais au moment de nous quitter nous songerons à l'autre séparation, qui a eu lieu chez elle. Nous entendrons de nouveau la musique des *Nuits de Cabiria*. » Elle serait sans doute surprise si je l'appelais, peut-être ne reconnaîtrait-elle plus ma voix. J'ai appelé Théodoris, il m'a dit que Niki lui téléphone tous les jours à la maison :

— Elle ne m'appelle, je crois, que pour rendre jalouse Mariléna. Elle m'a demandé d'utiliser notre machine à laver jusqu'à ce qu'elle ait fait réparer la sienne.

— Tu as accepté ?

— Je ne pouvais pas lui dire non.

J'ai revu l'expression désenchantée de Mariléna. Pourquoi donc Théodoris a-t-il tant de mal à se détacher de Niki ? Il n'a toujours pas divorcé avec elle. Il m'a appris que la brune qui était assise à côté de moi à Stamata — elle s'appelle Pénélope — lui a demandé de mes nouvelles.

— Tu ne veux pas son numéro de téléphone ? Je suis sûr qu'elle sera très contente si tu l'appelles.

Je l'ai noté. J'étais tout à fait disposé à lui pardonner sa remontrance au sujet des cendres de ma pipe. La parodie de l'*Iliade* que j'ai mentionnée était également connue au lycée que fréquentait Théodoris. Il ne se souvient d'aucun vers par cœur, mais il m'a promis de m'en trouver un extrait.

J'ai ouvert ma collection d'étiquettes d'ouzo. Elles sont classées dans un dossier vert, collées sur des feuilles de papier machine. J'ai commencé cette collection à Paris, je ne me souviens plus quand : peut-être après avoir lu l'*Odyssée* et appris ce qu'il advient aux visiteurs du pays des Lotophages. La première que j'ai conservée porte la marque « Léthé », l'oubli. Je décolle les étiquettes en plongeant les bouteilles dans l'eau. Cette activité me rappelle la Grèce, la collection de timbres que je faisais autrefois. C'était ma mère qui fabriquait les livres où je rangeais mes timbres. Nous n'avions pas assez d'argent pour des dépenses superflues. Elle cousait à la machine, sur des feuilles de carton léger de couleur orange, trois ou quatre bandes de papier cristal. Elle perforait les cartons et les reliait ensuite avec un ruban qu'elle nouait en faisant une rosette.

L'appellation de la plupart des ouzos ressemble à un titre de chanson ou de poème : « les Alentours », « le Labyrinthe », « la Renommée », « la Brise ». Le chanteur Stélios Kazandzidis, qui s'est lancé dans la production d'ouzo, a choisi comme nom de marque le titre d'un de ses succès : « J'existe ». L'illustration de l'étiquette s'inspire très souvent de l'Antiquité (on y voit l'Acropole d'Athènes, une trière, la Vénus de Milo, Sapho, Achille, le roi Pyrrhus, Apollon sur un dauphin), moins souvent de la Grèce d'aujourd'hui (elle est représentée par un evzone, un drapeau, un *komboloï* — ce chapelet d'ambre que les vieux Grecs manipulent au café —, le pont d'Arta, un moulin à vent). Il arrive aussi qu'elle ait un caractère érotique. L'étiquette la plus originale que j'ai trouvée comporte un trou à travers lequel on voit, sur une deuxième étiquette collée de l'autre côté du flacon, une jeune femme en maillot de bain. Le contenu de la bouteille agrandit l'image de la fille. On a l'impression de la voir à travers le trou d'une serrure. Ma collection compte plus de cent cinquante étiquettes. Alors que je rangeais le dossier dans ma bibliothèque, mon regard s'est arrêté sur l'enveloppe kraft entre les volumes de l'encyclopédie, mais je ne l'ai pas touchée.

J'ai inscrit dans le cahier les quelques mots

commençant par epsilon que j'ai repérés : *éndélos*, tout à fait (j'ai ajouté, entre parenthèses, le nom de Vaguélio), *élissomai*, se faufiler, *éris*, la querelle et *eurisko*, trouver. Après quelques hésitations, j'ai fini par ajouter le mot *ainigma*.

J'ai entendu Marika dire de nouveau :

— Vous trouverez.

Je me suis souvenu de la voix d'une autre Marika qui disait :

— Soyez précis.

Ou encore :

— Quelle idée d'écrire ça comme ça !

J'ai pris soudain l'enveloppe kraft et j'ai regardé le portrait que j'avais dessiné d'elle à l'hôpital. On voit un peu sa main, ses doigts qui tirent la couverture vers le haut. Je n'ai éprouvé aucune émotion, ce qui m'a paru étrange. Mais alors que je traversais l'appartement, je me suis souvenu du vide que nous avions ménagé à Ano Patissia en déplaçant les meubles cet après-midi-là. Quinze mois se sont écoulés depuis. C'était l'hiver. Ils ont posé le cercueil sur les bras de deux fauteuils placés côte à côte. Costas est arrivé à l'aube, il était venu en voiture de Jannina, il avait voyagé toute la nuit. Il tenait absolument à arriver à la maison avant qu'ils ne l'emportent. Il est arrivé à temps. Ils ne l'ont emportée que vers huit heures et demie du matin.

Nous l'avons accompagnée jusqu'à la rue. Ensuite nous sommes rentrés à la maison et nous avons fermé la porte. Nous nous sommes trouvés face aux deux fauteuils posés côte à côte au milieu du salon.

4

Pourquoi Néoptolème est-il à Delphes et pourquoi les prêtres du sanctuaire veulent-ils le tuer ? Je n'en sais rien. Le fait est qu'il grimpe sur l'autel de Chios qui est placé devant l'entrée du temple d'Apollon et qu'il est assailli par ses poursuivants. Je les imagine armés d'épées, de bâtons. Que peuvent-ils tenir d'autre ? Des serpents, peut-être. Le site en est plein. À son arrivée à Delphes, Apollon a dû éliminer le serpent Python. Notre héros est obligé de bondir continuellement pour éviter les coups d'épée et de bâton, peut-être aussi les serpents qu'on lui jette. On dit que ses mouvements ont inspiré une nouvelle danse, appelée pyrrhique (Néoptolème se nomme aussi Pyrrhus). Je découvre l'existence d'une danse dont les pas sont dictés par la crainte d'avoir les jambes brisées. J'imagine que la scène se déroule pendant la nuit et qu'un grand feu, allumé non loin de là, projette l'ombre agrandie de Néoptolème sur la façade du temple. Les flammes s'élèvent très haut, s'éteignent et réapparaissent instantanément. « Le meilleur moyen d'apprendre la danse pyrrhique, si l'on n'est pas poursuivi par des prêtres en furie, est d'observer le mouvement des flammes. »

Il existe un feu plus petit, qui brûle perpétuellement à l'intérieur du temple, sur l'autel d'Hestia. Il est entretenu avec du bois de sapin et des branches de laurier. On utilise le soleil, symbole d'Apollon, et un miroir parabolique en bronze pour le rallumer quand il s'éteint par accident. Je me souviens du soin avec lequel nous avions essayé de garder vivante la flamme de nos cierges la nuit de Pâques, en revenant chez Théodoris. L'intérieur du temple est plutôt obscur. Il est éclairé essentiellement par l'ouverture de la porte. La Pythie officie au fond de la salle, dans sa partie la plus sombre. Elle est installée dans un petit espace carré, profond d'un mètre environ, inaccessible au public, appelé *adyton*. Nous ne savons pas si elle est visible au moment où elle accomplit son devoir. Il se peut que l'adyton soit protégé par une cloison comme celle qui isole le sanctuaire dans les églises orientales. Je suppose que les gens circulent sans faire de bruit dans le temple, que le clair-obscur impose un certain silence. J'ignore si leurs vêtements sont pourvus de poches et quel genre de petits objets ils peuvent porter sur eux. Les murs sont ornés d'armes consacrées à Apollon. Hérodote raconte qu'elles se sont décrochées toutes seules et se sont placées en position de combat pour défendre le temple contre les soldats perses.

L'epsilon était en bois, suspendu probablement au-dessus de la porte d'entrée. C'était également une offrande. Des piliers carrés, comme ceux qui indiquaient les distances sur les routes, portaient les maximes des Sept Sages. Ils étaient surmontés d'une tête d'Hermès et décorés d'un phallus placé au bon endroit. Protecteur des voyageurs, Hermès accueillait les pèlerins au seuil du temple. On pourrait imaginer que l'E lui était dédié : son nom commence en effet par cette lettre en grec ('Ερμῆς), le *h* ajouté en français n'étant qu'une réminiscence de l'esprit rude. On pourrait également imaginer qu'il était consacré à Hestia ('Εστία), déesse du foyer, gardienne vigilante du sanctuaire. Peut-être était-il destiné à protéger le lieu comme la croix que nous avions tracée la nuit de Pâques au-dessus de la porte de la maison de Stamata. « C'était le porte-bonheur du temple », ai-je pensé. J'ai écrit dans mon cahier le nom d'*Hermès*, à la page 6, et celui d'*Hestia*, à la page 7.

On n'a retrouvé aucun des piliers qui étaient placés des deux côtés de la porte d'entrée. On ignore quelles maximes, en dehors des deux que j'ai mentionnées — « Rien de trop », « Connais-toi toi-même » — y figuraient. Ni l'epsilon archaïque en bois, ni ceux en bronze et en or, offerts par les Athéniens et les Romains, n'ont été conservés. J'ai le sentiment d'être penché au-dessus d'un puits sans fond. La danse de Néoptolème s'achève par un saut : il passe par-dessus la tête de ses assaillants et atterrit sur le parvis du temple. C'est un saut remarquable de treize mètres cinquante. Son père, Achille, avait fait lui aussi un bond prodigieux en sautant de son bateau sur la côte troyenne. Néoptolème n'échappera pas en fin de compte aux prêtres. Ils sont impitoyables avec leurs ennemis. Ésope, qui les traitait de parasites de la société, ils l'ont accusé de vol après avoir caché dans ses bagages un vase sacré, et l'ont précipité dans un gouffre. Le sanctuaire est situé sur un versant du Parnasse. Il reçoit beaucoup de neige en hiver. La Pythie ne rend pas d'oracles pendant cette période, Apollon déserte le lieu, il s'en va beaucoup plus au nord. Ils reprennent tous les deux leur activité au printemps. En été, la chaleur est souvent intenable. La mer se trouve loin de Delphes et beaucoup plus bas. Heureusement, la région ne manque pas d'eau. La fontaine Castalie, qui rafraîchissait la Pythie et inspirait les poètes, continue à couler. Elle forme un petit ruisseau qui passe aujourd'hui sous la route goudronnée.

J'ai enfin trouvé une occupation : je lis. Je lis de huit heures et demie du matin à treize heures, à la bibliothèque de l'École française d'archéologie. J'ai acheté un deuxième cahier, avec une illustration différente sur la couverture : elle montre un prêtre orthodoxe pendu, entouré d'Ottomans sanguinaires. Je viens ici avec mes deux cahiers et deux crayons bien taillés. À huit heures et demie, il n'y a encore personne dans la bibliothèque. Elle se trouve en sous-sol, mais par la baie vitrée qui occupe le haut du mur on voit les arbres du jardin et les pieds des passants. J'ai aperçu un aveugle, il marchait vite en touchant à peine de sa canne l'allée recouverte de graviers. Il travaille sans doute ici. Malgré la vivacité de sa démarche, il ne m'a pas paru jeune.

Je suis assis à un bout de la longue table placée sous la baie vitrée. Je ne reste pas longtemps seul. Les autres lecteurs sont surtout des étudiants, grecs et français. Nous échangeons un « bonjour » à voix basse, comme si nous avions peur de réveiller l'esprit qui habite ici. Leurs cahiers à eux sont beaucoup plus grands et épais que les miens et leurs couvertures ne sont pas illustrées. Je suis sans aucun doute le moins sérieux et le plus âgé des élèves de cette classe silencieuse. Je regarde souvent dehors. De temps en temps, je jette un coup d'œil sur la poitrine de ma voisine. Je l'aperçois un peu mieux quand elle se penche pour lire les notes en bas de page.

Toutes les demi-heures, tous les trois quarts d'heure au plus, je sors fumer dans la cour.

J'entends à peine les bruits de la ville. Le jardin de l'École est une oasis au centre d'Athènes. Ses arbres sont assez grands pour cacher les immeubles qui se dressent tout autour. Je fume assis sur les marches de marbre qui mènent au jardin. Ensuite je redescends dans la bibliothèque par l'escalier en colimaçon. Je me sens de jour en jour plus à l'aise. J'enlève discrètement mes chaussures sous la table et les remets, aussi discrètement, avant de sortir.

J'ai une bonne pile de livres devant moi. Les publications de l'École sont reliées en cuir bordeaux. Leurs pages sont jaunies et extrêmement lisses. J'ai posé la paume de ma main sur une page, elle était plutôt froide. Il arrive qu'elles soient légèrement collées l'une contre l'autre. Quand je les tourne, j'entends exactement le même bruit que lorsqu'on arrache un sparadrap. Je n'ai pas lu le traité de Plutarque intitulé *Sur l'E de Delphes*, je ne crois pas être encore en mesure de l'apprécier. Je l'ai ouvert cependant et j'ai vu, en première page, les photos en noir et blanc de deux monnaies de Delphes datant de l'époque romaine, sur lesquelles l'epsilon apparaît entre les colonnes du temple. Sur l'une des pièces il est encadré par deux et sur l'autre par trois colonnes. C'est un epsilon dépourvu de tout élément décoratif.

Je lis deux pages d'un livre, trois d'un autre. Je n'arrive pas à fixer vraiment mon attention. Je me promène sans but à la surface des choses.

Mes voisins ont à rédiger un mémoire, j'imagine. Je ne sais pas sur quoi je travaille. « J'apprends », pensé-je. Mais voilà que j'écris aussi, sur un sujet que je ne connais pas. Mon audace m'étonne. Je suis probablement influencé par les chauffeurs de taxi athéniens qui parlent de tout avec beaucoup de facilité. Ils commencent par la météo et les problèmes de circulation, mais passent assez vite, avant que le compteur n'indique trois cents drachmes, à la politique et aux difficultés économiques. La médiocrité des dirigeants du pays tantôt les attriste et tantôt les excède. L'évolution des mœurs leur inspire des commentaires mitigés :

— Je me rappelle…, disent-ils.

À cinq cents drachmes, ils posent la question :

— Où ça va aller cette situation, monsieur ?

Quand le trajet est long, ils élargissent encore le débat. Ce n'est pas simplement la situation de la Grèce qui les préoccupe, mais aussi celle des autres pays, de l'ensemble de la planète.

— Parce qu'en fin de compte, qu'est-ce que nous représentons, nous ? Nous ne sommes qu'une petite crotte !

Il arrive qu'ils se prennent de sympathie pour leur client et demandent, de manière tout à fait inattendue, dans un virage ou à un feu rouge :

— D'où tu es, toi ?

Les questions scientifiques ne les rebutent pas. Après avoir observé le grain de beauté que j'ai sur le bras gauche, un chauffeur m'a dit sur un ton paternel :

— Il faut enlever ça ! Ça peut s'envenimer !

Il m'a même indiqué une clinique où on pratique ce genre d'intervention. J'ai été soulagé qu'il ne m'ait pas proposé de m'opérer lui-même. La plupart des chauffeurs abordent une multitude de sujets, mais il en est aussi qui sont spécialisés et développent à fond une seule question. L'un d'eux m'a entretenu de la pêche aux poulpes. C'était son occupation favorite. Il passait ses jours de congés à pêcher des poulpes. Nous sommes arrivés chez moi avant la fin de la conférence. Il s'est garé, il a arrêté le compteur et a continué à me parler. J'ai entendu dire qu'un de ses confrères se passionne pour la littérature. Son taxi est rempli de livres dont il fait l'éloge et qu'il accepte éventuellement de vendre. J'aimerais bien le rencontrer. Le taxi athénien est une petite université qui vous permet en même temps de vous déplacer.

Suis-je venu à Athènes pour lire ces livres ? Ils sont écrits par des érudits pour des érudits. Leur public ne dépasse pas cinq cents personnes. J'aurais sans doute pu les trouver à Paris. Il est vrai que je les aurais lus différemment là-bas. Les lieux transforment les textes, les tableaux, la musique. Il me semble que je suis au bon endroit pour étudier cette littérature. L'éclairage de la bibliothèque me paraît parfait.

J'apprends par le bibliothécaire que Delphes est fréquemment bombardée de rochers qui tombent des falaises environnantes.

— Il n'a jamais été question cependant de transférer l'oracle ailleurs, dit-il. On célébrait divers cultes à Delphes bien avant l'arrivée d'Apollon et l'installation de la Pythie, dès l'époque mycénienne.

Il m'a prêté une loupe qui m'a permis d'examiner de près une photo de la statue d'Antinoüs, le jeune ami de l'empereur Hadrien, prise peu de temps après sa découverte. Elle a été déterrée en 1894, deux ans après le début des fouilles. Elle se dresse devant un tas de pierres et de terre. Elle n'a pas de bras et ses jambes sont probablement cassées. On ne les voit pas en tout cas sur le cliché. Antinoüs a la taille d'un petit garçon. Il a des joues d'enfant. On distingue ici et là des taches dues à son séjour dans la terre qui l'a hébergé je ne sais pendant combien de siècles. Il fait songer à un nouveau-né qu'on n'a pas encore eu le temps de laver de ses souillures.

Je ne sais pas pourquoi j'ai été fasciné par cette photo en noir et blanc. « Je la regarde pour essayer de comprendre pourquoi je la regarde. » Le sexe du jeune homme est absent, ou il est tout petit. On voit bien ses couilles, en revanche. Elles sont légèrement projetées en avant sous la pression de ses cuisses. Il regarde vers la droite et vers le bas, à l'opposé du soleil, mais il ne donne pas l'impression de vouloir se protéger de la lumière. On dirait qu'il évite le regard des ouvriers qui l'entourent, comme si sa nudité le mettait mal à l'aise. En fait, les ouvriers ne le regardent pas. Ils sont tous tournés vers l'objectif. Leur expression est sérieuse. Un adolescent, qui a à peu près le même âge qu'Antinoüs, paraît vivement inquiet. Ils sont tous debout, presque au garde-à-vous, et se tiennent à quelques mètres de la statue. Ils ne s'attendaient probablement pas à faire pareille trouvaille. C'est l'instantané de la rencontre insolite d'une célébrité du IIe siècle après Jésus-Christ avec une équipe d'ouvriers du XIXe siècle. Je me suis souvenu de l'admiration que vouait Macriyannis, ce général presque illettré de la guerre de l'Indépendance, aux statues antiques : « Ne les vendez pas aux étrangers, disait-il à ses camarades, c'est pour ces statues que nous avons combattu. »

Je tiens ce renseignement de ma mère, elle lisait régulièrement les *Mémoires* du général, texte maladroit mais remarquablement vivant semble-t-il. Elle aimait d'autant plus Macriyannis qu'il était originaire de la même région qu'elle. J'ai connu un chauffeur de taxi qui admirait lui aussi l'art antique. Il était particulièrement impressionné, tout comme Macriyannis, par les veines apparentes des statues.

Les ouvriers sont répartis de part et d'autre d'Antinoüs, qui occupe le centre de l'image. Leur disposition fait songer à un détachement militaire accueillant un chef d'État. Il y a un militaire ou un gendarme parmi eux, on aperçoit un genre de képi. Plusieurs portent des chapeaux de paille. Certains visages m'ont rappelé un film mexicain de Buñuel dont j'ai oublié le titre. Ils sont chaudement vêtus, ils portent des chemises de grosse toile, des gilets et des vestes. La nudité de la statue est presque provocante. « Leurs regards ne se croisent pas parce qu'ils ne peuvent se croiser. Ils appartiennent à deux mondes différents. » Antinoüs est plutôt pensif. La lumière crue accentue l'ombre dans le creux de ses yeux. « Il ne comprend pas comment il a pu se trouver encerclé par ces fantômes de l'avenir. » Les ouvriers ressemblent effectivement à des fantômes car ils ont tous un peu bougé au moment de la prise de vue. Leurs silhouettes sont à moitié effacées, comme usées par le temps, alors qu'ils ne sont âgés pour la plupart que d'une trentaine d'années. Peut-être l'adolescent regarde-t-il avec tant d'anxiété l'objectif parce qu'il devine qu'il appartient déjà au passé. Ils paraissent nettement plus vieux qu'Antinoüs qui a le charme de la jeunesse et dont l'image est parfaitement nette. On dirait que ce sont eux qui sont sortis de terre. « Nous avons l'âge de notre pays, ai-je pensé. Nous sommes beaucoup plus âgés que nos ancêtres. Les anciens Grecs, c'est nous. »

Leurs pieds sont moins flous que leurs visages. Quelques-uns portent des chaussures à pompons. « Antinoüs est tout simplement intrigué par leurs chaussures. » Un seul reste étranger au climat de la photo. Il sourit avec satisfaction. Il a une barbichette et la position de ses mains peut faire croire qu'il se roule une cigarette. Il est habillé plus élégamment que les autres, il porte des culottes à la Tintin. Ça doit être un archéologue français. En bas, à gauche, on voit un couffin jeté par terre, et un second, un peu plus loin. La montagne de terre derrière Antinoüs repose sur un muret en briques. Son phallus a été sans doute cassé. Je crois que les chrétiens enlevaient systématiquement les sexes des statues. Qu'en faisaient-ils ? On trouvera un jour dans une gigantesque fosse d'innombrables phallus de marbre. J'ai rendu la loupe au bibliothécaire.

— Petit à petit le visage d'Antinoüs s'effacera aussi, m'a-t-il dit. Tant qu'elles restent dans la terre, les statues sont admirablement préservées, qu'elles soient de marbre ou de bronze, comme l'Aurige. Mais dès qu'elles se retrouvent à l'air libre, commence leur dégradation. D'une certaine manière, leur découverte entraîne leur perte.

Nous nous sommes mis d'accord pour déjeuner ensemble un jour. Il est parisien, mais habite depuis des années à Athènes. Nous parlons le plus souvent en grec. J'ai parlé aussi avec l'étudiante qui travaille à côté de moi. Nous sommes sortis en même temps dans la cour. Elle est d'abord descendue au jardin, elle est allée droit au figuier et a mangé quelques figues. Elle m'en a rapporté une, épluchée.

— Vous en voulez ? m'a-t-elle demandé avec un joli sourire.

Elle portait une robe noire quelque peu transparente et des sandales noires. Ses jambes sont un peu fortes. Je lui ai demandé si elle avait une voiture, ce qui l'a étonnée.

— Nous pourrions faire ensemble une excursion à Delphes, lui ai-je dit. Nous trouverons un bon hôtel avec vue sur la plaine. Elle est couverte d'oliviers et de cyprès, paraît-il. Nous verrons le lever du soleil.

Elle s'est mise à rire.

— Mais je n'ai pas de voiture, je vous ai dit !

Nous nous sommes entretenus en anglais. Elle connaît l'allemand, l'anglais et quelques mots de grec. Elle est née en Suisse, de mère allemande et de père autrichien. Ses parents se sont séparés, elle vit maintenant avec son père, à Vienne. Elle s'appelle Ilona.

— Je ne sais même pas où se trouve ma mère en ce moment.

« En Italie, ai-je pensé. Sa mère est certainement en Italie. »

— Nous marcherons au soleil, ai-je poursuivi. Nous nous désaltérerons à la fontaine Castalie. Nous verrons Antinoüs, et l'Aurige bien sûr. J'attirerai votre attention sur une petite statue qui plaisait bien à ma mère. Elle représente une petite fille qui sourit. Nous admirerons le coucher du soleil et la couleur rouge des rochers autour du sanctuaire. Nous irons à pied jusqu'au village. Ce sera la nuit. À la lumière d'un lampadaire, nous verrons un serpent se propulser d'un monticule et passer par-dessus la route droit comme une flèche. Il sera en train de poursuivre un lapin.

Le village de Delphes n'est pas loin du site archéologique. Jadis il était implanté sur le sanctuaire même. Les voyageurs qui passaient par là, au siècle dernier, ne voyaient rien de bien intéressant, juste des bouts d'inscriptions sur certains murs. Flaubert, qui a visité Delphes en 1850, observe que la beauté des hommes est supérieure à celle des femmes. Dans ses notes sur les environs d'Athènes il cite le nom de Stamata. Il a fallu déplacer le village pour que les fouilles puissent commencer.

— Nous mangerons des côtes d'agneau. Nous boirons un petit vin du pays qui, avec un peu de chance, ne sera pas mauvais.

— Ne continuez pas, a-t-elle dit, j'ai un ami !

Elle a pris un air sévère, mais une certaine gaieté était toujours perceptible dans ses yeux. J'ai aperçu l'aveugle. Je n'ai vu cette fois-ci que le haut de son corps, car il passait dans le jardin, en contrebas de la cour. C'est un homme maigre, à la peau tannée par le soleil, avec de rares cheveux gris. Il portait une chemise blanche à manches courtes et des bretelles.

— Qui est-ce ?

— Préaud, l'épigraphiste, a dit Ilona.

Elle a devancé ma question :

— Il lit les inscriptions avec ses doigts. Il paraît qu'il se débrouille très bien. On dit qu'il a rectifié une erreur extrêmement grave dans l'identification d'un vestige, mais c'était avant qu'il ne perde la vue.

Le gouvernement grec n'a accordé aux Français l'autorisation d'entreprendre les fouilles qu'au bout de dix ans d'âpres négociations : il entendait obtenir en contrepartie que la France achète davantage de raisins de Corinthe. C'était le principal produit d'exportation du pays à la fin du XIXe siècle. La Grèce importait de France du vin, des chapeaux, des étoffes de soie, des dentelles et des parfums.

— Je regrette que vous ayez un ami. Nous pourrions consacrer le deuxième jour à la recherche d'une personne susceptible de lire dans le marc de café, d'une cartomancienne, d'une descendante de la Pythie en somme. Nous finirions par en trouver une. Elle nous annoncerait des événements heureux pour un proche avenir. Ensuite nous ferions un saut à Amphissa, qui était fameuse naguère pour ses articles de cuir et ses clochettes et qui continue à être réputée pour son huile et ses olives. Nous achèterions un bidon d'huile et une boîte d'olives, puis nous prendrions le chemin d'Athènes, sans nous presser, par la route côtière.

« Il y a longtemps que je n'ai pas dansé », ai-je pensé en descendant l'escalier en colimaçon. Le sanctuaire avait été dépouillé de l'essentiel de ses richesses bien avant l'époque moderne. Il y avait, dans l'Antiquité, tant de statues d'or, d'ivoire, de marbre, d'argent et surtout de bronze, qu'elles se masquaient les unes les autres. Elles étaient aussi entassées que les statuettes sur les rayonnages des magasins pour touristes. Je suppose que cette richesse, étalée à mi-hauteur d'une montagne nue, devait émerveiller les visiteurs, surtout s'ils la découvraient soudainement, au détour de la route. Pendant mille ans, Delphes n'a cessé de recevoir des offrandes, envoyées par les cités grecques, mais aussi par des rois étrangers. Après leur victoire sur les Athéniens, les Spartiates ont offert au sanctuaire trente-sept statues de bronze.

— Une douzaine de peuples grecs étaient représentés au sein de l'amphictyonie, le conseil de gérance de Delphes, dit le bibliothécaire. Cette coopération ne les empêchait nullement de se combattre. Les offrandes, qui célébraient leurs victoires, étaient les témoins d'un perpétuel massacre fratricide. On a tort de considérer l'amphictyonie comme une institution annonciatrice de l'union des nations. L'idée delphique est un mythe.

Les archéologues n'ont trouvé que très peu de statues dans la terre. On ne sait pas si elles ont été ensevelies par les derniers païens soucieux de les protéger, ou par les premiers chrétiens désireux de les faire disparaître. Un certain Alexandre Condoléon surveillait les fouilles pour le compte du Service grec des antiquités. Il a occupé ce poste pendant cinquante ans. Les Français le mentionnent avec une exaspération voilée. C'était un homme tatillon et méfiant. Il avait peur qu'on ne dérobe ou détériore les œuvres d'art. Je suppose qu'il a dû se sentir rassuré lorsque la dernière guerre a éclaté car le Service des antiquités a pris alors la décision de cacher toutes les statues. L'Aurige, enveloppé dans du foin et du coton, a trouvé refuge dans une tombe antique. Antinoüs est retourné dans la terre. Condoléon a joué un rôle important dans cette opération. Il est mort peu après, alors que le musée de Delphes était vide.


La vedette de cette brillante troupe de statues n'était ni belle, ni jeune, ni cultivée, ni bien habillée. Peut-être même marchait-elle pieds nus. J'imagine qu'une personne ignorant tout du rituel delphique pourrait facilement prendre la Pythie pour la femme de ménage du temple. Nous ne savons pas si elle conversait avec son public, si elle prenait directement connaissance des questions qu'on avait à lui poser, ou si elles lui étaient transmises par les prêtres. Le public était si nombreux que le sanctuaire employait deux pythies simultanément à certaines périodes. Nous croyions que l'omphalos, l'espèce de gros œuf de pierre qui représentait le nombril du monde, se trouvait dans l'adyton. Ce n'est pas sûr. Nous croyions également qu'un laurier, arbre associé à Apollon, était planté au même endroit. Mais comment pouvait-il pousser, privé de lumière ? Faut-il croire qu'il était dans un pot et qu'on le sortait de temps en temps au soleil ? L'examen des lieux et des vestiges a augmenté nos connaissances mais aussi nos incertitudes. Nous étions presque certains, c'est du moins ce que j'apprends, que la Pythie s'asseyait sur un trépied et qu'elle était enveloppée de vapeurs troublantes exhalées par une crevasse du sol. Avant l'arrivée d'Apollon, le sanctuaire appartenait à Ga ou Gè, la déesse Terre. Peut-être parce qu'elle logeait les morts, Ga avait la réputation de connaître les secrets de la vie. Plutarque — j'ai fini par le lire — semble convaincu qu'il y avait des vapeurs dans l'adyton mais, apparemment, ce n'est plus le cas de son temps. Il considère simplement que l'esprit de la terre favorise les facultés divinatoires. Ce sont les Pères de l'Église qui ont le plus écrit sur le souffle tellurique, qu'ils qualifient de « malin ». Saint Jean Chrysostome affirme même qu'il se glisse par les organes génitaux de la prophétesse et la fait délirer. L'étude géologique a montré qu'il n'y a jamais eu d'émanations, ni de crevasse, et qu'on avait également tort de penser que l'eau d'une source passait sous l'adyton. Les représentations qu'on possède de la Pythie ne nous la montrent ni les yeux révulsés, ni l'écume à la bouche. Elle ne paraît pas troublée. Il n'est même pas certain qu'elle s'asseyait sur le trépied, qui soutenait une cuvette et était à l'origine un ustensile de cuisine. Les archéologues ont découvert une Pythie moins spectaculaire que celle qu'on imaginait, une star sobre et digne.

De temps en temps je pense aux enfants que je n'ai pas. Comment serait ma vie, si j'avais des enfants ? Est-ce que Costas fait des *youvarlakia* pour sa fille ? Si j'avais des enfants, je leur ferais sûrement des youvarlakia. C'est mon plat préféré, ma mère le faisait toujours quand je rentrais de Paris. Elle servait les boulettes non pas dans la sauce habituelle à l'œuf et au citron, mais dans une soupe à la tomate, à laquelle elle ajoutait une noix de beurre. Je regardais le beurre qui fondait. Je le regarde encore, et ce n'est que lorsqu'il a complètement fondu que je revois le livre qui est sur ma table et, un peu plus à droite, le bras nu d'Ilona.

Elle écrit une étude sur la mort d'Alexandre le Grand, qui sera publiée à Vienne. Elle sera imprimée sans doute sur du très beau papier par un vieil imprimeur, probablement le dernier imprimeur de Vienne à faire encore la composition à la main. Il aura un chien qui sera également très âgé. L'atelier sentira l'encre et la cannelle. Il y aura un cannelier dans la cour arrière. Son travail terminé, l'imprimeur sortira dans la cour, suivi par son chien, pour arroser le cannelier. Dans l'un des appartements voisins, quelqu'un sera en train d'écouter un opéra. Ce sera le printemps.

Je ne sais pas de quoi est mort Alexandre le Grand. L'a-t-on tué ? A-t-il bu de l'eau polluée ? A-t-il été piqué par un animal ? S'est-il suicidé ? Se serait-il fracassé le crâne en glissant sur un rocher au bord de la mer ? Je connais des rochers extrêmement glissants. Aurait-il péri noyé ?

La représentation commençait par le sacrifice d'une chèvre, qu'on rôtissait et qu'on mangeait sur place. Les fidèles offraient également une pâte de farine et de miel qu'on brûlait aussi. La Pythie faisait des fumigations de laurier et de farine d'orge. On peut supposer enfin qu'on brûlait des grains d'encens : les comptes du sanctuaire mentionnent de fréquents achats d'encens. L'atmosphère ne devait pas être bien différente de celle qui règne le jour de Pâques sur les places des villages où diverses odeurs, les unes provenant de l'église et les autres des rôtisseries voisines, embaument l'air. Je remarque que j'ai souvent recours à des images empruntées au christianisme, que je connais très peu, pour parler du polythéisme, que j'ignore complètement. Je tiens le compte rendu du dialogue de mes ignorances. Il est à peu près certain qu'avant de descendre dans l'adyton, la Pythie buvait l'eau de la Castalie et mâchait des feuilles de laurier. C'était peut-être un genre de communion. Elle purifiait sa bouche et son esprit. Il semble que la cuvette supportée par le trépied contenait des osselets ou des fèves qui l'aidaient à trouver la bonne réponse lorsque la question était simple. On peut raisonnablement penser qu'il y avait deux fèves, correspondant aux deux réponses possibles, et qu'elle secouait le trépied pour faire tomber l'une des deux hors de la cuvette. Comment faisait-elle pour les distinguer ? J'ai aperçu un sac de fèves à l'entrée d'une épicerie, pas loin d'ici. Le marchand m'a dit que les fèves, qui sont presque blanches quand elles sont fraîches, deviennent noires en se desséchant. Disons donc que la Pythie utilisait une fève fraîche et une desséchée.

Les questions étaient généralement simples : elles étaient posées par des particuliers qui cherchaient à savoir s'ils devaient se marier, prendre le bateau, s'expatrier, accorder un prêt, cultiver la terre. Selon Plutarque, l'epsilon pourrait désigner la conjonction *ei*, si, qui introduisait toutes ces questions. Quand on l'interrogeait sur des sujets importants, la Pythie faisait un effort particulier. Elle répondait en vers et de façon énigmatique. Lorsqu'elle recommande aux Athéniens de se protéger des Perses derrière un rempart de bois, elle fait allusion à leur flotte. En annonçant aux Romains qu'ils devront combattre tous les peuples à la fois, elle prévoit l'insurrection de leurs esclaves qui avaient effectivement des origines très diverses. Les oracles de la Pythie étaient extrêmement populaires dans l'Antiquité, on les commentait largement, on les imitait volontiers. On se moquait de Crésus qui n'avait pas compris que l'empire dont la destruction lui avait été annoncée par la prophétesse était le sien. La Pythie répondait et ne répondait pas aux questions. Elle proposait des solutions en forme de problèmes. L'epsilon aurait pu être un oracle, mais à quelle question répondait son énigme ?

On peut difficilement croire que ces sentences étaient l'œuvre d'une femme inculte — personne ne l'a jamais cru, d'ailleurs. À côté d'elle, dans l'adyton, se dressait une statue d'Apollon en or. La Pythie était la voix de cette statue. L'inculture de la prophétesse garantissait en quelque sorte le caractère divin de ses propos. Le goût d'Apollon pour les jeux de mots, les rébus, était si connu qu'on le surnommait Loxias, l'Ambigu, le Paradoxal. Il n'est pas surprenant que ses conseils aient été quelque peu obscurs : dieu de la divination, il était en même temps le patron des philosophes. C'est ce qui permet à Plutarque de supposer que l'epsilon pourrait signaler, non pas le si interrogatif, mais celui dont se servent couramment les dialecticiens : « Si nous admettons donc, mon cher Alcibiade... » Une troisième personne était présente dans l'adyton, un prophète qui, en théorie, ne jouait pas un grand rôle. Il notait les oracles, peut-être les arrangeait-il un peu. Nous ne savons pas s'il faisait autre chose, mais rien ne nous oblige à croire qu'il n'était pas assez instruit et assez doué pour improviser une réponse diplomatique en vers.

J'ai senti un battement d'ailes à côté de mon cou, sous l'oreille droite, alors que je rentrais à la maison. Je me suis écarté, mais l'oiseau a persévéré — j'entendais le claquement de ses ailes qui faisaient vibrer l'air. Je n'ai pas eu peur au début, je peux même dire que sa présence m'a paru plutôt amicale. Je ne comprenais pas cependant comment un oiseau pouvait voler si près de moi. Je me suis arrêté en attendant que le battement cesse, et il a cessé. Je n'ai pas vu l'oiseau.

J'étais en face d'un arrêt de bus où attendaient pas mal de gens. Il y avait quelques enfants parmi eux. « Les enfants ont dû me jeter quelque chose. » Mais ma gêne n'avait pas été provoquée par un objet — j'ai pensé un instant au frisbee — et les gamins paraissaient bien sages. Quelques mètres plus loin, j'ai entendu le même battement d'ailes et, cette fois-ci, j'ai pris peur. Mes crayons et mes cahiers sont tombés sur le trottoir. Je n'ai pas osé protéger mon cou de la main, de crainte d'irriter l'oiseau. « Je serai exposé à cette frayeur de plus en plus souvent. » L'agression a encore duré plusieurs secondes. Je n'ai pas entendu l'oiseau s'éloigner. « Je m'y habituerai, ai-je pensé en ramassant mes crayons et mes cahiers. Je m'attendrai à la visite périodique de cet oiseau. C'est une situation à laquelle on doit pouvoir s'habituer. »

Un des crayons avait roulé assez loin en arrière, le trottoir était en pente. Je me suis retrouvé à la hauteur de l'arrêt de bus. Les gens me regardaient. Une vive irritation m'a envahi soudain, m'a dicté un tas d'insultes que je n'ai pas prononcées, mais qui ont progressivement fait monter ma colère. Le bus s'est interposé entre nous, et ils sont partis. À côté de mon crayon j'en ai trouvé un autre, qui ne m'appartenait pas. Il était violet. Je l'ai pris aussi. J'ai pensé que c'était là un bon signe, bien que je n'aime pas beaucoup le violet. J'ai eu envie de dessiner. « Ce n'est pas facile de renoncer à une activité qu'on a pratiquée si longtemps. » J'ai presque été ému en songeant aux innombrables heures que j'ai consacrées au dessin.

L'oiseau ne m'a plus ennuyé depuis ce jour. Je n'ai pas dessiné en rentrant à la maison. Je me suis couché comme tous les après-midi. Je n'ai pas dessiné non plus quand je me suis réveillé, vers dix-sept heures. Je n'ai envie de rien, à cette heure-là. Même à Paris, où je ne fais pas la sieste, j'éprouve la même lassitude. Mes yeux s'attachent à un objet que je ne vois pas, tandis que mon esprit parcourt le vide à grandes enjambées, comme s'il le mesurait, comme si j'envisageais de l'acheter. La journée est suffisamment avancée à dix-sept heures pour que son sens soit clair. Je commence à l'oublier avant qu'elle se soit achevée. Je n'ai jamais rien fait de bon à dix-sept heures.

Le même soir j'ai reçu un coup de téléphone de Véronique Carrier, elle m'a demandé un dessin pour la couverture d'un mensuel économique qui sera lancé prochainement par *Le Miroir de l'Europe*.

— Il ne s'adressera pas aux technocrates, m'a-t-elle dit. Ils ont échoué lamentablement, ils n'ont même pas réussi à résoudre le problème du chômage qu'ils prétendaient pouvoir régler. Je crois que le moment est venu de réviser nos valeurs. La crise économique doit inciter les démocraties occidentales à reconsidérer leurs objectifs. Il nous faut revenir à l'homme, comprendre ses besoins essentiels, tenir compte de sa sensibilité ! Nous ne laisserons pas les sectes exploiter le désarroi des gens, n'est-ce pas ?

Des intellectuels de renom collaboreront au nouveau magazine, ainsi que des philosophes de plusieurs pays européens. Son titre, *Le Nouvel Humaniste*, m'a paru prétentieux. Elle m'a précisé que mon dessin doit prendre pour cible l'Union européenne et qu'elle le souhaite « caustique ».

En reconnaissant sa voix, j'ai pensé qu'elle allait me reprocher mon absence, m'interroger sur la date de mon retour. Elle ne m'a pas posé de questions, ni adressé de reproches, elle a au contraire fait preuve de compréhension :

— Cela vous fera du bien de rester un peu en Grèce, ça vous renouvellera. Charles est du côté du rio Purus, au Pérou, chez les Cashinahuas… La femme de son meilleur ami est morte.

Elle s'appelait Rava Noora, « Celle-qui-attrape-les-colibris ». Elle portait toujours les mêmes boucles d'oreilles, deux tiges de bois auxquelles étaient attachées des ailes de colibri. Son mari a annoncé sa mort aux Carrier en leur envoyant ces boucles d'oreilles dans une enveloppe.

— Il avait teint les tiges de bois en rouge, c'est la couleur de la mort chez eux, a dit Véronique. Il n'y avait rien d'autre dans l'enveloppe que les boucles d'oreilles de Rava Noora.

Son appel m'a fait plaisir. Il m'a libéré de certains remords et m'a donné l'assurance flatteuse qu'on continue à avoir besoin de moi au journal. « Je ne veux ni qu'on se souvienne de moi, ni qu'on m'oublie. » Je ne suis pas sûr que Véronique Carrier soit la personne idéale pour diriger une publication humaniste. Mais qui sait ? Son désir de réussir est tel qu'elle serait capable, si sa carrière l'exigeait, d'acquérir l'humanité qui lui fait défaut.

Un peu plus tard j'ai reçu un autre appel, de la part de la journaliste qui m'avait cherché chez Acridakis. Elle travaille pour *Embros Dimanche* : j'ai pensé à la jolie rédactrice dont m'avait parlé Caradzoglou, mais je n'ai pas osé lui demander si elle possédait une bibliothèque en bois de rose. Elle avait une voix plaisante. Elle m'a demandé, elle aussi, des dessins. Il lui en faut dix, pour remplir une page, ainsi qu'une notice biographique et une photo. Je lui ai signalé que je ne lui donnerais pas des caricatures politiques, mais des dessins d'humour. Nous avons fixé un rendez-vous pour le samedi suivant.

J'ai fait les dix dessins le soir même. Ils ont presque tous pour décor un cimetière. Je n'ai pas été incommodé par l'odeur de l'encre de Chine, elle ne m'a rappelé aucun mauvais souvenir. J'ai d'abord dessiné un oiseau (il a plutôt l'air d'une poule) posé sur la branche d'une croix, qui se penche pour essayer de lire le nom du défunt, ensuite une croix de marbre prolongée par de vraies racines qui s'enfoncent profondément dans la terre. Après une dizaine de tentatives infructueuses, j'ai eu l'idée de faire chuter quelque chose sur une tombe. J'ai donc esquissé un nuage qui verse quelques gouttes de pluie, puis un pot de fleurs qui descend du ciel droit sur une croix. J'ai colorié le pot en rouge, les fleurs en jaune et j'ai tracé deux traits violets dans le ciel. L'oiseau qui lit le nom du défunt, je l'ai gratifié d'un plumage multicolore. J'ai dessiné encore un oiseau, qui vole au-dessus d'une sépulture, et un avion, qui lâche une bombe sur un cimetière. Au fond du gouffre vers lequel se dirige en courant un minuscule bonhomme, il y a une croix. Sur un autre dessin, le bonhomme se tient courbé au bord du gouffre et considère la tombe qui l'attend.

Comme je n'avais pas d'autres idées, je me suis mis à tracer des croix, j'ai rempli deux pages de croix, jusqu'au moment où j'ai pensé à représenter un cimetière en fête, avec drapeaux et petits lampions. J'ai utilisé tous mes crayons de couleur, j'en ai dix-neuf avec le violet que j'ai trouvé dans la rue. Le dernier croquis montre un crocodile qui pleure devant une tombe.

Je songeais en même temps au dessin que je devais faire pour Véronique. La nécessité de représenter une fois de plus l'Angleterre en vieille dame, le Français avec un béret et l'Espagnol coiffé d'une *montera* de matador ne me réjouissait pas. Mais je ne voyais pas d'autre moyen de rendre reconnaissable leur identité. Je ne voyais pas non plus comment je pouvais ironiser sur l'Union européenne sans montrer ses représentants en train d'échanger des coups. Tous les matins, en feuilletant les journaux dans la salle de rédaction du *Miroir de l'Europe*, j'essaie de deviner les dessins que réaliseront mes confrères pour éviter de faire les mêmes. Je n'exécute jamais la première idée qui me vient à l'esprit de crainte qu'elle n'ait déjà rendu visite à d'autres dessinateurs. Est-ce cet effort constant, cet absurde désir de faire mieux que mes confrères, qui a fini par me fatiguer ? Serais-je affligé par le caractère éphémère des caricatures politiques ? Je ne m'intéresse pas vraiment à la politique, telle est probablement la principale cause de mon ennui. J'oublie tout ce que j'ai lu dans la presse, aussitôt après avoir terminé mon dessin. L'Union européenne me concerne surtout dans la mesure où elle facilite mes déplacements. Je n'ai exercé avec enthousiasme mon métier qu'à l'époque où je pouvais batailler contre la junte d'Athènes. Elle ne m'a inspiré, hélas, qu'une trentaine de dessins. Si je publiais un recueil de caricatures, je ne ferais paraître que celles-là. Ce serait un tout petit livre. Quel dessin mettrais-je sur la couverture ? Probablement celui où l'on voit un fil de fer barbelé ayant épousé le contour de la Grèce.

J'ai regardé à nouveau les croquis que je venais d'achever. J'avais une préférence pour le pot de fleurs qui est sur le point de s'écraser sur une croix, mais sa position parfaitement droite rendait sa chute peu naturelle. J'ai refait ce dessin, en inclinant légèrement le pot, et en remplaçant les deux traits violets par deux minuscules nuages bleus. Pendant que je procédais à ces changements, je me suis souvenu que l'Europe a pris le nom d'une princesse qui fut la maîtresse de Zeus. J'ai décidé de donner à l'échauffourée européenne l'allure d'une scène semblable à celles qui décorent les vases antiques — j'ai même pensé à situer la rixe sur une amphore fêlée. Je mettrais certes un béret au Français, un chapeau tyrolien à l'Allemand, mais, pour le reste, ils seraient tous complètement nus et leurs attitudes seraient affectées. J'ai imaginé un Grec tout petit, coiffé d'un énorme casque à cimier. J'ai eu envie enfin de réaliser cette caricature, mais il était tard et j'ai remis cela au lendemain. Je n'avais pas besoin de signer tous les croquis que je destinais à *Embros Dimanche* puisqu'ils paraîtraient dans la même page. Signerais-je Pol, comme d'habitude ? Au moment où j'allais le faire, j'ai changé d'avis et j'ai écrit mon nom en entier, Pavlos Nicolaïdis, sous le dessin au pot de fleurs. Je n'ai signé que celui-là.

En allumant la télé j'ai reconnu Amalia Stathopoulou, elle riait le visage tourné vers les projecteurs qui faisaient briller ses cheveux blonds. Le journaliste assis en face d'elle lui a dit :

— Votre interprétation d'Électre a fait date. Vous ne redoutez pas le jugement de ceux qui ont assisté à cette représentation historique ?

« Elle va rejouer Électre ! » ai-je pensé. Elle n'a pas répondu à la question :

— Savez-vous combien de gens m'écrivent quotidiennement, même de province, pour m'encourager ? « Tu dois jouer ! me disent-ils. Nous sommes avec toi ! » Ce matin, j'ai reçu un télégramme d'un village frontalier !

— D'un village frontalier ! a répété, admiratif, son interlocuteur.

— Je ne vous cacherai pas que j'ai abordé la question avec le Premier ministre.

— Et qu'est-ce qu'il vous a dit ? a demandé le journaliste en se penchant en avant comme s'il était prêt à se lever de son fauteuil.

— « Tu dois jouer ! »

Elle jouera donc à Épidaure, comme la première fois. Elle ne donnera qu'une seule représentation, dont la recette, elle a insisté là-dessus, permettra l'acquisition du *Saint Pierre* peint par le Greco, qui doit être vendu aux enchères à Londres.

Elle fumait. J'ai aussi allumé ma pipe. Je n'ai pas encore reçu le tabac que j'avais demandé à Marie-Christine. Il y a combien de temps que je lui ai téléphoné ? Il ne m'en reste plus que trois paquets. J'ai eu l'impression que les mouvements d'Amalia — elle croisait de temps en temps les jambes, découvrant ses genoux — étaient réfléchis, étudiés. Elle les exécutait avec une certaine lenteur. Je l'ai imaginée en train de les répéter devant un miroir, en excluant certains, ne retenant que les plus avantageux. J'ai pensé aux jolies jambes de Fanny. « Je l'inviterai à dîner un soir. » Je me suis demandé si Costas avait jamais eu de liaison avec elle. Chaque matin je prends la résolution de sortir le soir, mais au fur et à mesure que la journée s'avance mon désir s'amenuise. Je n'ai pas téléphoné aux amies que je voyais naguère, je n'ai pas non plus appelé Pénélope, l'élève de Théodoris. Stathopoulou a annoncé la distribution de la pièce. Tous les acteurs, à l'exception d'Athènodoros Proussalis, qui incarnera Égisthe, sont beaucoup plus jeunes qu'elle. Celui qui jouera Oreste, son frère, aurait pu être son petit-fils — il est sorti récemment du Conservatoire d'art dramatique. Le journaliste évitait de commenter la distribution. Mais quand elle a dit que le rôle de Clytemnestre, la mère d'Électre, serait interprété par Anna Macraki qui n'a qu'une quarantaine d'années, il a réagi :

— Mais Macraki..., a-t-il dit.

Le ministre n'a pas compris ou a fait semblant de ne pas comprendre le sens de l'intervention.

— C'est une très bonne comédienne, vous ne trouvez pas ?

— Oui, bien sûr. Mais elle est un peu jeune...

— Jeune ? a répété Stathopoulou comme si ce mot lui était inconnu.

Elle l'a prononcé d'une voix blanche qui m'a rappelé celle de Vasso Manolidou dans le rôle d'Ophélie : je l'avais vue autrefois, au Théâtre national. Elle a regardé quelques instants le journaliste. Son visage était devenu un masque inexpressif. Le journaliste, lui, s'était blotti dans son fauteuil. Il avait la même attitude que mon père lorsqu'il entend la sonnerie du téléphone. Soudain, Amalia a ri en rejetant sa tête en arrière. La peau de son cou est parfaitement lisse.

— Je vous avouerai que je n'y avais pas songé, a-t-elle dit. Elle est peut-être un peu jeune pour Clytemnestre, mais quelle importance ? C'est une si bonne comédienne !

Je me suis levé du lit et j'ai éteint la télévision. « Elle a peut-être raison, ai-je pensé. Les comédiens n'ont pas d'âge. »

Il était minuit dix. Je n'avais pas sommeil. Je me suis arrêté au milieu de la pièce et j'ai fait quelques brusques mouvements du poignet, comme si je tenais une raquette de ping-pong. Je me suis souvenu des mains de certaines femmes. L'une a de longs doigts, excessivement longs. Une autre coupe ses ongles si courts qu'ils paraissent rongés. Une troisième a les articulations saillantes. Je me suis souvenu d'une main lourde aux doigts carrés et à la paume large, presque masculine, et d'une autre encore, petite et potelée, qui semblait incapable de faire le moindre mal.

La lampe du bureau était restée allumée. Elle éclairait le flacon d'encre de Chine, le porte-plume vert et les crayons de couleur qui s'étaient éparpillés. Ils formaient une espèce de pluie multicolore.

J'ai détaché du mur la feuille avec l'epsilon majuscule tapé à la machine et je l'ai posée sur la table. Je me suis assis, j'ai débouché l'encre de Chine. J'ai regardé assez longtemps l'epsilon en essayant de discerner une autre forme à travers la sienne. Je l'ai regardé comme ces dessins qui représentent un paysage où se cache un personnage, mais je n'ai rien pu découvrir J'ai tracé un E en prolongeant la ligne du milieu vers la gauche, ce qui lui a donné la forme d'un trident, l'arme de Poséidon. Le dieu de la mer disposait lui aussi d'un autel dans le temple d'Apollon. « Le psi majuscule ($\Psi$) ressemble plus naturellement à un trident que l'epsilon », ai-je pensé. J'ai dessiné encore deux ou trois E, en espérant lui trouver une parenté avec autre chose. Je n'en ai trouvé aucune. « L'epsilon ne ressemble à rien. »

Est-ce que toutes les lettres de l'alphabet grec sont aussi difficiles à décrypter ? J'ai écrit l'alphabet en majuscules, sur deux colonnes. J'ai constaté rapidement qu'il est relativement aisé d'interpréter les autres lettres par une image.

L'alpha (A) ressemble à un compas, le bêta (B) est une femme enceinte dotée d'une grosse poitrine, le gamma (Γ) une potence, le delta (Δ) une pyramide. J'ai laissé de côté l'epsilon. Le zêta (Z), sans doute parce que le nom de Zeus commence par cette lettre, m'a fait songer à l'éclair. L'êta (H) est une toute petite échelle, le thêta (Θ) rappelle la tête d'une vis. Je n'ai pas été satisfait de cette dernière image. J'ai réexaminé le thêta et j'ai décidé, en fin de compte, que la ligne qui le sépare en deux figure l'horizon et le cercle le soleil qui se lève ou se couche. « Normalement, le thêta devrait se trouver au commencement ou à la fin de l'alphabet. » Le iota (I) renvoie à un tas d'objets, une bougie, une queue de billard. Le kappa (K) fait penser à un soldat allemand qui défile le bras tendu, le lambda (Λ) à un toit de tuiles, le mu (M) à un couple qui se tient par la main.

Je suis revenu à l'epsilon. Je ne voulais pas admettre que j'étais incapable de lui trouver un sens. Je l'ai fait basculer en avant. Il ressemblait ainsi à un temple à trois colonnes. Peut-être, tourné vers le haut, ressemblait-il à la lyre d'Apollon ? Non, il ne ressemblait pas à une lyre. Dans sa position ordinaire, il n'évoquait toujours rien. « Si les lignes horizontales avaient été plus nombreuses il aurait eu l'air d'un peigne. »

J'ai provisoirement renoncé à m'occuper de lui et j'ai repris la lecture de l'alphabet. Le nu

(N) est une entrée de champ barrée par une poutre posée en biais. Le xi (Ξ) figure le reflet de la lune dans la mer, l'omicron (O) la lune, ou plutôt le soleil — je préfère que ce soit le soleil, l'astre d'Apollon. Je commence à avoir une certaine sympathie pour ce dieu qui était attentif aux problèmes des gens, avait le goût du paradoxe et aimait la musique. Il était en outre assez indulgent. La Pythie aurait répondu à un jeune prêtre qui, ayant rompu son vœu de chasteté, s'était présenté à elle pour lui demander comment expier sa faute : « Tout ce qu'on fait par nécessité, le dieu le pardonne. »

Le pi (Π) évoque ces baraques qu'on construit en toute illégalité, parfois en une nuit, dans les forêts, le rhô (P) un touriste robuste chargé d'un volumineux sac à dos, le phi (Φ) le même touriste vu de face. Le sigma (Σ) représente la gueule ouverte d'un poisson affamé. Le tau (T) est un marteau, l'upsilon (Υ) un lance-pierres, le khi (X) une paire de ciseaux, le psi (Ψ), comme je l'ai dit, un trident. Quant à l'oméga (Ω), il figure le soleil placé juste au-dessus de la ligne de l'horizon, peu après qu'il s'est levé ou juste avant qu'il ne se couche. « Une demi-heure tout au plus sépare l'oméga du thêta (Θ). »

Je me suis arrêté une nouvelle fois sur l'E. J'ai substitué à la ligne verticale la silhouette d'un homme debout tourné vers la droite, ayant une trompette à la bouche et une épée à la main. Je n'ai pas réussi cependant à remplacer le dernier trait horizontal. « Je ne peux quand même pas lui mettre des chaussures de clown. » Malgré cet échec, j'avais le pressentiment que mes efforts aboutiraient. « Je trouverai... Ce problème au moins je suis capable de le résoudre. » Je n'ai pas tardé en effet à imaginer autre chose : j'ai redessiné un homme, mais cette fois-ci agenouillé, plus exactement assis sur ses talons, les jambes complètement repliées sous lui, formant la dernière ligne horizontale. Je l'ai doté d'un long cou que j'ai fortement incliné en avant. Il avait l'attitude d'un homme qui prie avec dévotion. Cette constatation m'a donné l'idée de remplacer la ligne du milieu par ses mains jointes. « L'epsilon représente un homme qui prie. » Aussitôt j'ai changé d'avis et j'ai mis dans les mains de l'homme une tasse de café : « Il ne prie pas, il lit dans le marc de café. » Cette hypothèse m'a plu davantage car elle me rapprochait de la Pythie.

Il était une heure du matin. Je tenais toujours le porte-plume suspendu au-dessus du dessin. Je l'ai recommencé une fois de plus, en mettant une femme à la place de l'homme, une femme aux cheveux longs — les cheveux de la Pythie étaient longs, il me semble — qui tient non pas une tasse de café, mais une petite cuvette. « L'E c'est la Pythie, ai-je pensé. Elle regarde dans sa cuvette pour voir laquelle des deux fèves est restée dedans. »

Cent ans après la naissance du Christ, à l'époque où Plutarque exerce les fonctions de prêtre à Delphes, l'aimable Apollon n'est plus que l'ombre de lui-même. Sa lyre ne charme plus les foules. Les Grecs croient de moins en moins aux oracles. La Pythie ne reçoit plus de visites de rois étrangers. On se passe progressivement de ses avis. Le centre du monde a été transféré ailleurs. Plutarque, qui est mort en 126, n'a jamais entendu parler du Christ. Il ignore le dieu nouveau qui prend son essor, mais il est bien obligé de constater qu'Apollon est à son déclin. Il se soucie bien plus de cette évolution que du mystère de la lettre E. Son texte, qui a la forme d'un dialogue platonicien, est d'abord un éloge d'Apollon. Les interprétations de l'epsilon qu'il propose plaident en faveur d'un dieu qui, à coup sûr, ne mérite pas de disparaître. Il écrit pour le sauver. Il se penche sur le si interrogatif afin d'exalter la capacité d'Apollon à résoudre les énigmes, puis sur le si utilisé dans la dialectique, pour rappeler que le seigneur de Delphes est le fondateur de cet art. Il remarque en passant que l'E occupe parmi les voyelles la même place que le soleil parmi les planètes (la deuxième, après la lune). Mais l'epsilon pourrait aussi bien désigner le nombre 5, dit-il. Cette hypothèse l'éloigne provisoirement d'Apollon — il prend soin de noter toutefois qu'il n'existe que cinq rythmes en musique. On a l'impression que Plutarque s'attarde sur le 5 parce que cela lui fait plaisir : il a beaucoup étudié Pythagore dans sa jeunesse. Une certaine nostalgie transparaît dans ce long passage. L'auteur se souvient... Il se souvient notamment que le 5 résulte de l'union du féminin 2 avec le masculin 3 et représente le couple, que nous avons cinq sens, que les éléments qui composent la nature sont cinq (la terre, l'eau, le feu, l'air et la lumière), et ainsi de suite. Il cite même l'étonnant Platon qui affirmait que le nombre des planètes habitées ne saurait en aucun cas être supérieur à cinq !

La dernière explication qu'il avance lui permet de reprendre sa louange de la divinité. L'epsilon serait l'initiale du verbe être, de la deuxième personne du présent plus précisément, et signifierait « tu es » (cela se dit encore *ei)*. Il ne suffit pas d'assimiler le dieu au soleil, écrit Plutarque, bien que la lumière, source de vie, soit une manifestation de la bonté céleste. La formule « tu es » incite à réfléchir sur la nature divine, à comprendre que seul Apollon existe réellement, qu'il ne vieillira pas, n'ayant jamais été jeune, qu'il vit dans un perpétuel présent, enfin, qu'il n'est pas multiple. Son nom — Apollon serait composé du *a* privatif et du mot *polys*, nombreux — signale justement son unité. Si j'ai bien compris, définir Apollon autrement que par sa perfection reviendrait à la nier. L'epsilon serait un traité de théologie tenant en une seule lettre.

Brusquement, notre auteur se tourne vers les humains, et que voit-il ? Leur misère, bien sûr. Il s'étonne que nous ayons si peur de mourir alors que nous sommes déjà morts plusieurs fois : le bébé que nous étions a été tué par l'enfant, l'enfant par l'adolescent, l'adolescent par l'adulte. La maxime « Connais-toi toi-même » est une allusion à la triste condition humaine, tandis que l'E évoque l'immortalité d'Apollon. Plutarque ne se résigne pas à admettre en somme que les dieux vieillissent aussi, que tout a une fin, même l'éternité, et que le chemin qui monte vers le sanctuaire est, à l'époque où il écrit, désespérément vide.

La religion apparue au temps de Plutarque serait-elle en train de passer de mode ? Lors de l'enterrement, le pope a exprimé de profondes inquiétudes concernant son avenir. Il s'en est pris aux jeunes qui ne fréquentent plus l'église, mais aussi à ceux qui y vont seulement par habitude et qui bavardent pendant la messe. Il a déploré l'immoralité ambiante, stigmatisant pêle-mêle la consommation de drogues, le satanisme — les journaux parlaient d'une bande de jeunes, disciples de Satan, qui organisaient des cérémonies dans une usine désaffectée — et l'exhibitionnisme qui se manifeste dans les boîtes du bord de mer, où l'on voit des femmes nues danser sur les tables.

Il a profité de notre malheur pour nous faire part de ses soucis. Il n'a presque pas parlé de ma mère qui n'allait pas souvent à l'église. « Il se venge d'elle », ai-je pensé. Je n'ai pas aimé du tout l'expression qu'il a employée en évoquant sa mort : « Elle a payé la dette commune », a-t-il déclaré, comme si nous nous étions réunis pour régler une affaire. Au moment de l'inhumation il n'a rien dit, heureusement. C'est mon père qui a pris alors la parole. Mais je ne suis pas encore prêt à raconter cette scène.

J'ai lu Plutarque en grec ancien et en grec moderne. Je le comprendrais très peu, si je ne lisais que le texte original. Plusieurs mots dans chaque page me sont familiers, mais il y a peu de phrases composées uniquement de mots que je comprends. J'en ai souligné quelques-unes, comme celle qui résume le point de vue de l'auteur sur la peur de la mort : « Nous ne redoutons qu'une seule mort, ce qui est ridicule, puisque nous en avons subi et en subissons actuellement un si grand nombre. » Je suis incapable naturellement de porter un jugement sur le style de l'auteur. La traduction en grec moderne est plutôt ennuyeuse. Plutarque m'a rappelé les voix oubliées de mes professeurs. Je me suis souvenu du paysage que je voyais par la fenêtre de la classe, de la grande cour en terre battue où nous jouions au football, des arbres derrière la palissade en bois et des maisons construites sur une colline lointaine. Je me suis même souvenu des sandwiches que me préparait ma mère pour l'école. Elle m'en donnait deux, qu'elle enveloppait dans du papier d'argent recouvert d'un papier blanc sur lequel elle notait, en lettres régulières et droites, le contenu de chacun. Je n'étais pas obligé ainsi de les ouvrir pour choisir celui que je mangerais en premier. Elle écrivait par exemple : « œuf et tomate », « salami et tomate », « féta et beurre ». C'étaient des sandwiches assez épais, au pain de mie.

Si l'epsilon était l'initiale d'un mot aussi court que *ei*, pourquoi ne s'est-on pas donné la peine de l'écrire en entier ? Il est vrai qu'il n'aurait pas été plus difficile de l'écrire en entier même s'il avait été plus long. « On a sans doute jugé qu'un mot muet convenait mieux à cet endroit que n'importe quel mot. » Il se peut que les anciens Grecs n'aient rien dit sur l'epsilon non parce qu'ils en connaissaient le sens, comme je l'ai pensé un instant, ni parce qu'ils n'étaient pas en mesure de le trouver, comme le prétend Caradzoglou, mais par égard à son mystère. « L'interprétation de l'E leur apparaissait comme un acte d'irrévérence, d'impiété. » L'effort qu'entreprend l'auteur des *Dialogues pythiques* pour l'expliquer signifie peut-être que l'epsilon a déjà perdu son caractère sacré. « Plutarque a du mal à le comprendre justement parce qu'il cherche à le comprendre. » J'ai pensé bien sûr qu'il ne le comprendrait pas davantage s'il ne faisait aucun effort. J'en suis arrivé à la conclusion qu'il est impossible d'interpréter l'epsilon, aussi bien quand on en cherche le sens que quand on ne le cherche pas. Ce raisonnement m'aurait découragé si, comme tous les sophismes, il ne prouvait aussi le contraire de ce qu'il affirme : il est impossible de ne pas découvrir ce que signifie l'epsilon car, si on évite de l'élucider, on s'approche de son mystère, et si on cherche à le comprendre, fatalement on s'en approche encore. « Que je veuille ou que je ne veuille pas percer le mystère de l'epsilon, j'y arriverai ou bien je n'y arriverai pas. »

Je me suis quand même senti plutôt abattu. « Je n'aspire qu'à me distraire, ai-je pensé. Je réfléchis sur l'epsilon pour me distraire. » Je n'ai probablement pas d'autre ambition que de réunir quarante mots pour remplir mon cahier. Grâce à ceux que j'ai empruntés à Plutarque, j'en suis arrivé vaillamment à la page 11. J'ai noté, page 8, le *si* interrogatif et la question *ei apodèmein*, faut-il s'expatrier ? On posait souvent cette question à la Pythie. Je l'ai retenue car elle m'a beaucoup préoccupé, un été, il y a vingt-quatre ans. Elle me tourmentera peut-être encore, un jour. Je ne sais pas si je retournerai en France. Il se peut que ma vie là-bas se soit achevée, que je traverse l'une de ces périodes signalées par Plutarque où nous nous succédons à nous-mêmes. Bien qu'il associe l'epsilon aux questions adressées à la prophétesse, il oublie que le mot question, *erotèma*, commence aussi par E. Je l'ai également consigné, ainsi que le *si* des philosophes, suivi par la phrase que j'ai improvisée un peu plus haut : « Si nous admettons donc, mon cher Alcibiade... » J'ai ajouté *tu es*, à la page 11.

Les suppositions de Plutarque ne m'ont pas enchanté. L'attention qu'il porte au nombre 5 m'a paru bien arbitraire. Je n'ai pas noté le 5 dans mon cahier. La poésie des chiffres ne me touche pas. Il y a bien un 5 dans mon numéro de téléphone en France ainsi que dans ma date de naissance. Je n'en vois pas d'autres. J'ai quarante-six ans. La fiche que m'a donnée le bibliothécaire pour enregistrer les livres que j'emprunte porte le numéro 9618.


J'ai déjeuné avec le bibliothécaire chez le Père Yannis, à Exarchia. C'est lui qui a choisi cette taverne, il m'a dit qu'il adore la cuisine familiale et qu'il évite les restaurants qui ont une clientèle cosmopolite.

— La plupart de mes amis sont grecs.

Il tenait un journal grec et un vieux cartable en cuir rouge. Nous nous sommes assis sur la terrasse, à la hauteur d'une porte vitrée ouverte. Nous aurions préféré nous mettre à l'intérieur, car il faisait trop chaud dehors, mais il n'y avait pas de place. J'ai remarqué l'homme qui déjeunait à côté de nous et dont la table était installée dans l'encadrement de la porte. Il était le seul client de l'établissement à porter un costume et une cravate. Nos regards se sont croisés, je ne le connaissais pas.

Le bibliothécaire s'appelle François. Il est de taille moyenne, de corpulence moyenne, avec de rares cheveux et une barbe grise. Nous nous ressemblons sans doute un peu.

— Yannis a été très gravement malade l'hiver dernier, m'a-t-il dit.

Je ne le savais pas. Je ne fréquente pas sa taverne, elle n'est pas sur mon chemin.

— Je vais voir ce qu'il nous a préparé de bon aujourd'hui, a-t-il ajouté en se levant. On boit du résiné ?

Il prenait visiblement plaisir à parler le grec. Il utilisait volontiers des mots rares, non sans quelque ostentation. Il était fier de faire partie des proches du père Yannis. Il me semble que les intellectuels recherchent souvent l'amitié des gens du peuple, qu'ils sont contents de compter au nombre de leurs relations un pêcheur, un footballeur ou un peintre en bâtiment. Il est entré dans la taverne par la porte principale et non par celle qui était à côté de nous, pour éviter de déranger notre voisin. Un chien dormait sous la table, je ne voyais que sa queue qui dépassait.

François avait laissé son cartable et son journal sur une chaise. « NOUVELLE PROVOCATION DU GOUVERNEMENT DE SKOPJE », ai-je lu. Deux photos accompagnaient ce titre, l'une représentant un coffre qui a été trouvé dans la tombe de Philippe, le père d'Alexandre le Grand, en Macédoine grecque, l'autre le drapeau rouge de la Macédoine slave. Le même soleil aux rayons courts et longs qui décorait le coffre figurait sur le drapeau. J'ai retourné le journal qui était plié en deux pour lire la suite des titres de la une. « VOIX TANT ATTENDUE, TU ES DONC ARRIVÉE ? » La question était posée sur quatre colonnes, et était suivie par un second titre, en caractères plus petits : « ON ENTENDRA À NOUVEAU LA VOIX D'AMALIA À ÉPIDAURE ». La représentation aura lieu le 25 août, un samedi. Aurai-je fini ce texte d'ici là ? Mais quel genre de fin pourrait avoir un texte qui n'est qu'un journal intime ? J'ai commencé à écrire au printemps, à l'époque où le sanctuaire de Delphes ouvrait ses portes. Peut-être finirai-je en automne, saison où la prophétesse prenait son congé annuel. François est revenu avec deux verres et une carafe de résiné.

— Je me sens chez moi dans cette taverne, a-t-il dit.

Dans aucun restaurant parisien je ne suis vraiment à l'aise. Je n'ai pas vécu agréablement en France. Les satisfactions que m'a données Paris étaient surtout professionnelles. J'ai partagé la mauvaise humeur et l'anxiété de ses habitants. Mais je ne veux pas penser à la vie que j'ai menée là-bas. J'ai envie d'être où je suis.

Nous avons commencé à nous tutoyer dès que les plats sont arrivés. Nous avions déjà bu deux verres. Il avait commandé une viande au four avec des pâtes carrées appelées *chylopitès* : il connaissait aussi le mot chylopitès. J'ai eu tort de noter *ainigma* dans mon cahier. Il est exclu que l'epsilon de Delphes se soit substitué par erreur à la diphtongue *ai*, car les anciens prononçaient séparément les deux lettres, ils lisaient *aï*nigma. Cependant, François n'a pas écarté l'hypothèse que l'E ait pu prendre la place d'une autre lettre :

— Les inscriptions de Delphes comportent bien des erreurs, a-t-il dit. Ceux qui les gravaient ne comprenaient pas forcément les textes qu'ils recopiaient. Parfois ils se laissent distraire et reproduisent deux fois la même ligne. On peut imaginer que l'epsilon a été confondu avec l'êta (η), qui est devenu un *i* en grec moderne, mais qui était à l'origine un *ê* long, un peu comme dans le mot bêler. Le bêlement est transcrit en grec ancien par la syllabe βῆ, *bê*, que vous lisez *vi* aujourd'hui.

Je ne savais ni que le bêta se prononçait *b* et non *v*, ni que l'êta se lisait *ê*. Mes professeurs rejetaient avec mépris le point de vue d'Érasme sur la prononciation du grec ancien qui allait à l'encontre de leur propre théorie sur la non-évolution de la langue. L'onomatopée βῆ était absente des textes que nous étudiions, car elle aurait suffi à nous révéler que nous ne prononcions pas la langue de la même façon que Platon. Nous aurions eu du mal à admettre en effet que les moutons bêlaient jadis en faisant vi, vi...

— Jusqu'au milieu du $V^e$ siècle, on observe une certaine confusion entre l'epsilon et l'êta, l'un prenant régulièrement la place de l'autre. Un archéologue a d'ailleurs soutenu que l'E n'était qu'un simple êta, avec esprit doux et accent circonflexe, qui signifie « il parle ». Qui parle ? Apollon, probablement.

Je ne sais toujours pas quel verbe se cache derrière ce ῆ. J'ai besoin d'un dictionnaire de grec ancien. « Je vais finir par m'égarer », ai-je pensé.

— Est-ce que je dois tenir compte aussi des mots qui commencent par êta ? lui ai-je demandé.

Il a eu un sourire compatissant.

— Il y a tout de même davantage de chances pour que l'epsilon soit un epsilon, plutôt qu'un êta.

Nous avons trinqué. Je mangeais des artichauts à l'aneth. Ils étaient un peu durs.

— Ce n'est pas la saison des artichauts, m'a dit François.

Je me suis levé pour aller chercher du pain. Je suis passé par la porte vitrée. Sans le faire exprès, j'ai poussé un peu la table de notre voisin, ce qui a réveillé le chien. Il s'est jeté sur moi, en se dressant sur ses pattes arrière et en essayant de m'agripper avec celles de devant. J'ai vite compris que je ne courais aucun risque : c'était Gaour, le chien de Vaguélio.

— Comment ça va, Gaour ?

J'ai tendu la main pour lui caresser la tête, mais au même instant l'homme au costume a tiré violemment sur la laisse.

— Nous nous connaissons ! lui ai-je dit comme pour excuser cette démonstration d'affection.

Il a froncé le nez, a regardé Gaour qui s'était tapi, craintif, sous la table et a ensuite tourné les yeux vers la rue, sans dire un mot. « C'est donc lui qui est avec Vaguélio, maintenant. » J'ai poursuivi mon chemin. J'aurais préféré qu'elle soit avec n'importe quel autre client du restaurant, plutôt qu'avec cet homme. Il m'a semblé qu'il était plus âgé que moi, mais je me trompe peut-être. Le costume et la cravate lui ajoutaient probablement quelques années. Je suis repassé devant sa table, en regagnant la mienne. Gaour avait les yeux rivés sur moi. « Il se souvient qu'il m'a vu courir à quatre pattes dans l'appartement de Vaguélio. » L'homme ne m'a plus regardé. Je pense qu'il m'avait reconnu dès mon arrivée au restaurant, qu'il m'avait déjà vu sur une photo trouvée par hasard chez Vaguélio, dans un tiroir, cachée sous un tas de vieilles factures de téléphone.

— L'epsilon se prononçait tantôt légèrement, tantôt d'une voix plus sourde. Le second E était introduit par un signe particulier, qui s'est transformé plus tard en esprit rude. L'epsilon de Delphes n'était pas précédé par ce signe, mais il faut dire que celui-ci n'a pas toujours été utilisé. Il n'est pas certain, d'autre part, qu'on l'aurait accolé à une lettre isolée. Le mot que tu recherches peut aussi bien commencer par un E doux, comme dans le mot *éros*, que par un E rude, comme dans *Ellène, ellènikos*.

Je ne sais trop comment transcrire en français ces mots qui s'écrivent avec un *h*, mais commencent en fait par E en grec. Devrais-je mettre le *h* entre parenthèses, écrire par exemple « (H)ellène » ?

J'avais du mal à le suivre. Je pensais que Vaguélio allait faire son apparition d'une minute à l'autre. Son ami pourtant ne paraissait attendre personne, il avait presque terminé son repas. Je regardais vers le fond de la rue. Très peu de voitures passaient.

Le mot Hellène a ravivé mon attention. « L'E était le label des Hellènes, ai-je pensé. Ils ont cru bon d'apposer leur sceau au-dessus de l'entrée du plus illustre de leurs centres religieux. » On voit souvent flotter sur les églises d'aujourd'hui un drapeau grec.

Alors que j'étais en train de donner mon sentiment à François sur le livre de Plutarque, j'ai vu Vaguélio arriver sur sa mobylette, elle a freiné à deux mètres de notre table. Elle ne m'avait pas vu. Son regard s'est porté directement sur son ami, comme si elle savait qu'il l'attendait à cette place.

— Je ne suis pas trop en retard ?

Je me suis aussitôt rendu compte que sa voix m'avait manqué. Je me suis rappelé le surnom qu'elle m'avait donné. Elle ne m'a vu qu'au moment où elle prenait son sac à main dans le petit coffre fixé sur le porte-bagages.

— Tiens, Pavlos ! s'est-elle exclamée. Qu'est-ce que tu fais là ?

Elle portait une veste d'homme grise aux manches retroussées et une large jupe noire avec des fleurs mauves. Je ne connaissais pas ces vêtements. J'étais prêt à me lever pour l'embrasser, mais elle m'a découragé en se tenant à distance.

— Tu vas bien ? lui ai-je dit.

— Mais oui, parfaitement bien ! Qu'est-ce que tu deviens, toi ?

Elle a pris une profonde inspiration. Était-elle émue ? Je l'étais, en tout cas.

— Il s'interroge sur la lettre E, a déclaré François, mais il ne m'a pas encore dit pourquoi.

— Je n'en sais rien, ai-je avoué.

J'ai voulu savoir si la lettre que j'avais reçue à Paris était d'elle. Je lui ai posé la question, à voix basse, je ne voulais pas être entendu par son ami.

— T'écrire, moi ? a-t-elle dit d'un air indigné, presque en criant. Tu rêves, mon petit Pavlos ! Tu crois que nous avons encore des choses à nous dire ?

Elle me regardait intensément. « Elle me déteste », ai-je pensé.

— Au revoir monsieur, a-t-elle dit froidement à François.

J'ai entendu Gaour aboyer gaiement derrière mon dos. J'ai tourné un peu plus ma chaise du côté de la rue. Je ressentais de nouveau la tension que j'éprouvais souvent lorsque j'étais avec elle. J'ai perçu comme un écho de nos querelles, des explications sans fin que nous nous donnions l'orage passé et qui parfois nous occupaient jusqu'à trois heures du matin. Elle voulait toujours faire l'amour, après, mais je n'en avais nulle envie.

— Qu'est-ce qu'on disait ? ai-je demandé à François.

— Les suggestions de Plutarque ne m'emballent pas non plus, sauf une. Il me plairait en effet que l'E signifie *si*, qu'il soit le point de départ d'une pensée inachevée que chacun peut compléter à sa guise. Je ne considère pas cette interprétation comme vraisemblable, je la trouve simplement plus attachante que les autres. J'entrerais volontiers dans un temple qui m'accueillerait par ce mot... Je te fatigue ?

Il m'a posé cette question en français. Je lui ai répondu en grec :

— Pas du tout.

Je ne souhaitais pas que la conversation se poursuive en français devant Vaguélio qui avait tant de mal à croire que je n'avais pas pris la nationalité française et qui me reprochait de véhiculer sur les questions nationales les thèses de l'étranger. Elle a commandé de la bière et du tarama. Je l'ai entendue rire. Je n'aurais eu aucun plaisir à déjeuner avec elle. Je préférais écouter François me parler de l'epsilon. « Aucune femme ne m'a jamais intrigué autant que cette lettre. » Il a fait signe au serveur de nous apporter une demi-carafe de résiné, en plaçant le tranchant de sa main à mi-hauteur de la carafe vide. « L'epsilon reprendra un jour sa place parmi les autres lettres de l'alphabet. Je l'aurai oublié, comme j'ai oublié le reste. »

J'entendais des bribes de ce qui se disait à côté. Ils ont parlé d'un terrain à bâtir, puis d'un magasin qui périclitait. Ils ont cité le nom de quelques îles, il a également été question de la sœur du type. Il parlait moins que Vaguélio, et plus doucement. L'immeuble d'en face portait le numéro 37. Le serveur nous a apporté le vin, nous avons encore trinqué. François m'a parlé d'un de ses confrères, devenu auteur de romans historiques, qui soutient que l'E indique bel et bien le 5.

— Ce nombre désigne, selon lui, les quatre points cardinaux, plus le point où se rencontrent les deux lignes qui vont du nord au sud et de l'est à l'ouest. Le 5 donnerait les coordonnées du centre du monde. L'ennui, c'est que sur les inscriptions le nombre 5 n'est presque jamais noté par la lettre E, mais par cinq lignes verticales, ou par la lettre pi, l'initiale du mot cinq, *penté*.

— L'epsilon peut donc désigner le nombre 1, *éna*, puisqu'il commence par cette lettre !

J'ai eu l'impression d'avoir fait une importante découverte.

— Ce n'est pas une mauvaise idée, a-t-il consenti. Le 1 est le symbole de Zeus. Cependant le temple était dédié à Apollon.

Je me suis demandé si les églises portent des numéros, comme les maisons. Il m'a dit à l'oreille :

— Elle est très jolie, ton amie.

Ma mémoire était sans doute injuste envers Vaguélio puisqu'elle n'avait retenu que les moments difficiles de notre liaison. Sa présence m'avait pourtant été précieuse au cours de cette sombre période. Je me suis souvenu que son sourire me touchait infiniment. Elle avait commencé à apprendre le français pour pouvoir bavarder avec mes amis quand elle venait à Paris. Mais les bons souvenirs restaient lointains, ma mémoire refusait de les rendre accessibles. « Il n'y a pas de doute que c'est une histoire terminée. »

— Tu as des nouvelles d'Ilona ?

Cela faisait plusieurs jours que je ne l'avais pas vue à la bibliothèque. Il m'a appris qu'elle était partie pour l'île de Skopélos avec son ami. Elle a dû terminer son étude sur la mort d'Alexandre le Grand. Je me suis souvenu de Néoptolème : pourquoi donc détestait-il tant Apollon ?

— Il le considérait comme responsable de la mort d'Achille, son père. La flèche empoisonnée qui atteint le héros au talon et entraîne sa perte a été dirigée par Apollon. Achille avait commis l'erreur de tuer Troïlus, qui était le fils d'Apollon, et avait fait preuve d'une arrogance démesurée après sa victoire sur Hector, ce qui avait également fâché le dieu.

Alors que nous étions en train de nous lever, Vaguélio a commandé des artichauts à l'aneth.

— Ne prends pas les artichauts, lui ai-je dit, ils sont un peu durs.

Elle m'a adressé un bon sourire que je lui ai rendu avec plaisir.

— Ce n'est pas la saison des artichauts, ai-je ajouté.

5

L'idée que je me suis faite de la vie conjugale en observant mes parents n'est ni bonne ni mauvaise. Elle est incolore. Ils avaient certainement de l'affection l'un pour l'autre, mais je suis sûr qu'ils n'étaient pas amoureux. Je les ai rarement vus s'embrasser. Je ne les ai que rarement entendus se disputer. Je ne pensais pas que leur comportement changeait beaucoup lorsqu'ils se trouvaient en tête à tête. Ils vivaient ensemble sans enthousiasme, par habitude. Je ne crois pas qu'ils aient jamais songé à se séparer. Les couples ne se séparaient pas facilement à l'époque, surtout quand ils avaient des enfants. Que partageaient-ils, en dehors de l'amour qu'ils portaient à leurs fils ? Ils lisaient tous les deux, mais pas les mêmes livres. Mon père avait un faible pour les romans d'aventures et les récits de voyages, qui lui permettaient de s'évader. Les goûts de ma mère étaient plus classiques : elle aimait Dostoïevski, Pearl Buck, Papadiamantis. Elle s'intéressait également aux études sur l'histoire et la culture grecques. Un livre, parmi les rares qu'ils avaient lus tous les deux, je ne me rappelle plus son titre, racontait la naissance et les éruptions du volcan de Santorin.

Ils avaient à peu près la même attitude à l'égard de l'Église, mais pour des raisons différentes. Malgré ses origines ouvrières, ma mère se tenait à l'écart de la politique. Elle trouvait cependant que les popes étaient trop à droite. Elle leur reprochait surtout leur manque de culture. Leur niveau intellectuel la désolait. Elle ne doutait pas de l'existence de Dieu, elle était simplement intriguée par son succès auprès des couches les moins instruites de la population. Les commentaires que je faisais, adolescent, sur la religion la contrariaient :

— Mais il y a des gens très cultivés qui croient en Dieu ! me disait-elle. Même des médecins !

L'alliance des évêques grecs avec la junte l'a éloignée un peu plus de l'Église. Elle n'a pas cessé pour autant de contribuer à ses œuvres de charité. Elle était bonne. Elle consacrait à ceux qui lui parlaient toute l'attention dont elle était capable.

Mon père, lui, ne fréquente pas beaucoup les églises parce qu'elles le dépriment. Leur clientèle, plutôt âgée dans l'ensemble, lui donne des idées noires. Peut-être considère-t-il les églises comme des succursales de l'au-delà. Il aime la vie davantage que ne l'aimait ma mère. Je sais qu'il a lu la Bible et qu'il l'a appréciée. Mais il ne l'a lue qu'une seule fois, comme un roman, pour en connaître la fin. Les mots qu'il a prononcés lors de l'enterrement sont, bien sûr, ceux d'un croyant. Il a été si émouvant que même l'un des deux fossoyeurs, le plus jeune, celui qui tenait la pelle, a eu les larmes aux yeux. Il a planté la pelle dans la terre et a posé le menton sur le manche. Il était âgé d'une vingtaine d'années. J'ai pensé qu'il avait été embauché le jour même et que l'enterrement de ma mère était son premier enterrement.

Dans la classe, au-dessus du tableau noir, était suspendue une image de Jésus. Les cours débutaient par une prière collective. Nous nous mettions debout. L'adoration de Dieu, comme celle des ancêtres, avait un caractère obligatoire. On nous apprenait qu'il n'y avait aucune rupture entre l'Antiquité et l'ère chrétienne, que la seconde avait paisiblement succédé à la première, qu'elle était son prolongement naturel. J'ai déjà noté, il me semble, qu'on nous donnait de la Grèce classique une image conforme aux préceptes de la religion. Antigone avait le visage d'une sainte, et Aristote annonçait à sa façon l'avènement du Seigneur. L'école célébrait quotidiennement le mariage de l'Antiquité et du christianisme. Je me demandais pourquoi Dieu avait tant tardé à se manifester, à déclarer son existence. Que faisait-il pendant les siècles qui avaient précédé, à l'époque de la guerre de Troie ou de la guerre du Péloponnèse ? Sur l'image, au-dessus du tableau noir, le Christ était à peu près habillé comme un ancien Grec. Il était vêtu d'un long chiton blanc et portait sur l'épaule, assez élégamment dois-je dire, une chlamyde rouge. Sa barbe était mieux peignée et plus lisse que celle de Platon ou de Socrate. La parenté entre l'hellénisme classique et l'hellénisme byzantin ne me paraissait pas très évidente. Mon incertitude était due aux œuvres d'art produites par ces deux civilisations. Je ne voyais rien de commun entre la Vénus souriante et nue qui, une sandale à la main, menace le satyre qui la harcèle, et les saintes blêmes des icônes byzantines qui se tiennent immobiles dans des lieux obscurs. Je m'imaginais, à cause de la brillante et volumineuse auréole qui les coiffe, qu'elles étaient les filles d'orfèvres mélancoliques. Comme je ne savais pas que les anciens Grecs avaient la déplorable habitude de peindre leurs statues, j'avais associé leur art à la lumière, tandis que la peinture byzantine me paraissait issue de l'ombre. Dieu n'avait pas la physionomie bienveillante que lui attribuait ma mère mais celle, menaçante, des personnages nocturnes. J'étais persuadé, étant enfant, que mes égarements me coûteraient très cher. Je ne trouvais aucun charme aux églises, pas même aux chapelles les plus pittoresques : je les voyais comme des petits tribunaux qui distribuaient parfois des peines très lourdes.

Je ne vais au bout d'aucune idée. Pourquoi ai-je commencé à parler de la vie conjugale de mes parents ? Je fais de fréquentes et longues interruptions. Je marche dans l'appartement. Je repousse du pied les cailloux qui s'échappent des fissures du sol. Quand je me remets au travail, j'ai oublié en général ce que je voulais dire. Avais-je vraiment l'intention de dire quelque chose ? Mes pensées s'agitent comme des mouches. Elles se posent rarement sur la page blanche. Je comptais peut-être parler de mes relations avec les femmes, expliquer pourquoi je n'ai jamais songé à me marier. Aurais-je dû y songer ? Sans doute n'ai-je jamais réellement éprouvé le besoin d'une présence permanente chez moi. Je ne travaillerais pas mieux si je vivais avec une femme. Elle ferait fatalement quelques mouvements, elle produirait des bruits qui attireraient mon attention. Elle irait de temps en temps dans la salle de bains. Elle ouvrirait le robinet.

— Les femmes me manquent surtout quand je regarde la télévision, ai-je dit à Théodoris. J'aime faire des commentaires sur le programme.

Il n'en reste pas moins vrai que je me suis lassé de la vie solitaire que j'ai menée pendant un mois environ — nous sommes le 29 ou le 30 juin. Je sors désormais tous les soirs. Je ne vais plus très souvent à la bibliothèque de l'École. Ma curiosité intellectuelle n'est pas infinie. J'ai lu un essai sur la vie et l'œuvre du poète Anghélos Sikélianos, qui a tenté de redonner vie à Delphes. Je n'ai pas étudié attentivement cet ouvrage : je lisais un autre texte entre les lignes imprimées, qui n'avait rien à voir avec Delphes ni avec Sikélianos, un récit nébuleux d'où s'échappait une sourde plainte. Dirai-je, en deux mots, ce que j'ai retenu de cet essai ? Je ne suis jamais sûr d'exposer les choses dans le bon ordre. J'ai entrevu Sikélianos en train de se promener au bord de la mer sur un cheval blanc, enveloppé dans une tunique blanche, comme une statue vivante de l'Antiquité. Il était, paraît-il, très beau et imbu de sa personne. Cette image m'a énormément attristé : elle m'a rappelé le narcissisme stérile de l'enseignement que j'ai reçu. Sikélianos a organisé deux fêtes à Delphes, en 1927 et en 1930, auxquelles il a voulu donner une audience internationale. Il était convaincu que l'humanité avait besoin de prendre un nouveau départ, guidée par l'esprit pacifique et les idéaux élevés qui, selon lui, florissaient autrefois autour du temple d'Apollon. Il rêvait de rétablir le centre du monde à sa place initiale. Les manifestations comprenaient des représentations de tragédies. On dit que lors de la première — on a joué *Pro-*

*méthée enchaîné* d'Eschyle — deux aigles ont survolé le théâtre. Le poète a cru que les dieux étaient avec lui. Ils ne l'étaient pas. Le miracle n'a pas eu lieu, le cours du temps ne s'est pas inversé. L'opération, qui a coûté une fortune à sa femme, une riche Américaine, a échoué. Sa poésie poursuit le même but que l'école de mon enfance, elle souhaite réunir le classicisme et le christianisme. C'est une poésie qui brasse des idées, qui survole les siècles, qui converse avec l'invisible. Son ton est prophétique, pompeux. C'est une poésie qui ne me convient pas.

— La solitude me pèserait à chaque instant, a dit Théodoris. Surtout la nuit, bien sûr. J'hésiterais à éteindre la lampe, je dormirais peut-être avec la lumière allumée.

Il n'a jamais vécu seul. Il a épousé Niki à vingt-trois ans. Nous nous voyons souvent ces temps derniers. Nous nous connaissons depuis notre plus jeune âge. Il a une photo de moi prise en colonie de vacances. Je suis à moitié caché derrière un laurier-rose, comme intimidé. Au dos de la photo, je lui promets que, dès mon retour à Athènes, je lui fabriquerai une épée en bois. Je ne me souviens pas si j'ai tenu ma promesse et il ne s'en souvient pas non plus. Il y a des sujets que je ne peux aborder qu'avec lui. Il est le seul de mes amis à avoir bien connu ma mère. Je sais bien que le temps ne favorise pas nécessairement les amitiés : il finit souvent par lever le voile sur nos faiblesses. Nous nous sommes acceptés, Théodoris et moi, tels que nous sommes. Nous nous entendons bien, sans être semblables. Je serais bien incapable de supporter Niki plus d'une journée. Son autoritarisme me mettrait en fuite.

— Je ne suis pas en paix avec moi-même, m'a-t-il avoué. Je suppose que je ne suis pas en paix... Je me cache des choses... Je ne suis pas un créateur, le silence ne m'inspire pas, il ne me dit rien. Je n'ai pas besoin de tranquillité pour rédiger un article ou une étude. J'écris sur des sujets que je connais par cœur, que j'ai traités cent fois en cours... Il ne me suffit pas d'avoir une compagnie, je veux qu'elle soit omniprésente, explosive, comme celle de Niki.

— Vaguélio aussi aimait l'agitation. La vie ordinaire, rangée, manquait d'intérêt à ses yeux.

— Niki cherchait à m'humilier. Elle me traitait comme une merde. J'avais besoin de cela sans doute, sinon je ne serais pas resté si longtemps avec elle.

Il suivait une psychothérapie de groupe, il y a quelques années. Une fois, je ne sais pas comment lui était venue cette idée, il a invité ma mère à l'accompagner et, curieusement, elle a accepté. Il semble que ma mère, qui devait avoir alors soixante-dix ans, a parlé avec une impressionnante sincérité de sa vie sexuelle devant le groupe. Je lui ai rappelé cet épisode.

— Elle nous a parlé parce que nous l'avons

interrogée avec insistance, a-t-il dit. Elle ne pouvait pas nous refuser cette faveur. Il était impensable pour elle de mentir ou de dissimuler quoi que ce soit. Elle a compris que nous avions besoin d'entendre la vérité, eh bien, elle nous l'a dite.

J'ai demandé un jour à ma mère ce qu'elle avait pu raconter au cours de cette confession publique.

— Des choses et d'autres, a-t-elle répondu en souriant.

— Niki jouait le rôle du père, a poursuivi Théodoris. C'était un père tyrannique et violent. Mariléna, elle, me fait plutôt penser à ma mère. Elle exprime son opposition silencieusement, en considérant avec tristesse le cours des événements.

Nous étions assis sur mon lit, dans un coin de la pièce. Je dirai à Élias, qui a démoli les cloisons, de reboucher les trous par terre avec du ciment et de peindre tout l'appartement. Je préfère qu'il fasse ce travail quand je serai à Jannina, j'ai enfin pris la décision d'aller voir mon frère Costas. Il a des problèmes, il n'a pas pu me dire ce qui se passe, Vasso, sa femme, était à la maison quand je lui ai téléphoné.

— Ce n'est rien de grave, m'a-t-il rassuré. Mais cela me fera du bien de te voir.

Au retour, je passerai par Delphes.

Théodoris préfère le ping-pong au billard. Il

prétend que nous y avons déjà joué ensemble quand nous étions enfants, dans la maison de ses parents. C'était une grande et belle maison avec jardin. Ils l'ont vendue lorsque l'entreprise de son père a fait faillite. Je crois que toutes les familles vivent à peu près la même histoire, qui se compose de périodes difficiles et de moments brillants. Une vieille tante sourde apporte sur un plateau des verres en argent, grands comme des dés à coudre. Elle se déplace lentement. Tout le monde a peur qu'elle ne tombe en se prenant les pieds dans le tapis. On se souvient de l'oncle médecin qui a guéri gracieusement un milliardaire et tout le monde s'accorde à dire que sa gentillesse confinait à la bêtise. Son fils est déjà à la retraite. Dans l'album, il y a la photo d'une petite fille qui porte une seule sandale, elle n'a pas eu le temps de mettre l'autre, elle la tient à la main. Les cris d'une altercation qui a éclaté un dimanche à midi à propos de la situation politique résonnent toujours, ainsi que quelques notes du *Tilleul* de Schubert jouées sur un violon qui a été vendu pendant l'Occupation. Un cerf-volant à quatre couleurs, blanc, rouge, jaune et bleu, reste immobile dans le ciel au-dessus d'un paysage de pierres. La vieille tante pose enfin le plateau sur une table. Ses mains tremblent, de même que la liqueur dans les verres.

— Je jouais comme un enfant avec Vaguélio,

ai-je dit. J'ai remarqué que Mariléna prenait quelquefois des attitudes de petite fille.

— Un nouveau confrère qui est passé par la maison a cru, en voyant ses dessins, que nous avions un enfant. Nous sommes comme ces minuscules troupes où chaque comédien est obligé de tenir plusieurs rôles. Mariléna joue assez bien le rôle de la fille, et aussi celui de l'infirmière. Niki préférait être malade plutôt que d'avoir à s'occuper de moi. Je tombe assez souvent malade, peut-être pour justifier à mes propres yeux la présence d'une femme à mes côtés. Cela m'évite de m'interroger davantage sur la nature profonde du besoin que j'ai d'elle. Je ne crois pas en somme qu'il me faut une femme parce que je tombe malade, mais que je tombe malade parce qu'il me faut une femme !

Il a observé une pause, sans doute pour me laisser le temps d'apprécier sa dernière phrase.

— Qu'est-ce que tu vas faire, toi, s'il t'arrive quelque chose ?

Je n'ai pas oublié que le numéro des urgences est le 166. Mes dessins aussi sont un peu maladroits. J'évite de faire preuve d'adresse, de laisser deviner que je suis passé par l'École des beaux-arts. Je travaille beaucoup mes dessins tout en essayant de dissimuler que je les travaille tant. Les dessins d'humour sont plus proches des gribouillis que font les enfants en marge de leurs cahiers que de la peinture. On ne devrait pas les exposer dans les galeries d'art ni les publier dans des albums luxueux. Le papier journal leur va beaucoup mieux.

— Je parlais tout à fait librement avec ta mère, a encore dit Théodoris. Je pouvais aborder n'importe quel sujet. Elle essayait de comprendre son interlocuteur. Elle ne cherchait qu'à le comprendre, pas à le juger.

— Théodoris est un esprit qui fonctionne *bien*, disait-elle en soulignant le dernier mot.

Elle aimait sa façon de parler, admirait sa connaissance de la langue :

— Son grec fait plaisir à entendre.

Je parlais, quant à moi, le grec des émigrés, qui contient un fort pourcentage de mots étrangers. Ma mère ne semblait pas le remarquer. De temps en temps, elle me remettait un mot en mémoire. J'avais oublié que la marmite se dit *téndzéris*. C'est un mot turc, je viens de le trouver dans le dictionnaire étymologique d'Andriotis. Je crois que mon grec s'est amélioré depuis que j'ai commencé à écrire. Mon crayon forme avec une relative facilité certaines phrases. Je continue à consulter souvent le dictionnaire et l'encyclopédie, mais la plupart du temps je le fais davantage par curiosité que par besoin. J'écris pour avoir une raison d'ouvrir le dictionnaire. Je regarde également les mots qui précèdent et suivent celui qui m'intéresse. Quand je ne cherche rien de particulier, je lis les mots qui commencent par epsilon. Ils m'ont permis d'écrire encore une phrase :

*Eptanésios eupatridis éngatestiménos en Ékali énumpheuthi echtès ergatria ekkokkistiriou ekpaglou eumorphias :* noble de l'Heptanèse établi à Ékali épousa hier une ouvrière cardeuse de coton d'une éclatante beauté.

J'ai demandé à Théodoris de me citer un mot commençant par epsilon qui lui soit particulièrement cher. Il connaît mon intérêt pour cette lettre. Il s'est mis à réfléchir.

— Je ne suis pas prêt à te répondre, a-t-il dit finalement. Il faut que je réfléchisse encore.

Je lui ai reproché de n'avoir pas encore trouvé l'extrait de la version parodique de l'*Iliade* qu'il m'avait promis. Je remarque que je deviens sérieux dès qu'il s'agit de mes recherches autour de l'epsilon et du texte que je suis en train d'écrire. Je veux me persuader probablement que mes activités ont un sens.


Je retrouve de vieux amis, j'établis de nouveaux contacts. Je n'attends pas que les autres viennent vers moi, je vais vers eux. C'est une chose que je ne faisais jamais dans le passé. Je ne prenais pas l'initiative de franchir le seuil du salon où avait lieu la fête. Je me tenais dans l'entrée, près de la porte, et je fumais. J'attendais que les maîtres de maison viennent me chercher, qu'ils me disent :

— Mais pourquoi restez-vous là ? Venez donc !

J'avais besoin qu'ils confirment leur invitation. Les lumières du salon me faisaient peur. Je n'étais sans doute pas assez sûr de moi. Il me semble cependant que j'avais, en même temps, une assez haute opinion de moi-même. Je me sous-estimais et me surestimais à la fois. J'avais tous les complexes. Ce qui est sûr, c'est que je ne me trouvais pas beau. Je me demande quelle impression me ferait aujourd'hui mon visage. Il faudrait que je rase ma barbe pour le voir. Je suppose que je l'ai laissée pousser pour le dissimuler, peut-être aussi pour me conformer à la mode qui était alors de rigueur aux Beaux-Arts.

Ce n'est pas difficile de faire des rencontres à Athènes. Il y a une attente dans le regard des gens. Les conversations progressent rapidement. On dit en une heure des choses qu'on ne s'avoue à Paris qu'au bout de dix ans, de vingt ans, d'une vie. Il est normal que tout le monde se connaisse puisque les relations se nouent aussi facilement. J'ai parlé avec beaucoup de gens ces jours derniers. Nous avons échangé nos numéros de téléphone. On m'appelle souvent pour m'inviter à prendre un café, ou pour me demander ce que je compte faire le soir. Il arrive même qu'on frappe à ma porte. Rania m'a apporté une pioche qu'elle venait de voler sur un chantier.

— Tu en auras peut-être besoin si tu veux planter des fleurs dans ton jardin !

Elle est partie en courant, elle avait rendez-vous à l'aéroport avec un musicien américain. Elle chante les week-ends dans une boîte de l'île d'Égine. Je la connais très peu, je l'ai rencontrée dans un bar, nous avons pris un café à la maison. Il ne s'est rien passé entre nous et il ne se passera rien : elle a un mari et un amant.

La société athénienne est exubérante. Elle parle sans cesse, elle exprime intensément ses sentiments, ses points de vue, elle éclate de rire pour un rien, elle mange avec boulimie, elle est toujours disposée à faire la fête comme si le lendemain n'était pas un jour ouvrable et elle a, naturellement, tout le temps besoin de voir du monde. Elle est plus amusante que la société parisienne, perpétuellement préoccupée par l'heure et incapable d'oublier ses obligations. Il n'y a pas beaucoup d'horloges dans les endroits publics à Athènes. Je crois que la société parisienne se fait une certaine idée de l'avenir et qu'elle travaille fiévreusement dans l'espoir de la réaliser. Les Athéniens préfèrent s'occuper du présent. Ils s'emploient à le façonner à leur guise. Ils vivent avec entrain, justement parce qu'ils n'attendent pas grand-chose de l'avenir. Le mot « progrès » leur inspire des commentaires mitigés, comme le mot « lendemain ». Il est difficile dans un pays aussi vieux, qui a vu passer tant de siècles, de croire encore à l'avenir. L'histoire grecque n'incite pas à faire des projets. Les gens rêvent donc du présent. Théodoris disait à Stamata que le roman grec n'a pas de racines. Ici, c'est la vie elle-même qui ressemble à un roman. D'importantes forces créatrices sont dépensées dans les cafétérias, les bars, les tavernes. C'est peut-être dommage. Le fait est qu'on ne souffre guère à Athènes de l'ennui dont on se plaint ailleurs.

Une nuit, dans un bar d'Exarchia, le Titanic, j'ai connu Éléni, une blonde qui a de petits yeux gris. J'étais encore avec Théodoris, c'est lui qui me l'a présentée, ensuite il s'est éloigné.

— Quand j'étais lycéenne je travaillais dans un bar, m'a-t-elle dit. Tout ce que je sais, je l'ai appris dans les bars. C'est là que j'ai découvert les relations patrons-employés, que j'ai appris ce qu'était la fatigue, que j'ai été initiée à la politique par des clients qui sont devenus des copains. D'autres clients m'ont enseigné la poésie, en déclamant des vers à l'aube, debout sur une table ou sur le comptoir. Tu n'imagines pas combien de gens j'ai connus, des journalistes, des médecins, des architectes. J'ai aussi appris à boire, bien sûr.

Elle s'était rapprochée de moi afin que je puisse l'entendre. La musique jouait à plein volume. Elle avait posé son coude sur mon genou. Parfois je la trouvais belle, et parfois non. Il n'y avait pas de bars à Athènes au temps des colonels, quand j'ai quitté le pays.

— Cela ne vaut pas seulement pour moi. Toute ma génération a découvert la vie dans les bars, a complété ses études dans les bars. Elle a mûri la nuit. L'homme qui m'était le plus proche à cette époque, c'était Léandros, le barman du Bostonians', place Mavili. Je l'aimais plus que mon père. Il avait surélevé le plancher derrière le comptoir, d'une trentaine de centimètres, pour paraître plus grand. Il était très petit, le pauvre. Il ne quittait jamais son poste, sauf au moment de la fermeture, après le départ du dernier client.

J'ai cru entendre la voix de Théodoris. Je me suis retourné, ce n'était pas lui. Je l'ai aperçu assez loin, au milieu d'un groupe. Il a fait quelques sauts sur place, puis il a ri. Les autres aussi ont ri. Je me suis souvenu que je l'avais vu sauter de la même manière sur la terrasse de sa maison à Stamata. Il m'a semblé que le week-end passé chez lui avait été décisif pour moi, mais je n'arrivais pas à justifier cette impression. Que s'était-il donc passé d'important ? Était-ce le fait que la pierre plate près du robinet m'avait rappelé l'epsilon de Delphes ?

— Tu m'écoutes ? a demandé Éléni.

Elle m'a confié qu'elle était amoureuse.

— Il revient ce matin. J'irai l'attendre au terminus des autocars. Il est allé à Serrés, dans le Nord, pour voir sa grand-mère.

« Elle est amoureuse de quelqu'un qui a sa grand-mère », ai-je pensé. Elle connaissait Serrés. Elle m'a appris que la région est riche, qu'elle produit du riz, du coton, du trèfle pour le bétail et un assez bon ouzo nommé « Magie ». Je ne connaissais pas cet ouzo, je ne l'ai pas dans ma collection.

— Tu ne parles pas du tout de toi, a-t-elle remarqué.

Elle n'avait manifesté aucune curiosité à mon égard. Elle a senti mon paquet de tabac.

— Ça ne sent pas bon.

« J'ai commencé à écrire en rentrant de Stamata. Stamata m'a donné l'envie d'écrire. Voilà ce qui s'est passé d'important là-bas. » Elle est partie un peu plus tard, après m'avoir laissé son numéro de téléphone, noté au dos du ticket de caisse.

Je l'ai regardée s'éloigner. Ses épaules carrées, ses bras fins et musclés m'ont bien plu, ainsi que ses jambes. Elle portait une robe de soie grise. Même ses chaussures plates m'ont paru très élégantes. J'ai aimé sa démarche et son air assuré. Elle se tenait très droite, le menton légèrement tendu en avant. Ses cheveux coupés court formaient une pointe sur sa nuque. On aurait dit qu'elle marchait contre le vent. J'ai décidé d'écrire son nom dans mon cahier. « Elle me rappellera les femmes qui m'ont séduit au moment où elles s'en allaient. » J'avais le cahier sur moi, dans la poche arrière de mon pantalon, plié en deux. Je crois que l'oracle de Delphes fonctionnait déjà à l'époque de la belle Hélène, qu'Agamemnon était passé par là avant de se rendre à Troie. J'ai essayé de me souvenir des femmes que j'ai croisées dont le prénom commençait par E. Je ne connais pas d'autres Eléni, ni d'Hélène en France. Je me suis souvenu d'Éléonora. Nous ne sommes sortis ensemble que deux fois. Nous avons vu *Mon oncle* de Tati, dans une salle vide. Nous avons bu un cognac dans un café. J'étais charmé par ses gestes et ses yeux. Je crois que j'étais sur le point de tomber amoureux. Longtemps après, en écoutant à la radio la musique du film de Tati, j'ai pensé à elle. Une autre musique me l'a rappelée, celle du *Trouvère*, de Verdi, car l'héroïne de l'histoire se nomme Leonora. J'ai connu deux Élisabeth, l'une à Paris, l'autre au Caire. La seconde était grecque, elle avait épousé un homme d'affaires. Elle m'a offert une chemise vert pomme qui me serrait un peu au cou. L'autre aussi était mariée. Je lui ai appris à jouer au tavli. Une nuit, comme nous jouions chez elle, son mari en a eu assez de suivre la partie et s'est enfermé dans la chambre à coucher, à côté du salon. Quelques instants plus tard il dormait. Nous nous sommes couchés sur le canapé. J'ai pensé qu'il n'était pas prudent que le bruit des dés s'arrête brusquement et j'ai continué à les lancer, mais de la main gauche, après avoir posé la boîte du tavli par terre. Les dés roulaient de plus en plus rarement.

J'ai pensé également à Éva, une fille de vingt ans que j'ai connue alors que j'en avais déjà quarante. Nous nous sommes rencontrés à Hydra, un été. Elle était en vacances avec ses parents. Quand ils ont appris que nous nous voyions, ils lui ont interdit de sortir le soir. Je l'ai attendue en vain une nuit sur le port. La mer était calme et parfaitement noire. Il n'y avait aucune lumière sur le quai. Le seul point lumineux était une horloge sur la façade d'un bâtiment élevé qui était peut-être la mairie. Je l'ai prise un instant pour la lune — j'ai eu l'impression que la lune avait des aiguilles d'horloge.

Je ne peux pas dire que la lettre E ait joué un grand rôle dans ma vie sentimentale. Les prénoms qui ont le plus compté pour moi avaient une autre initiale : le R, le M, le N, le C, encore le M, encore le C, le D et le V.

Le bar était maintenant presque vide. On entendait à peine la musique. Grigoris, le barman, tentait de convaincre Théodoris de manger un lotus — il poussait vers lui un petit panier chargé de fruits orangés. Est-ce à ce fruit que les compagnons d'Ulysse ont goûté dans le pays des Lotophages ?

— Mange ! lui disait-il. Je les ai rapportés du mont Athos !

Théodoris redressait un cadre suspendu à un clou par une cordelette.

— Il penche toujours, ce tableau, a dit Grigoris.

Il représentait une blonde avec des cheveux en bataille et des seins volumineux qui débordaient d'un gilet de velours vert.

— Tous les tableaux suspendus à un clou penchent tôt ou tard, a déclaré Théodoris. Certains penchent au bout d'un mois, d'autres après six ans, mais tous penchent. C'est le poids du temps qui les fait pencher !

Malgré l'heure tardive — il était plus de trois heures du matin — beaucoup de voitures circulaient sur l'avenue Syngrou, dans les deux sens. Grigoris nous a entraînés dans un cabaret en plein air, au bord de la mer, où deux très belles filles complètement nues étaient couchées sur une piste ronde en verre dépoli éclairée de l'intérieur. Leur corps brillait. Le patron de l'établissement était un ami de Grigoris, il s'est joint à nous. Les danseuses tenaient de petites serviettes blanches comme celles qu'on offre dans les restaurants chinois et s'essuyaient mutuellement avec douceur.

— Elles sont hongroises, a dit le patron. La semaine prochaine j'aurai six Roumaines.

Il nous a appris que les boîtes comme la sienne se procurent des danseuses en Europe de l'Est. Les tables étaient disposées en étoile autour de la piste. C'étaient de longues tables occupées par des groupes d'hommes relativement jeunes — leur moyenne d'âge ne devait pas dépasser trente ans. Il était quasiment impossible, autrefois, de contempler une femme nue, ne serait-ce qu'en photo. Les femmes ne se déshabillaient que dans des chambres closes aux rideaux tirés. J'étais ému par toutes les fenêtres masquées par des rideaux que je voyais quand je me promenais dans les rues.

Un jeune homme paraissait fasciné par les danseuses. Pas une seconde ses yeux ne se détachaient d'elles. Il avait les sourcils froncés, l'air soucieux, comme s'il songeait à un problème difficile. Il m'a rappelé le jeune ouvrier sur la photo d'Antinoüs. Je me suis souvenu que j'avais attribué son expression inquiète à un sombre pressentiment, au fait qu'il était en train d'éprouver le vertige du temps. Près de ce jeune client envoûté était assise une fille un peu plus âgée que lui qui semblait s'amuser beaucoup. Il y avait cinq ou six hommes avec eux.

Les danseuses avaient fini de s'essuyer et s'étaient levées. J'ai cru que le spectacle touchait à sa fin, mais elles ont commencé à s'asperger de mousse à raser. Grigoris s'était recroquevillé sur son siège, il regardait la plupart du temps sa cigarette.

— Qu'est-ce que tu es allé faire au mont Athos ? lui a demandé Théodoris.

— Je suis allé voir mon cousin, qui est moine. Je compte y retourner. J'ai été impressionné par le calme du monastère, j'ai même été pris de panique. Un matin, je me suis réveillé en croyant que j'étais mort. Je suis sorti en courant de ma cellule, il me fallait absolument parler à quelqu'un pour m'assurer que rien de grave ne m'était arrivé. Mais je me suis vite calmé. Moi qui ne parviens pas à dormir avant le lever du jour, là-bas je dormais dès dix heures du soir.

« Il nous a fait venir ici parce qu'il a des insomnies », ai-je pensé. La musique a pris de l'ampleur, des projecteurs se sont allumés et les danseuses sont montées sur les tables. L'une a choisi la nôtre. Nous avons juste eu le temps de récupérer nos verres pour qu'elle ne les renverse pas. J'ai récupéré également le plateau de fruits, je l'ai pris sur mes genoux. Je n'étais pas très à l'aise : il ne m'était encore jamais arrivé de voir d'aussi près le sexe d'une femme en public. Mon regard s'est posé en définitive sur les pieds de la fille, qui étaient la seule partie couverte de son corps. Elle portait des chaussures à talons. Elle s'est agenouillée devant Théodoris, lui a attrapé la tête et l'a frottée contre ses seins qui étaient encore couverts de mousse à raser. Théodoris a eu le visage barbouillé.

— Tu es superbe, Tatiana ! a dit le patron en levant son verre.

C'est à ce genre de spectacle qu'avait fait allusion le pope lors de l'enterrement de ma mère. Il est vrai que les cabarets se sont multipliés récemment. Même les chaînes de télévision privées passent, tard dans la nuit, des numéros de strip-tease. « Est-ce un phénomène important qui mérite réflexion ? » J'ai décidé qu'il n'en valait pas la peine. « Il n'arrive jamais rien, ai-je pensé. Simplement, on entend parfois le bruit infime que produit le temps en moulant du vide. »

La deuxième fille dansait sur la table du jeune homme. L'amie de celui-ci tapait dans ses mains. Elle s'est levée, elle est montée elle aussi sur la table et a commencé à danser en enlevant son chemisier. Elle est restée en soutien-gorge. Le jeune homme avait les yeux fixés sur la table. Au bout de quelques minutes, il a reculé sa chaise et il est parti sans avoir relevé la tête. Je ne sais pas si son amie s'en est aperçue, en tout cas elle a continué à danser. Théodoris s'essuyait le visage avec une serviette en papier.

— On y va ? lui ai-je dit.

Il commençait à faire jour quand je suis arrivé à la maison. Je n'y étais pas revenu depuis la veille au matin. Sur le petit bureau du gardien de l'immeuble j'ai trouvé le tabac envoyé par Marie-Christine. J'ai pensé qu'Éléni était peut-être déjà au terminus des autocars en train d'attendre son ami.

Le cadeau de Rania s'est révélé utile. Il m'a permis de planter dans le jardin, devant la terrasse, un cyprès et un mimosa. Le mimosa me fait penser à ma mère. C'est cet arbuste qui lui tient désormais compagnie. Je ne crois pas avoir choisi le cyprès parce qu'il pousse dans les cimetières. Il pousse un peu partout, en réalité.

Le paysage grec est plein d'oliviers et de cyprès. C'est le cas notamment du site de Delphes. Enfant, j'étais intrigué par les cyprès car c'étaient les seuls arbres qui ne déployaient pas vraiment leurs branches et sur lesquels il m'était impossible de grimper. Je ne pouvais pas les explorer. Ils étaient repliés sur eux-mêmes, muets. J'espère que le laurier qui est planté un peu plus loin, et qui paraît extrêmement robuste — il fait plus de quatre mètres de haut —, n'empêchera pas le cyprès et le mimosa de grandir. La terre est complètement sèche. La presse annonce une vague de chaleur pour la mi-juillet, mais je ne fais pas grande confiance aux journaux. Ils donnent continuellement l'impression que des événements extraordinaires vont avoir lieu, désastreux en règle générale. Il est facile de constater que rien ne se produit et que la vie ne change pas. Les journaux accrochés autour des kiosques font néanmoins peur à voir. Leurs titres sont assez gros pour être lus du trottoir d'en face : « BRUIT DE BOTTES », « RENDEZ L'ARGENT DU PEUPLE », « NOUS SOMMES TRAHIS »... Les gens s'arrêtent pour les lire, j'apprends toutefois qu'ils les achètent de plus en plus rarement. Des quotidiens au passé prestigieux en sont arrivés, en vue d'augmenter leur diffusion, à offrir à leurs lecteurs, par tirage au sort, des voitures et des villas. La direction d'*Embros Dimanche* a même songé à leur proposer une soirée en compagnie d'un top model, mais elle n'a pas osé mettre ce projet à exécution. C'est une rédactrice du journal qui me l'a dit, celle qui m'a demandé les dessins.

Chaque soir je verse deux seaux d'eau au cyprès et un au mimosa. Comme je ne veux pas que des chats viennent boire cette eau, je reste là, jusqu'à ce que la terre l'ait absorbée. Autrefois, en période de sécheresse, les gens jetaient des poignées de terre sur le visage de la statue d'Athéna, pour lui faire comprendre à quel point la terre manquait d'eau et l'inciter à remédier à cette situation. J'avais oublié qu'on ne dit pas en grec « vert bouteille » mais « vert cyprès ». Les bouteilles de vin grec ont été pendant longtemps incolores. Les vertes n'ont fait leur apparition que récemment, après notre adhésion à l'Union européenne.

Je suis entré chez un marchand de couleurs près d'Omonia. Il vendait aussi bien des pots de peinture pour le bâtiment que des boîtes d'aquarelle Winsor et Newton. J'éprouvais une grande joie quand on m'offrait des crayons de couleur. Je les sortais de leur étui et les étudiais un à un. Le rouge me rappelait la silhouette de ma tante traversant à demi nue la cuisine de sa maison d'été. Le sol de cette pièce était rouge. Le bleu évoquait la mer et les vacances, mais aussi l'école. Le papier que nous utilisions pour recouvrir nos livres et nos cahiers était bleu. L'uniforme que portaient les écolières avait la même couleur. Le rose bonbon me paraissait si indécent que j'osais à peine le regarder. J'avais le sentiment que les couleurs connaissaient mes pensées les plus intimes.

Je suis resté un bon moment dans ce magasin, à regarder les pots, les flacons, les tubes, à feuilleter les catalogues. J'ai parlé avec l'employé qui vendait des couleurs en poudre, elles étaient dans des pots de verre. Je sais qu'elles sont très appréciées des aquarellistes, qui les diluent dans du vinaigre mélangé à du jaune d'œuf, mais je ne me souvenais pas que le rouge sombre se nomme « byzantin », ni que le rouge vif, dit « rouge feu », on l'appelle aussi « rouge du diable ». J'ai demandé un vert, sans donner de précisions. J'étais curieux de voir si le vendeur allait me donner un vert poireau, ce qui serait conforme à l'étymologie du mot *prassino*. Il faut croire que la perception des couleurs évolue, car il m'a proposé un vert gazon. Je pense qu'un marchand de couleurs parisien aurait compris de la même façon le mot vert. Je lui ai demandé également un bleu. On emploie le même mot en grec — on dit *blè* —, mais je ne suis pas sûr qu'on pense à la même couleur. Le bleu qu'il a choisi pour moi avait la couleur foncée de la mer. En France, on m'aurait présenté plutôt un bleu ciel. Je l'ai prié enfin de m'indiquer une couleur qui suscite des malentendus.

— Le rouge cerise, a-t-il dit. C'est la couleur de la cerise mûre, mais certains de nos clients lui attribuent une nuance marron. Ils ont vraisemblablement en tête la couleur des cerises pourries.

J'ai acheté le vert gazon, le bleu de mer et le rouge byzantin et je suis sorti. Il m'a semblé que c'était le gris qui dominait dans la rue. J'ai pensé qu'il est inévitable, quand on sort de chez un marchand de couleurs, de trouver la ville un peu terne.

La collaboratrice d'*Embros Dimanche* a regardé mes dessins sans rien dire, puis elle m'a reproché de ne lui en avoir donné aucun inspiré par l'actualité.

— Vous êtes surtout connu pour vos caricatures.

— Je vous avais prévenue que je ne vous donnerais pas de dessins politiques.

J'étais prêt à reprendre mon dossier, mais elle a deviné mon intention et a posé la main sur mon bras. Ses doigts étaient froids.

— Ne vous fâchez pas, a-t-elle dit.

Nous étions dans le café où j'avais rencontré Caradzoglou et sa femme. La journaliste avait un visage fin mais un corps détestable. Ce n'était sûrement pas la fille à la bibliothèque en bois de rose. Elle m'a appris que la presse et les médias sont sous le contrôle de cinq industriels.

— Les entreprises de presse sont devenues de vulgaires sociétés commerciales. Stavrakas, qui a racheté *Embros Dimanche*, importe du pétrole des États-Unis. Il vient au journal avec un hélicoptère qui se pose sur la terrasse du bâtiment. Il est toujours de méchante humeur en été, car la consommation de pétrole baisse pendant cette saison. Nous sommes obligés d'attendre l'hiver pour lui demander une augmentation !

Elle a ri. Je ne lui en voulais plus. C'est Stavrakas lui-même qui a eu l'idée d'offrir à ses lecteurs une soirée en charmante compagnie. Il envisageait de mettre en plus à leur disposition une limousine avec chauffeur.

— Il le fera, à un moment ou un autre, a-t-elle dit. Pour l'instant, nous nous contentons d'appâter les lecteurs avec des voitures. Il faut présenter vingt coupons découpés dans des numéros différents du journal pour participer au tirage au sort. Mais cela n'a qu'une faible incidence sur nos ventes. Tout le monde a une voiture.

Elle ne connaissait pas personnellement Caradzoglou, mais elle le lisait régulièrement.

— Ses chroniques donnent au journal un air d'indépendance qui est très apprécié des lecteurs.

Elle n'a pas pu me dire quand seraient publiés mes croquis. Celui que j'ai envoyé à Véronique Carrier, montrant les Européens en train de se chamailler sur un vase antique, paraîtra fin juillet.

Quand j'étais plus jeune, je dessinais souvent mon visage. J'essayais de me réconcilier avec moi-même. Je donnais à mon regard une gravité qu'il n'avait probablement pas. Je dessinais aussi mes mains. Je ne les dessine plus. Je n'attends d'elles aucune surprise.

Nous jugeons les œuvres en fonction de leur ressemblance avec celles du passé. Des réalisations médiocres sont déclarées estimables parce qu'elles ont la politesse de ne pas contester la tradition. Il y a une certaine servilité dans notre attitude face aux œuvres du passé, qui leur fait du tort, qui les trahit. Je pense aux troupes de théâtre, petites et grandes, qui jouent tous les étés, avec l'aide du ministère de la Culture, les mêmes tragédies, de manière souvent affligeante, et aussi aux films de fiction, non moins affligeants, qui s'inspirent de Sophocle ou d'Euripide. On publie sans cesse de nouveaux essais qui tentent de relier les diverses cultures qui ont fleuri en Grèce, afin d'établir que la plus récente est issue de la plus ancienne. Leurs auteurs parcourent les siècles en quête d'indices susceptibles de prouver que nous sommes bien les descendants de nos glorieux aïeux. Ils s'interrogent sur le sens du mot hellénisme. Ils élaborent un code de la culture grecque, écartant ses contradictions, oubliant les influences qu'elle a reçues, la réduisant en définitive à peu de chose. Ils ressemblent à ces jardiniers français qui donnent à la nature la forme qu'ils souhaitent. J'espère que leurs recherches n'aboutiront pas à une définition, qui priverait fatalement la culture grecque de sa créativité. Les définitions sont de petites oraisons funèbres.

Je ne savais pas que Stathopoulou s'intéressait au football. Il y a deux mois environ, son ministère a édité une affiche géante pour célébrer la qualification de l'équipe nationale à la Coupe du monde. À première vue, le sujet ne se prêtait pas à une évocation du passé. Le football est notre affaire. Ni les anciens Grecs ni les Byzantins ne le pratiquaient. Mais il nous est impossible d'oublier un instant le passé. Il reste encore quelques-unes de ces affiches dans les rues. On y voit un joueur et, derrière lui, une statue antique représentant un hoplite, qui joue, lui aussi, au ballon ! Je suppose que le ministère a voulu insuffler aux footballeurs, en leur rappelant la noblesse de leurs origines, un élan digne des grandes figures héroïques d'antan. Le message, hélas ! n'est pas passé : l'équipe nationale s'est effondrée au Mondial, elle a encaissé dix buts et, si je ne me trompe, n'en a marqué aucun.

La querelle entre Agamemnon et Achille, qui constitue le point de départ de l'*Iliade*, m'a permis d'imaginer une autre affiche : on y verrait les deux héros en train de vociférer et, au premier plan, un député assenant un formidable coup de poing à un autre député. J'ai vu une empoignade de députés à la télévision, ainsi que des métropolites échangeant des insultes. Les anciens Grecs me paraissent plus proches de nous quand ils se disputent que lorsqu'ils philosophent.

Caradzoglou a peut-être raison d'affirmer que les chants de l'*Iliade* rendent successivement hommage aux lettres de l'alphabet. Le premier fait effectivement mention d'un grand nombre de noms propres qui commencent par A : Achille, Achéens, (H) adès, Atrée, Agamemnon, Argos et Apollon, qui porte ici le surnom d'Argyrotoxos, à l'arc d'argent. Un peu plus loin, Athéna entre également en scène. Mais les acteurs du premier épisode sont également présents dans la suite de l'œuvre. Je remarque par ailleurs que le chant qui est presque entièrement consacré à Diomède n'est pas le IV, qui correspond à la lettre D, mais le V qui renvoie au E. Les mots *éris* et *énchos*, la querelle et la lance, sont souvent cités. Ils ne donnent cependant qu'une pâle idée des événements qui se déroulent dans le V. On assiste non pas à de simples querelles, mais à des scènes de massacre : on voit une main sectionnée tomber par terre, une lance se planter dans la joue d'un guerrier et lui trancher la langue.

Le chant II confirmerait plutôt la théorie de Caradzoglou puisqu'il commence par la convocation du Conseil des Achéens, la *boulè*, et se termine par une réunion analogue chez les Troyens. Les Grecs sont sur le point de prendre la fuite, mais Agamemnon réussira à les en dissuader (on retrouve, chemin faisant, le mot *boulè*, qui signifie également volonté) et la guerre se poursuivra. Les soldats sont comparés à un troupeau de bœufs, mot qui commence en grec aussi par la lettre *b*.

Dans le chant III, par contre, aucun mot important ne commence par gamma. Le mot *gynè*, la femme, est certes mentionné à propos d'Hélène, celle-ci ne fait cependant qu'une brève apparition. Le sujet principal en est le duel entre Ménélas et Pâris. Peut-être Caradzoglou attribue-t-il de l'importance au mot « gynémane », coureur de femmes ? Parmi les insultes qu'Hector adresse à son frère Pâris (encore une querelle) figure le mot « gynémane ».

On pourrait admettre que le chant IV, dans lequel les Troyens, piégés par Athéna, violent les premiers la trêve, est centré sur le mot *dolos*, la ruse. Les cinq premiers épisodes de l'*Iliade* — les seuls que j'ai lus pour le moment — donnent et ne donnent pas raison à Caradzoglou.

Je constate qu'il est peu probable que l'epsilon de Delphes désigne les Hellènes. Ce n'est qu'à partir du VIe siècle avant Jésus-Christ qu'ils ont commencé à se nommer ainsi. Pour Homère, l'Hellade n'est qu'une partie de la Thessalie. Il note que la région est « calligyne », riche en belles femmes. Quant aux Grecs, il les appelle généralement Achéens ou Danaens. Ils s'entendent parfaitement avec les Troyens, je veux dire qu'ils parlent vraisemblablement la même langue. On ne voit intervenir à aucun moment des interprètes. Les négociations entre Achéens et Troyens se font en grec, et c'est encore en grec qu'Hélène converse avec Pâris et Priam. Le poète fait remarquer que certains parmi les alliés des Troyens s'expriment dans une langue barbare. Si les Troyens eux-mêmes étaient « barbarophones », il ne fait pas de doute qu'il nous le dirait.

J'avoue que j'ai été assez surpris en découvrant qu'Hector et ses compagnons parlaient le grec. Mes professeurs décrivaient systématiquement les ennemis des Hellènes comme des êtres cruels et incultes. Vaguélio ne voulait pas admettre que la plupart des Macédoniens slaves sont orthodoxes, qu'ils ont au moins ce point commun avec nous. J'ai appris à l'école que le nationalisme a deux visages, l'un adouci par l'amour du pays, le second pétrifié par la haine des autres. Les Troyens n'étaient donc pas tout à fait des étrangers comme je le croyais, ils bénéficient d'ailleurs du soutien d'Apollon. Aphrodite, elle, accorde son appui à la belle Hélène. Quant à Zeus, il hésite, il a du mal à choisir entre les Grecs et les Troyens, il laisse les belligérants se débrouiller tout seuls.

Comme j'avais besoin de vérifier la théorie de Caradzoglou, j'ai dû lire le texte original aussi. Je l'ai lu volontiers, bien qu'il me soit presque complètement incompréhensible. J'ai tout de même trouvé ici ou là des termes que nous utilisons toujours dans le langage courant. J'ai éprouvé une sorte de respect pour ces mots qui, après avoir traversé tant de siècles, continuent à être disponibles et sont prêts à se lancer dans de nouvelles aventures. Sans doute le temps est-il devenu amoureux d'eux pour leur avoir accordé pareille longévité. Certains ont un caractère plutôt pénible, tels que *dacry*, larme, *penthos*, deuil, *picros*, amer, *polémos*, la guerre, *thanatos*, la mort, *nécros*, le mort. Ce sont bien souvent des mots qui restent en usage dans d'autres langues que le grec, comme *hégémon*, chef, *laos*, peuple, *philos*, ami, *géron*, vieillard, *glossa*, langue, *ouranos*, ciel, *thalassa*, mer. *Apatè*, l'escroquerie, qui réapparaît sans cesse à la une des journaux, se trouve déjà dans l'*Iliade*.

J'aurais certainement besoin de plusieurs années d'études pour comprendre le dialecte homérique. Le fils d'un ami comédien me disait qu'il est toujours interdit dans les écoles de se servir de traductions. On exige que les élèves lisent les classiques dans le texte. Ce garçon m'avouait qu'il n'avait rien retenu de Platon, de Thucydide et de Sophocle, n'ayant lu en entier aucun de leurs écrits. Il n'en connaissait que les quelques extraits qu'il s'était appliqué à traduire.

— Je n'ai lu que l'*Iliade*, m'a-t-il dit, car nous l'avons étudiée uniquement en traduction, dans les petites classes.

Il n'avait jamais entendu parler de la version pornographique du poème. Peut-être les élèves qui n'ont pas eu à traduire Homère sont-ils moins enclins à rire à ses dépens. Aujourd'hui comme hier, l'école continue à désavouer le passage du temps, à nier que le grec ancien soit devenu une langue presque étrangère. Je ne sais pas jusqu'à quel point l'enseignement de la vieille langue est utile. Ce qui est probable, c'est que les élèves ne connaîtront pas Platon tant qu'on ne leur aura pas permis de le lire en traduction. Il est étrange que le dogme de la ressemblance du grec ancien avec le grec moderne reste en vigueur, alors que l'État a rejeté entre-temps la langue archaïsante, la catharévoussa, et a reconnu le grec courant comme langue officielle. Je suppose que cette décision accélérera l'évolution de la langue et que les élèves de demain comprendront encore moins Platon que je ne le comprenais.

Théodoris m'a enfin trouvé quelques extraits de l'autre *Iliade*. Elle est composée en vers de quinze pieds, qui ont à peu près la même résonance en grec que l'alexandrin en français :

*Devant les hauts remparts Achéens et consorts*
*Se tiennent éplorés en maudissant leur sort.*

Ulysse est seul dans sa tente. Il soliloque. Il traite Ménélas de tous les noms. Athéna apparaît devant lui. Je ne serai comblée, lui avouet-elle, « tant qu'à ta bite désirée je n'aurai goûté ». Il se laisse faire. Il lui demande par quel moyen les Grecs pourront entrer dans Troie. « C'est écrit dans Homère », plaisante la déesse. Ulysse réalise le cheval de bois. Les Grecs se cachent dans son ventre :

*Dans le creux de son ventre les Grecs s'étant mis*
*Par le trou de son cul observaient l'ennemi.*

Je repense aux sandwiches que me préparait ma mère. Je la vois en train de les mettre dans mon cartable et de le fermer. Elle se tient dans l'ouverture de la porte du jardin. Nous échangeons un signe de la main juste avant que ne s'interpose entre nous le bâtiment qui fait l'angle de la rue. C'est mon père à présent qui se tient à l'entrée du jardin. Il me pose les mêmes questions qu'elle. Il a pris sa place dans le salon. Je ne serais pas très étonné si je le trouvais un jour en train de fumer.

Je lis les mots que j'ai notés dans mon cahier. Je les regarde longuement, m'attarde autant sur chaque page que si elle était entièrement écrite. *Éndélos*, tout à fait, accompagné du nom de Vaguélio, ressuscite le fantôme d'un plombier malhabile qui quitte les lieux vaincu, tête basse. *Élissomai*, se faufiler, me rappelle le discours d'Acridakis sur les dangers qui menacent notre nation, la voix d'Amalia Stathopoulou et le poète de Stamata. Son amie, une petite brune, lui dit :

— Écris quelque chose de court, de lapidaire ! Le repas est presque prêt !

Caradzoglou attire une nouvelle fois mon attention sur le mot *éris*, la querelle, qui me renvoie, lui aussi, à Vaguélio. Le visage de mon amie, empourpré par la colère, me fait songer à d'autres visages. Nos cris se répercutent sans fin à travers la ville. Une immense manifestation se forme, réunissant aussi bien des jeunes gens opprimés par leurs parents, que d'illustres guerriers susceptibles à l'extrême. J'observe les chapeaux à la surface de cette marée humaine. Je distingue des bérets militaires couleur kaki, des calots, des casquettes grises, des hauts-de-forme et des toques d'ecclésiastiques, des fez et des turbans comme celui que portait Macriyannis, ainsi que des casques à cimier ruisselants de lumière. Un poète aveugle et très âgé, aux cheveux retenus par un bandeau fin, essaie péniblement de se frayer un chemin à travers la foule. Il est habillé d'une sorte de drap.

— D'où tu es, toi ? lui demande quelqu'un qui pourrait bien être un chauffeur de taxi.

Le poète lui répond d'un sourire.

Le verbe *eurisko*, trouver, écrit à la page 4, me rappelle Marika.

— Vous trouverez, dit-elle.

« Peut-être », pensé-je. Je me souviens des ailes noires du cafard que j'ai écrasé et du parfum de la fille qui est passée devant nous. François répète que la diphtongue *ai* se lisait *aï*, ce qui m'interdit de rester sur le mot *ainigma*. Je rejoins *Hermès* et *Hestia* — pages 6 et 7 — qui me conduisent droit à la bibliothèque de l'École française. Ils placent devant moi une impressionnante pile de bouquins, à reliure bordeaux, aux pages légèrement collées. Est-ce à Hermès ou à Hestia que je dois la présence d'Ilona à côté de moi ? À Hermès, probablement.

Que font donc les dieux après la fin de leur mandat ? Où passent-ils leur retraite ? Les dieux tout-puissants ont certainement plus de mal à faire un trait sur le passé que les dieux mineurs. Les premiers doivent être perpétuellement renfrognés. Ils occupent chacun un banc à part et n'adressent la parole à personne. Les petits dieux vivent, je suppose, de manière plus conviviale. Il leur arrive de plaisanter, de rire. Le temps aidant, ils finiront peut-être par oublier qu'ils ont été des dieux. Les dieux importants, eux, ne l'oublieront jamais. La floraison des arbres au printemps et les premiers éclairs de l'automne leur rappelleront toujours leur pouvoir perdu. Je les imagine en train de courir dans tous les sens pour échapper à la pluie, je les vois pataugeant dans la boue. Une femme s'approche d'Apollon, tenant un parapluie à la main :

— Venez, lui dit-elle. Vous n'êtes pas habitué à la pluie, vous.

Elle n'est ni belle, ni jeune, ni bien habillée. Il se peut même qu'elle ne porte pas de chaussures.

Faut-il s'expatrier ? C'est la question posée par la page suivante, consacrée au si interrogatif, *ei*, cité par Plutarque. On quittait donc la Grèce déjà au temps de la Pythie. Mon départ pour l'étranger n'a été que la répétition d'une très vieille scène. Depuis des siècles une main de femme agite inlassablement un mouchoir blanc. Je me demande quelle réponse me ferait la Pythie si je lui posais aujourd'hui cette question. Page 9 figure justement le mot question, *érotèma*. Je pense qu'elle me répondrait par un proverbe banal, du genre « Tant va la cruche a l'eau qu'à la fin elle se casse », ou encore « On ne fait pas d'omelette sans casser des œufs », qui me plongerait dans des abîmes de réflexion.

Je comprends la sympathie qu'éprouve François pour le second *ei*, qui introduit la phrase : « Si nous admettons donc, mon cher Alcibiade... » Il a la gentillesse des mots qui libèrent l'esprit et l'encouragent à faire usage de cette liberté. Il permet, par exemple, d'envisager autrement le troisième *ei*, qui signifie « tu es », non pas comme un hommage à la nature divine, mais comme un mot de bienvenue adressé par le dieu à ses visiteurs. Apollon les reconnaît un à un alors qu'ils entrent dans son temple. Il ne les méprise pas : dans quelques instants, il va se pencher sur leurs problèmes.

« Tu es » exprime l'intérêt qu'il porte à chacun. La maxime « Connais-toi toi-même » n'a pas nécessairement le sens sombre que lui attribue Plutarque. Elle n'est pas destinée à rappeler aux fidèles la tristesse de leur sort, mais les incite à se considérer eux-mêmes avec l'attention et la bienveillance que leur témoigne Apollon.

Puisque l'êta se prononçait *ê* et se substituait parfois à l'epsilon, il m'a paru utile d'inscrire également quelques mots commençant par cette lettre. J'ai d'abord écrit l'êta tout seul (ἥ) indiqué par François, qui veut dire « il dit » (il s'agit du verbe *êmi)* et, de ma propre initiative, le mot *hélios*, le soleil. Je crois que le symbole d'Apollon mérite une place dans ma liste. « Je m'assiérai sur les marches du temple et j'attendrai le lever du jour. La plaine aux oliviers sera encore sombre. Un torchon rouge sera fixé par un clou à l'extrémité d'une poutre posée par terre. »

Les Hellènes, dont il est question plus loin, me font songer à une assemblée houleuse, à des portes qui claquent. Les Delphiens, soutenus par leurs alliés, sont entrés trois fois en guerre contre leurs voisins. Quand ils ont su que les habitants d'Amphissa avaient entrepris de cultiver la plaine dédiée à Apollon, ils ont chargé Philippe de Macédoine de détruire leur ville. L'Église grecque, qui possède un immense domaine, est aussi avare de ses terres que l'était l'amphictyonie de Delphes. Comme ils s'habillaient avec des peaux de bêtes, les habitants d'Amphissa avaient la réputation de sentir mauvais, un peu comme les ouvriers des tanneries au temps de ma grand-mère. Je crois avoir lu cela dans Pausanias. « Ma mère était originaire d'une ville que les dieux ne devaient pas aimer beaucoup. » Pausanias décrit la Grèce à la fin du II$^e$ siècle après Jésus-Christ. Il est passé par Delphes quelques décennies après la mort de Plutarque mais ne dit pas un mot de l'epsilon. Peut-être avait-il déjà disparu.

J'avais pensé que le centre du monde ne pouvait pas porter le numéro 5. Le numéro 1, *éna*, lui convient sans doute mieux. Je persiste à croire que cette interprétation de l'epsilon, qui n'a pas emporté l'adhésion de François, vaut bien celles que j'ai déjà examinées.

La liste s'achève provisoirement par le nom d'*Éléni*, inscrit page 16. Elle s'éloigne encore, je vois ses épaules, ses cheveux courts, mon regard l'accompagne jusqu'à la sortie du bar. J'ai conservé le ticket de caisse avec son numéro de téléphone. Je n'ai pas l'impression que je m'écarte de mon sujet quand je retiens des mots qui ne sont pas liés à Delphes. Quel est mon sujet, du reste ? L'epsilon, bien sûr, mais comme j'ignore toujours sa signification… « Je cherche à trouver ce que je cherche. » J'ai écrit une phrase semblable plusieurs pages en arrière. Je n'ai pas le courage de remonter aussi loin pour la retrouver. Je ne m'attendais pas à écrire tant de pages. Je bavarde, comme mon père. L'epsilon me conduit sans m'imposer aucune direction. Il se tient immobile en attendant que je fasse le premier pas, comme s'il cherchait à deviner mes intentions, comme s'il voulait me comprendre. La recommandation « Connais-toi toi-même », que certains attribuent à la Pythie, semble désigner le mot *ego*, moi.

J'écris *ego*, page 17. En lisant l'*Iliade*, j'ai prêté une attention particulière aux termes commençant par epsilon. J'ai rencontré une multitude de *ego*. J'ai été charmé par l'adjectif *érateinos*, qui fait partie de ces mots innombrables qui n'ont pas survécu. Je ne sais pas comment disparaissent les mots, s'ils font naufrage ou si le temps les gomme progressivement, s'ils meurent lentement ou de façon accidentelle. Je consigne également cet adjectif, qui exprime une des qualités essentielles d'Apollon : il signifie aimable.

Juste avant de refermer le cahier et de changer de sujet, il me vient l'idée d'offrir une page à la lettre epsilon elle-même, de faire mention de l'étrange dialogue que j'ai engagé depuis un moment avec son silence. « Elle ne me dira peut-être jamais rien de plus que son nom. » J'écris *epsilon*, page 19.

Il m'a paru nécessaire d'enregistrer également le mot *ethnikismos*, nationalisme. Il m'a été suggéré par les sarcasmes des hommes politiques au détriment de nos voisins ainsi que de nos partenaires de l'Union européenne, par la création d'un parti d'extrême droite, par les commentaires des chaînes de télévision sur les ouvriers étrangers, mais aussi par l'éloge systématique de l'hellénisme, en particulier de l'hellénisme byzantin. J'ignore si les accords de Maastricht menacent l'identité nationale, je ne sais pas non plus ce que mijote la Turquie dans les Balkans — ici, tout le monde est persuadé qu'elle mijote quelque chose, comme à son habitude. Il est néanmoins impossible de ne pas remarquer que cette flambée de nationalisme coïncide avec l'aggravation de la situation économique. Le déficit des finances publiques est catastrophique : « NOUS SOMMES AU BORD DE LA FAILLITE », annonçait, il y a quelques jours, un journal. Il semble que ce titre au moins exprime une réalité.

Mais c'est le discours prononcé par un acteur comique à la fin d'une *épithéorissi*, revue, qui m'a définitivement imposé le mot nationalisme. C'était une scène inattendue, sans rapport avec ce genre de spectacle qui se compose traditionnellement de monologues satiriques et de numéros de danse. Je me trouvais dans les coulisses du théâtre, en compagnie d'un ami comédien, Anghélos Yogarakis (le père du jeune homme qui m'a parlé de l'enseignement du grec ancien aujourd'hui). Nous avions laissé la porte de sa loge ouverte. Nous entendions très bien la musique, ainsi que ce qui se disait sur la scène. Nous voyions passer les filles du ballet dans le couloir. Elles couraient car elles avaient à peine le temps de se changer. Leurs talons produisaient un son guilleret sur le ciment. Nous buvions du whisky. Anghélos aussi a changé de tenue trois ou quatre fois. Je l'ai vu revêtir une paire de faux seins gigantesques, un tailleur noir et une perruque brune.

— Je parodie la mère du Premier ministre, m'a-t-il dit en se regardant dans le miroir.

Il était en train de se mettre du rouge à lèvres. Des télégrammes de félicitations, des cartes de visite, des coupures de presse avec sa photo étaient coincés dans le cadre du miroir, ainsi qu'une ordonnance de son médecin lui prescrivant un régime sévère. Je doute qu'il ait vraiment envie de maigrir : son obésité lui sert sur la scène. Quand je l'ai vu, un peu plus tard, se déguiser en petite fille avec une robe rose courte, une perruque blonde à nattes et des lunettes à monture bleue, j'ai pensé que son allure suffirait à faire rire le public. Je ne me suis pas trompé : dès son entrée en scène, avant qu'il ait dit quoi que ce soit, des applaudissements ont éclaté. Le comédien qui dirige la troupe se sert aussi de son physique, à cette différence près que lui est grand et extrêmement maigre.

— J'aimerais jouer Molière, Aristophane, m'a dit Anghélos en enlevant sa robe rose. Ce n'est pas facile, malheureusement, de convaincre un propriétaire de salle comme Dascaléas d'accueillir les œuvres du répertoire. Seules les troupes subventionnées peuvent jouer ces pièces, mais pour en faire partie, il faut nécessairement entrer dans le jeu politique.

Les filles du ballet sont repassées dans le couloir. Elles portaient un maillot doré et, en guise de jupe, des rubans multicolores. Leurs jambes étaient nues.

— Elles sont hongroises ? ai-je demandé à Anghélos.

— Non, anglaises.

Il m'a dit qu'il avait une liaison avec l'une d'entre elles, Deborah.

— Elle veut rester en Grèce. Elle est de Birmingham. Il paraît que c'est impossible de trouver actuellement du boulot à Birmingham.

Pendant qu'Anghélos se changeait, le chef de la troupe interprétait le rôle d'un policier chargé des écoutes téléphoniques. Il suivait les conversations de tous les hommes politiques. Il était écœuré de les entendre en permanence négocier une commission, réclamer un dessous-de-table.

— On est obligé de se vendre, a dit Anghélos, ou bien à un parti, ou bien au capital. Pour l'heure, je préfère le capital, je gagne plus d'argent.

Le policier en question convoque une conférence de presse pour dénoncer la classe politique, mais les journalistes déclinent l'invitation. Il est finalement chassé de la police. Il constate, en revenant chez lui, qu'on lui a coupé le téléphone. Ce numéro a rencontré un grand succès : les applaudissements ont duré longtemps.

Les danseuses sont passées dans l'autre sens, avec d'autres costumes. Anghélos a interprété, en dehors de la mère du Premier ministre et de la petite fille, un paysan qui visite pour la première fois la capitale et un retraité qui se plaint du coût de la vie. C'était en somme une épithéorissi classique, semblable à toutes celles que j'avais vues. La seule nouveauté résidait dans les fréquentes allusions à des émissions de télévision. Je crois même que les sketches consacrés aux célébrités du petit écran étaient plus nombreux que ceux qui visaient les hommes publics, comme si le pouvoir était désormais détenu par les médias. Une actrice, Stella, est entrée un instant dans la loge pour boire une gorgée de whisky. Elle portait une perruque blonde taillée en brosse. J'ai aussitôt pensé à Calogridou. La comédienne m'a confirmé que c'était bien elle qu'elle parodiait.

— Elle est très connue, m'a-t-elle dit. Elle a renoncé à son magazine culturel et présente maintenant un jeu qui a une grande audience.

La représentation s'est terminée normalement, l'orchestre, composé de cinq instruments, a joué un air vif, tous les acteurs se sont retrouvés sur la scène avec les danseuses. J'ai suivi le finale caché derrière le rideau. Ils ont tous salué et se sont retirés, chaleureusement acclamés. Seul le chef de la troupe est resté. Les spectateurs s'étaient levés.

— Ne partez pas ! leur a-t-il crié.

Les lumières se sont éteintes.

— Ne partez pas, a-t-il répété.

Un projecteur l'a éclairé.

— On s'est bien amusés ce soir, a-t-il dit. C'est notre travail de vous faire rire... Nous faisons le même métier que les figurines du théâtre d'ombres... Mais il y a des moments où les figurines n'ont pas envie de rire !... Où les figurines pleurent !

J'ai remarqué qu'il tenait un tissu plié à la main.

— Elles pleurent quand des étrangers humilient notre pays... Quand ils piétinent nos emblèmes, nous dépouillent de notre histoire... Quand ils revendiquent notre espace, notre mer, nos îles... Ça déplaît à ces messieurs de l'Europe que nous soyons orthodoxes ! Eh bien, tant pis ! Les Allemands, les Français prétendent que nous leur coûtons trop cher ! Ils oublient ce qu'ils doivent à la Grèce, qu'ils ont usurpé notre culture ! Leurs musées sont remplis des œuvres qu'ils nous ont volées !

Anghélos et Stella se tenaient à mes côtés. Elle avait retiré sa perruque, ses cheveux étaient longs et fins.

— C'est la première fois qu'il fait ce discours ? ai-je demandé.

— Non, bien sûr, a dit Anghélos.

— Ces aigrefins, a poursuivi l'acteur, entendent nous donner des cours d'économie politique ! L'expansionnisme de la Serbie les préoccupe, mais pas celui de la Turquie ! Ils ne se soucient guère de Chypre, nos bons amis ! Ni des Kurdes, d'ailleurs !

Le ton de sa voix s'élevait continuellement. Il hurlait presque. Stella m'a touché le bras avec la paume de sa main. Je l'ai regardée. Je ne voyais que ses yeux et ses cheveux qui brillaient légèrement. Je lui ai pris la main.

— La Grèce est seule ! Abandonnée par tous ! Nos hommes politiques ne pensent qu'à l'argent, et à rien d'autre ! Nous les connaissons maintenant, nous les avons vus à l'œuvre ! Mais le moment viendra où la Grèce réagira ! Ils ne savent pas, ces messieurs, grecs et étrangers, de quoi ce pays est capable ! Vive la Grèce, mes enfants ! Vive notre patrie !

Il a déplié le tissu pour l'enrouler aussitôt autour de son corps : c'était le drapeau grec. Puis il s'est effondré, comme foudroyé, tout en continuant de vociférer :

— Vive la Grèce !

Sa chute a été accompagnée par des applaudissements, moins nourris cependant que ceux qui avaient salué son numéro sur les écoutes téléphoniques. Je me suis souvenu que les réactions au discours d'Acridakis avaient été tièdes.

— Il croit réellement à ce qu'il dit ? ai-je demandé à Anghélos.

— Oui... Il y croit, jusqu'à un certain point... Il y croit, en tout cas, quand il fait son numéro !

Les lumières de la scène se sont rallumées. L'acteur s'est levé et, portant toujours le drapeau à la manière d'une tunique, s'est incliné devant le public, ensuite il s'est approché de nous. Il était trempé de sueur mais ne paraissait plus bouleversé.

— J'étais bien ? nous a-t-il interrogés.

— Très bien, comme toujours, lui a répondu Anghélos.

Il a souri avec satisfaction et a pris le chemin des loges. Je tenais toujours la main de Stella. Je l'ai attirée vers moi et je l'ai embrassée dans les cheveux. Anghélos nous a laissés.

— À quoi penses-tu ? a dit Stella.

— J'ai un cahier, lui ai-je dit, où je note de temps en temps un mot. Je crois que je suis arrivé au milieu du cahier.

# 6

De petites chauves-souris ont élu domicile dans les rochers du Lycabette. La nuit, elles visitent les quartiers qui entourent la colline. Je les ai vues survoler les lampadaires de Colonaki, de Maraslion et de Néapolis. J'imagine qu'elles mangent les insectes attirés par la lumière. Je ne sais pas ce qu'elles font ensuite. Peut-être regagnent-elles leurs nids, peut-être s'installent-elles sur l'appui de fenêtres grandes ouvertes où dorment d'innocentes jeunes femmes. Je suis persuadé qu'elles font le même trajet tous les soirs, que les chauves-souris aussi ont leurs habitudes.

Je les ai revues en allant au restaurant avec Fanny. Elles volaient au-dessus des lumières de la rue.

— C'est quoi ces oiseaux ? a-t-elle demandé.

J'ai pensé lui mentir, mais aucun nom d'oiseau ne m'est venu à l'esprit.

— Des chauves-souris.

Elle a eu une grimace de dégoût. Je me suis

senti vaguement coupable comme si j'avais dû débarrasser mon quartier de ces bêtes avant de l'inviter. Nous avons dîné près de chez moi, dans un restaurant italien. Je crois que le succès des restaurants italiens est assuré par ceux qui ont du mal à choisir entre une ouzerie, une taverne, un restaurant de poissons et un chinois. Les indécis échouent généralement dans un italien. C'est ainsi que nous sommes arrivés dans la cour intérieure de la Pizza Maria. Fanny levait de temps en temps les yeux vers le ciel ou vers les branches de l'arbre qui était derrière elle.

— Je ne savais pas qu'il y avait des chauves-souris à Athènes.

— Tu as remarqué que les pigeons se servent plus volontiers de leurs pattes que de leurs ailes pour se déplacer ? ai-je dit afin de détendre l'atmosphère.

Ce n'est qu'après avoir bu un peu de vin qu'elle a commencé à se sentir mieux. Nous avons choisi un rouge italien, qui était frais et avait le goût du beaujolais. Elle était vêtue de noir, mais elle avait mis du rouge à lèvres et maquillé ses yeux. J'ai pensé qu'elle serait contente si je lui parlais de son père, je l'ai cependant connu si peu que je ne voyais pas comment aborder le sujet. Je ne sais même pas ce qu'il faisait, avant l'accident qui l'avait rendu infirme.

— Je n'ai jamais quitté la Grèce, a-t-elle dit, je ne pouvais pas laisser mon père seul. Je voudrais bien faire un voyage à l'étranger maintenant, une amie serait prête à m'accompagner. Mais elle, elle préfère l'Europe, elle veut absolument visiter la Hollande. Moi, je préfère l'Afrique.

Nous avions presque fini la bouteille quand on nous a apporté les spaghettis. J'en ai commandé une autre.

— On va boire deux bouteilles ? a-t-elle dit en ouvrant tout grands ses yeux.

Elle ne buvait pas moins que moi, en réalité. Je crois même que son verre se vidait plus rapidement que le mien. Un pigeon s'était posé sur la chaise libre, à côté du sac à main de Fanny, et nous regardait. Je l'ai chassé en faisant pencher la chaise. Il s'est éloigné posément en marchant sur le gravier. Fanny a regardé une nouvelle fois les branches de l'arbre.

— Pourquoi l'Afrique ?

— Je veux savoir à quoi les gens passent leurs journées, là-bas, j'ai besoin de découvrir une autre façon de vivre. J'ai vu dans un album, chez ton père, qu'il y a de superbes lacs en Afrique. Ça me plairait bien d'être réveillée par le soleil, au bord d'un de ces lacs... Tu ne trouves pas que les tulipes sont des fleurs absolument affreuses ?

Je n'avais pas réussi à joindre Costas au téléphone pour lui demander s'il avait fait l'amour avec elle. Je ne savais pas si je la désirais vraiment. La nuit que j'avais passée avec Stella m'avait fait du bien. Un jeune homme à la peau mate s'est approché de nous, il vendait *La Voix du Kurdistan*. Je lui ai acheté un numéro. Il transportait les revues dans un sac en laine.

— Tu sais avec qui j'aimerais aller en Afrique ? Avec ton père ! Il serait le compagnon de voyage idéal. Mais ce n'est pas possible, bien sûr.

— Tu n'as pas d'ami ?

— Si, mais il a été muté à Patras... Il est inspecteur des impôts. On continue à s'appeler... Ce n'est qu'un copain, bien entendu, ne pense pas à mal.

Le mot *mal* m'a renvoyé des années en arrière, au temps où nous apprenions à distinguer le bien du mal. L'idée que Fanny ne s'était pas détachée de cette époque lointaine m'a accablé. J'ai touché ses pieds, sans le faire exprès. Elle ne les a pas déplacés tout de suite.

— Tout doit te sembler plus étriqué ici, moins bien qu'à Paris, n'est-ce pas ?

— Je juge peut-être les gens plus sévèrement... Je dois les considérer comme des membres de ma famille... Je me sens concerné par leurs actes, leur maladresse me vexe... Le succès de l'extrême droite en Grèce m'humilie, me culpabilise, tandis qu'en France il me fait surtout peur. Les femmes qui battent leurs enfants me dérangent profondément.

— Je te signale que les mères ne battent plus leurs enfants. Elles le faisaient au temps de nos parents. La mère d'aujourd'hui ne bat pas !

Il était clair qu'elle ne supporterait aucune discussion sur le sujet. Elle mangeait un gâteau recouvert de crème chantilly formant de petites vagues. Un chat avait pris place sur une branche de l'arbre, sa queue pendait dans le vide.

— Tu resteras longtemps à Athènes ?

Des gamins de dix, douze ans entraient périodiquement dans la cour du restaurant pour vendre des fleurs. Je lui ai offert un gardénia. Elle a défait le deuxième bouton de son chemisier et a passé la fleur dans la boutonnière. « Nous ferons ou nous ne ferons pas l'amour. » Nous avons été également sollicités par un Serbe, qui parlait le grec. Je lui ai pris une brochure qui dénonçait les tentatives du Vatican pour s'infiltrer dans les Balkans par l'intermédiaire des catholiques croates. Il portait une longue veste marron aux poches surchargées et au col relevé. Il était habillé comme s'il se trouvait à des centaines de kilomètres plus au nord.

— Tu as une copine, toi ?

Je n'ai pas revu Stella après cette nuit-là. Elle ne m'a pas donné son numéro de téléphone, elle vit en ménage avec quelqu'un. À travers les branches de l'arbre j'apercevais le dos d'un immeuble, les cuisines, qui étaient toutes éclairées, et leurs balcons. De temps en temps, une femme en chemise de nuit ou un homme en pyjama sortait sur le balcon.

— Tu n'es pas allé au cimetière ? m'a-t-elle encore demandé.

— Non... J'irai quand ce sera le moment.

« J'irai quand je rentrerai de Jannina et de Delphes », ai-je pensé. Ulysse retrouve sa mère près de l'Achéron, qui sépare le monde des vivants du territoire des morts. Il s'entretient avec elle. Il veut l'embrasser, mais il ne peut pas : sa mère n'est qu'un fantôme. Je demanderai à Costas de m'amener jusqu'à l'Achéron. Le fleuve passe relativement près de Jannina.

Fanny m'a raconté qu'elle avait un jour surpris ma mère en train d'étudier mes dessins :

— C'étaient des dessins découpés dans des journaux. Elle les avait étalés sur le grand lit, en rangs très serrés. Il y en avait énormément. Elle était assise sur une chaise et déplaçait périodiquement une coupure, après mûre réflexion. On aurait dit qu'elle faisait une réussite. Il lui arrivait de décaler une rangée entière pour créer un vide à un endroit précis. Elle m'avait expliqué qu'elle les classait selon ses préférences.

— Est-ce que tu te souviens du dessin qu'elle avait placé en tête ?

Elle ne s'en souvenait pas. J'ai déjà demandé à mon père de me retrouver ces coupures. Je suppose qu'elles sont dans une enveloppe, dans l'ordre où elle les avait mises. Il ne savait pas que ma mère découpait mes dessins, ni même qu'elle les conservait.

— Je croyais qu'elle ne s'intéressait pas particulièrement à mon travail, ai-je dit.

— Tu te trompes.

J'ai imaginé ma mère assise sur la chaise, à côté du lit. J'ai avancé la main pour lui caresser le dos — elle portait la même veste de laine beige que sur la photo — mais je n'ai pas réussi à la toucher. Homère dit que la mère d'Ulysse est « pareille à un songe ».

Elle n'a pas protesté quand j'ai redemandé du vin, j'ai pris cette fois-ci une demi-bouteille.

— Tu veux un autre gâteau ?

— Tu crois ?

Elle n'en a pas repris alors que, visiblement, elle en avait envie. Les lumières des cuisines s'éteignaient une à une. Le chat a marché jusqu'au bout de la branche, il a fait demi-tour, puis il a sauté sur le gravier. Fanny s'est retournée brusquement. Le pigeon aussi a pris peur, il est monté aussitôt sur une autre chaise. Un couple avec deux enfants s'apprêtait à partir.

— J'aimerais me rendre utile à quelque chose, a-t-elle dit. M'occuper d'enfants handicapés, par exemple. Il y a tant de gens qui ont besoin d'aide... J'accepterais de m'installer dans n'importe quel pays lointain, si l'on me donnait l'occasion de faire un travail utile. Je connais bien l'anglais et un peu l'italien. J'ai une certaine expérience des malades... Tu crois que je peux écrire aux ambassades des pays sous-développés pour leur proposer mes services ?

Elle a eu les larmes aux yeux. J'ai essuyé sa joue avec ma main. La famille s'en allait. À ma grande surprise, le père, qui m'était inconnu, m'a salué, s'inclinant respectueusement. Il m'avait pris pour quelqu'un d'autre, car il a dit :

— Bonne soirée, monsieur Léonidas !

Fanny s'est mise à rire alors que les larmes coulaient encore sur ses joues. Je lui ai pris le bras, qui était nu, quand nous sommes sortis du restaurant.

— J'ai bu, a-t-elle dit.

Je l'ai priée de me citer un mot qui commence par epsilon. Elle m'a répondu, sans la moindre hésitation :

— *Elpida*, l'espérance.

Une grosse femme habillée en paysanne nous a accostés. Elle était chargée d'un panier. Elle m'a tiré par la chemise.

— Ça ne va pas, non ? lui ai-je dit méchamment.

— Ne lui parle pas comme ça ! m'a grondé Fanny.

Elle s'est arrêtée, a pris le panier des mains de la femme d'un geste plutôt brutal et a examiné son contenu. Sur le bord du panier étaient accrochés des badges ornés du soleil de Philippe de Macédoine, ce fameux soleil aux rayons inégaux qui flotte sur le drapeau des nouveaux Macédoniens. À l'intérieur, il y avait des conserves de caviar russe, des petits drapeaux triangulaires aux couleurs du club de football des Grecs de Constantinople, des mouchoirs en papier, de grosses boîtes d'allumettes, des crayons-feutres, des billes dans de minuscules filets, des aspirines. Fanny a pris une boîte d'aspirines.

— C'est une Gréco-Russe, m'a-t-elle renseigné après que la dame se fut éloignée.

Nous avons poursuivi notre chemin. J'ai voulu reprendre son bras, mais elle s'est dégagée.

— La vie n'est pas du tout facile pour les immigrés d'Albanie, de Pologne et de Russie qui se sont réfugiés chez nous ces dernières années. Ils se font exploiter par les entreprises du bâtiment, qui les paient mal ou pas du tout. Ils n'ont aucun recours, la majorité d'entre eux sont entrés clandestinement en Grèce.

Ils seraient cinq cent mille et représenteraient cinq pour cent de la population.

— J'ai vu des réfugiés sur une place, à Thessalonique. Je ne pense pas que c'étaient des clandestins. J'étais avec une amie photographe. Ils n'ont pas voulu se laisser prendre en photo. Ils désavouaient leur image.

— Il est tard, a-t-elle dit.

Nous étions devant la porte de mon immeuble.

— Reste.

Elle m'a considéré gravement pendant quelques instants.

— Bon.

Nous nous sommes couchés.

— Tu fumes beaucoup, a-t-elle remarqué.

Elle a fermé les yeux. Elle n'avait retiré que ses chaussures. Les deux portes-fenêtres étaient ouvertes. Un petit vent s'était levé, j'entendais le bruissement des feuilles du laurier. Elle a ouvert les yeux et a regardé vers le jardin.

— Tu ne veux pas éteindre la lumière ?

Avant d'éteindre la lampe du bureau, j'ai jeté un coup d'œil à la dernière page de mon manuscrit : j'avais commencé à raconter ma rencontre avec Éléni au Titanic.

J'ai retiré le gardénia de son chemisier et je l'ai posé sur l'oreiller, à côté de sa tête. Ses bras étaient tendus le long de son corps. Elle ne faisait pas le moindre mouvement. Tous ses muscles étaient tendus. J'avais l'impression de caresser une statue. Elle respirait lourdement.

— Qu'est-ce que tu as ?

« Je n'aurais pas dû lui dire de rester », ai-je pensé. À un moment, elle a attrapé mon poignet avec force.

— Arrête.

Elle s'est assise sur le lit en posant les pieds par terre.

— Je vais m'en aller.

— Nous pourrions nous asseoir sur la terrasse.

Nous nous sommes assis sur la terrasse. Je lui ai apporté de l'eau. Je n'avais allumé aucune lumière. Sa respiration était redevenue normale.

— Ça ne m'est jamais arrivé.

Je n'ai rien dit.

— Jamais, a-t-elle répété. Tu comprends ?

Elle m'a demandé de tirer une bouffée de ma pipe. Le ciel avait la même couleur rouille qu'il a toujours la nuit, au-dessus des villes.

— J'attendais l'occasion idéale, l'homme idéal... J'ai appris à attendre. Insensiblement, la question a cessé de me préoccuper... J'y pensais bien sûr, mais comme à un problème secondaire. « Je réglerai ça à un moment ou un autre », me disais-je... J'avais toujours des choses plus urgentes à faire. Je ne suis pas malheureuse... Les autres pensent que j'ai manqué de chance... J'aimerais vieillir vite pour qu'ils arrêtent de me plaindre, de m'interroger, « Alors, quand est-ce que tu vas te marier ? ». Je ne supporte pas leur compassion... Je ne regrette pas d'avoir consacré ma vie à mon père. Il n'aurait pas pu vivre sans moi... C'était comme un enfant... On n'abandonne pas un enfant, n'est-ce pas ? Je ne suis pas mécontente de n'avoir pas pris davantage soin de moi, de ne pas avoir eu de vie propre, de n'avoir rien.

Je distinguais assez bien son visage. Je l'ai vue sourire. Elle est venue s'asseoir sur mes genoux, a posé le front sur mon épaule. Je lui ai caressé le dos. J'ai vu un tas de chauves-souris passer dans le ciel. « C'est donc à cette heure-ci que rentrent les chauves-souris. » Je me suis souvenu de l'oiseau qui m'avait ennuyé dans la rue en volant tout près de ma gorge. « C'était un messager... Il m'a apporté, avec beaucoup de retard, une mauvaise nouvelle que je connaissais déjà. »

Pim verse de l'eau dans le système de refroidissement d'une Chevrolet bleu ciel. Il travaille dans une station-service, à quelques kilomètres de la ligne de chemin de fer qui traverse les États-Unis. Un type énorme, gros et fort, est en train de l'observer. Il porte un maillot de corps crasseux. Ses mains sont noires. Le canon d'un revolver dépasse d'un trou de son pantalon.

Bill-le-dégonflé suit la scène de son bureau, situé derrière les pompes à essence. Il pressent l'incident et baisse en vitesse les stores. Sa femme, une Irlandaise osseuse, est plus courageuse que lui. Elle tente de protéger Pim, mais le gros lui assène un violent coup sur le crâne avec la crosse de son revolver. Elle s'évanouit. Pim est obligé de suivre l'homme jusqu'à la voie ferrée où il découvre avec effroi le travail qui l'attend.

Ainsi commence le dernier épisode de l'histoire que mon père raconte aux dames de son quartier, tous les mercredis après-midi. Fanny a eu la gentillesse de me le répéter. Elle l'a fait avec un humour que je ne lui connaissais pas. « Elle imite mon père », ai-je pensé. Nous sommes restés très tard sur la terrasse, si tard que nous avons encore eu faim. Nous avons mangé des yaourts. Je n'avais rien d'autre dans le frigo.

Le gros est un bagnard qui a pris l'engagement, pour racheter le reste de sa peine, de frotter au Miror la moitié de la voie ferrée des États-Unis, de l'Atlantique à Santa Fe. L'autre moitié, du Pacifique à Santa Fe, est astiquée pendant le même temps par un autre bagnard. Il ne fait pas de doute que Santa Fe se trouve, dans l'esprit de mon père, au milieu de la voie ferrée. Le contrat qui lie les deux bagnards avec les autorités judiciaires prévoit que celui qui arrivera le premier dans cette ville gagnera, en dehors de sa liberté, un ranch dans la banlieue de Salt Lake City, avec cinquante vaches et dix bisons.

C'est Pim qui fait maintenant le boulot à la place du gros. Ils sont en plein désert. La chaleur est suffocante. Haut dans le ciel, un vautour décrit des cercles inquiétants. Pim s'active sans discontinuer. Il étale bien le Miror avec un chiffon, il attend qu'il agisse et, une fois sec — il ne tarde pas à sécher —, il fait briller les rails avec un autre tissu, en laine. Le fer nettoyé étincelle comme un rayon de soleil. Pendant ce temps, le gros, assis par terre, le dos appuyé sur le baril qui contient le Miror, siffle un air monotone qu'il a appris au bagne. Il rêve du ranch avec les cinquante vaches et les dix bisons. Loin, très loin, derrière un rideau de brume, il aperçoit les premières maisons de Santa Fe.

Toute la population se trouve réunie sur le quai de la petite gare. Il y a là des hommes à rouflaquettes et chapeaux melon, des dames à longues robes blanches, des enfants indisciplinés au visage marqué de taches de rousseur. La femme de Bill-le-dégonflé est également présente. On la reconnaît aisément grâce à l'énorme coton qu'elle s'est fixé sur la tête avec du sparadrap. Elle est au courant des malheurs de Pim, car elle murmure continuellement :

— Pauvre Pim... Pauvre enfant...

La foule regarde tantôt à droite, tantôt à gauche, attendant l'arrivée des deux bagnards. Ils apparaissent au même moment, à quatre pattes entre les rails, qu'ils frottent comme des possédés. Le point qu'ils doivent atteindre est marqué sur la voie à la peinture rouge.

Le gros a pris la place de Pim à l'entrée de la ville.

— Tu ne bougeras pas d'ici, lui a-t-il dit.

Pim est certain que, s'il essaie de s'échapper, le gros le tuera tôt ou tard. Il s'est assis sur une pierre et examine ses mains ensanglantées. Quand il tourne les yeux vers le ciel, comme pour adresser une prière à l'univers, il voit le vautour qui vole toujours plus bas.

Les deux bagnards ne sont plus qu'à un mètre de la ligne rouge. Un mètre seulement les sépare du ranch avec les cinquante vaches et les dix bisons. Ils prennent une profonde inspiration et c'est alors que, pour la première fois, ils se dévisagent. Le gros reconnaît l'homme qui l'avait trahi, son ancien complice. Il sort le revolver de sa poche à une vitesse foudroyante et tire. Mais l'autre tire aussi, presque simultanément. Les deux hommes tombent entre les rails, morts.

Mon père prétend que la voie ferrée des États-Unis qui relie les deux océans, et brille sur toute sa longueur, comporte un minuscule tronçon, de deux mètres environ, qui n'a jamais été astiqué. Il est situé à l'intérieur de la gare de Santa Fe.

J'ai été un peu jaloux des dames du quartier, en prenant connaissance du récit.

— Je ne comprends pas pourquoi il ne nous racontait pas d'histoires quand nous étions enfants.

— Il pensait peut-être que vous n'étiez pas encore en mesure de les apprécier.

Je me suis souvenu que le héros des *Grandes Espérances*, de Dickens, s'appelle Pip. Il me semble qu'il y a deux bagnards dans ce roman, qui se livrent un combat sans merci. Je me suis souvenu aussi d'une vieille dame vêtue d'une robe de mariée en lambeaux.

— L'épisode se termine à la gare de Santa Fe ?

— Non. Pim entend les deux coups de feu et devine qu'il est libre. Il ne veut pas retourner à la station-service, il ne veut voir personne d'ailleurs. Il décide de traverser le désert à pied en se dirigeant vers le sud, où il a entendu dire qu'il y a un lac. Le vautour est devenu son ami. Il vole au-dessus de sa tête pour lui faire de l'ombre. Malheureusement, au bord du lac, il est attendu par l'homme à la Chevrolet bleu ciel. J'ai le pressentiment que celui-ci agit pour le compte des parents adoptifs de Pim, qui sont d'affreux forains new-yorkais, mais je ne suis pas sûre. Ton père nous le dira mercredi prochain. Nous attendons avec impatience le mercredi, pour connaître la suite. Aucun feuilleton télévisé ne nous amuse autant que l'histoire de Pim.

J'ai découvert que mon père a une sorte de talent. Je m'imaginais qu'il racontait un peu n'importe quoi, n'importe comment. Je ne pensais pas que ses histoires étaient aussi bien construites, avec un commencement et une fin, aussi travaillées. « Il doit les élaborer durant toute la semaine », ai-je pensé. Je le sous-estimais, comme le sous-estimait ma mère. J'ai beaucoup regretté qu'elle n'ait jamais eu l'occasion de changer d'opinion.

Avant de m'endormir, j'ai essayé de me souvenir d'un de ses contes à elle. Ce n'étaient pas des histoires improvisées, elle les avait entendues dans son enfance. Le personnage central était plus souvent une fille qu'un garçon. Je me suis vite assoupi.

J'ai dormi profondément. Je me suis réveillé avec le gardénia collé sur la joue.

Mon père a trouvé dans une boîte à bonbons les dessins que conservait ma mère. Je lui ai demandé de me décrire le premier d'entre eux.

— Ils sont là-haut, a-t-il dit.

Il a posé le téléphone sur le coffre. J'ai entendu ses pas dans l'escalier. Il montait lentement. Parfois j'ai l'impression qu'il a vieilli, et parfois qu'il est plus jeune que moi.

— Cela représente un cercle et un carré, a-t-il dit.

— Ça va, je vois.

C'est un des tout premiers dessins que j'ai publiés à Paris.

— Le carré, a poursuivi mon père comme s'il n'était pas sûr que je voyais, déclare au cercle : « Je ne te comprends pas. »

Il s'est tu un instant, puis il a ajouté :

— C'est amusant.

Il m'a annoncé qu'il allait passer une semaine sur l'île de Tinos, dans la maison d'une voisine.

— Elle a invité toute la bande, Anna, Fanny, Mme Soussoula… On va rire !

Il compte aller à l'église de la Vierge.

— Je leur demanderai de dire une messe pour maman.

Il l'appelle plus volontiers « maman » que Marika, comme si elle avait été pour lui principalement la mère de ses enfants. Peut-être devrais-je visiter moi aussi cette île, pour compléter l'idée que j'ai commencé à me faire de Delphes. La Pythie n'était certainement pas moins populaire que ne l'est aujourd'hui la Vierge de Tinos. Les milliers de pèlerins qui se rassemblent dans l'île chaque été donnent probablement un aperçu de l'ambiance qui régnait au sanctuaire à la même période de l'année. Je sais que le commerce fleurit à Tinos, comme il fleurissait à Delphes. Les ex-voto d'aujourd'hui sont sans doute plus discrets que les offrandes antiques, mais ils ont, eux aussi, une valeur inestimable. Les deux sanctuaires possèdent une source aux propriétés surnaturelles. La Vierge n'a pas accompli de miracle depuis plusieurs années, mais cela n'ébranle pas la foi des fidèles. Ils lui pardonnent cette faiblesse, de la même façon que leurs ancêtres excusaient la Pythie quand elle se trompait dans ses appréciations ou, pis encore, quand elle flattait les envahisseurs perses. Certes, Tinos n'offre pas la possibilité de converser avec Dieu. La Vierge se contente d'écouter.

— Je prendrai quelques bains de mer, a-t-il dit. Le médecin me les a recommandés pour mes rhumatismes.

Il a fini de remplacer ses dents, il ne se cache plus pour parler. Je lui ai demandé s'il pensait avoir besoin, pour son récit, d'un nom d'Indienne d'Amazonie.

— Vas-y, a-t-il dit.

— Rava Noora, cela veut dire « qui-attrape-les-colibris ». C'est un nom qui convient à une fille vive et rapide. Elle peut faire partie de la tribu des Cashinahuas, des hommes chauves-souris. Ils habitent près d'un affluent de l'Amazone, au Pérou.

— Ce sont des gens gentils ?

— Je pense. Ils n'aiment pas le rouge. C'est la couleur de la mort.

— Comment es-tu au courant de tout cela, toi ?

J'ai vu les Carrier en train d'ouvrir l'enveloppe contenant les boucles d'oreilles de Rava Noora, teintes en rouge. Ont-ils été émus ? Impossible qu'ils ne l'aient pas été.


Je n'écris que le matin, pendant deux ou trois heures. Je passe le reste de la journée à me promener, à bavarder ou à me reposer au soleil en fermant les yeux. Paris me paraît si lointain que je doute d'y avoir jamais vécu. J'ai du mal à croire que *Le Miroir de l'Europe* est un journal bien réel. Je n'ai plus le sentiment, en ouvrant la porte de mon appartement, de pénétrer dans un lieu étranger. Il y a partout des traces de ma présence. Il y a également les traces de ceux qui m'ont rendu visite. L'endroit a enregistré leurs voix, certains de leurs gestes. Quand je sors sur la terrasse, je retrouve Fanny. Stella a oublié un bracelet dans la salle de bains. J'ai enfin chargé

Élias de repeindre l'appartement, je lui ai donné les clés et un peu d'argent. Il commencera le travail après mon départ. C'est le 17 juillet aujourd'hui. Je ne vais pas tarder à partir.

Athènes a retrouvé ses dimensions véritables. Je pensais souvent à elle, mais au fil des années son image s'estompait. Elle ressemblait de plus en plus à une aquarelle nébuleuse où les maisons ne formaient plus qu'un amas indistinct. Elle se réduisait, d'année en année, et sa population diminuait en conséquence. Au cours des rares voyages que je faisais ici, je ne voyais que mes parents et quelques amis. La ville avait pris les dimensions d'un village, presque inhabité.

Je la connais un peu mieux maintenant. Je me suis habitué à elle. Je vais toujours au même café, vers midi, et ensuite au même restaurant. Je connais les serveurs et plusieurs clients. Le marchand de légumes et l'épicier du quartier ont appris, je ne sais pas comment, mon nom. L'homme qui tient le kiosque du quartier s'appelle Marcos. Un dimanche matin, à l'aube, alors que je rentrais à la maison, j'ai entendu quelqu'un chanter un air épirote triste. Sa voix était si belle que je suis resté immobile jusqu'à la fin de la chanson. Je ne voyais pas d'où venait la voix. Tout était fermé et j'étais seul dans la rue. Nettement plus loin, en passant devant le kiosque, j'ai vu un homme relativement jeune à l'intérieur, au visage maigre et à la moustache clairsemée.

— C'est vous qui chantiez ?

Il m'a dit « Oui », en souriant timidement. Nous avons engagé la conversation. Il s'appelle donc Marcos.

Je sais où on vend du bois au détail — j'ai acheté une planche pour faire une étagère au-dessus du frigidaire —, du résiné en vrac, du fromage de brebis. J'ai localisé les bonnes librairies, les magasins spécialisés dans les articles de dessin, les échoppes où on trouve les meilleures brochettes. J'ai visité une vingtaine de bars — certains plusieurs fois. Je sais qu'il y a un petit restaurant au milieu du port de plaisance d'Alimos, fréquenté par les propriétaires des yachts et les marins. C'est Pénélope qui me l'a fait découvrir.

Je suis déconcerté par ma sociabilité. Je ne suis pas habitué à ce genre de vie, je ne vois que très peu de personnes à Paris. Qu'est-ce que j'attends des autres, exactement ? Peut-être qu'ils m'apprennent des choses que j'ignore. Je me sens de plus en plus séduit par la vie d'Athènes. Les relations que je noue me donnent la sensation réconfortante que je suis accepté par la société athénienne, qu'elle ne me considère pas comme un intrus. Il est vrai aussi que cette façon de vivre me divertit. Elle me permet de me dérober à mes propres pensées. Je me demande par moments si j'écoute les autres pour m'informer ou parce que je cherche à oublier. Mes pensées restent suspendues entre ce que j'entends et ce que je tais.

Nous sommes allés à Alimos avec sa voiture. Elle conduisait vite et calmement. Je lui ai avoué que j'avais été agacé par la remarque qu'elle avait faite à Stamata à propos des cendres de ma pipe. Elle se souvenait très bien de l'incident.

— J'ai eu des regrets après, a-t-elle dit. J'en ai parlé à mon conseiller spirituel.

Je n'ai pas compris qu'il s'agissait d'un pope. Ses cheveux étaient attachés par un ruban. Elle portait de petites boucles d'oreilles en or, de forme carrée. Elle m'a parlé des incendies qui, tous les étés, ravagent le paysage grec.

— Ils sont provoqués habituellement par des propriétaires qui possèdent une part de forêt. Ils ne peuvent pas bâtir tant que la zone est considérée comme forestière. Ils brûlent des milliers d'hectares pour construire leur villa, tu te rends compte ?

Sa voix a retrouvé un instant l'aigreur qu'elle avait eue alors.

— Nous sommes cupides, a-t-elle poursuivi. Nous pillons notre patrimoine. Nous dévorons notre propre chair.

Je me suis souvenu que Caradzoglou aussi avait employé le mot « cupidité ». « Nous avons le regard fiévreux des chercheurs d'or », avait-il dit.

Il nous a fallu quelque temps pour trouver le restaurant. Nous avons marché le long de jetées étroites. Les mâts des voiliers formaient autour de nous une forêt complètement nue. C'était une nuit de pleine lune. J'étais assez optimiste quant à l'évolution de la soirée, je pensais qu'elle aurait un aboutissement plus heureux que ma sortie avec Fanny. Le local était faiblement éclairé et décoré de bouées, de filets de pêche et de petites ancres de cuivre. Nous nous sommes installés dans un coin, devant une baie vitrée dans laquelle nous pouvions voir le patron qui téléphonait sans arrêt derrière le comptoir et, beaucoup plus loin, les mâts des bateaux qui se balançaient mollement. Elle m'a demandé de la dessiner. Je lui ai dit que j'avais fait un portrait imaginaire d'elle à Stamata. Je me suis servi d'un bloc-notes publicitaire que m'a prêté le patron. J'ai coloré ses joues de deux gouttes de vin.

Il semble que certains marchands et critiques d'art contestent l'authenticité du tableau du Greco représentant saint Pierre que compte acheter le ministère de la Culture.

— L'affaire a été déclenchée par un peintre qui brigue le poste de Stathopoulou. Il a, en fait, abandonné la peinture, ses œuvres ne se vendent plus. Il a porté ailleurs ses ambitions.

— Qu'est-ce qu'il pense du tableau, Théodoris ?

— Il n'a pas d'opinion sur son authenticité, je sais seulement qu'il ne le trouve pas très réussi.

Que fera-t-elle, quand elle aura terminé les Beaux-Arts ? La céramique, qu'elle a principalement étudiée, ne la passionne plus.

— Théodoris soutient qu'un objet usuel, aussi beau soit-il, ne peut pas provoquer l'émotion que suscite une œuvre d'art. « Je n'ai jamais eu les larmes aux yeux en regardant un vase, une assiette, une table », dit-il. En ce qui me concerne, je n'ai été vraiment émue qu'une seule fois, au musée byzantin.

Pénélope a vingt-sept ans. L'avenir ne la préoccupe pas, son père a de l'argent. Elle a travaillé pendant quelques années dans le cinéma, avec des amis réalisateurs.

— Je veux oublier cette période, a-t-elle dit. Elle m'a fait beaucoup de mal.

Je lui ai caressé les seins.

— Ne sois pas pressé.

J'ai pensé à Ilona. « Je la retrouverai un jour dans le duty free de l'aéroport d'Ottawa. Nous prendrons un café. Nous serons sur le point de partir, elle pour la Belgique et moi pour New York. Nous nous souviendrons du temps où nous étudiions à la bibliothèque de l'École. Je lui confesserai que je regardais sa poitrine. Je lui rappellerai la figue épluchée qu'elle m'avait offerte. Elle me parlera du texte qu'elle écrivait à l'époque. J'apprendrai enfin comment est mort

Alexandre le Grand. Il est peut-être tombé de son cheval. »

Nous avons quitté le restaurant vers minuit. Elle a dénoué ses cheveux et les a secoués. Nous nous sommes promenés sur les jetées. Elle est montée sur un cordage enroulé. La lune illuminait le contour de sa chevelure.

— Moi aussi je veux faire l'amour, mais seulement quand nous serons mariés.

« Elle plaisante », ai-je pensé. Elle ne plaisantait pas. Elle veut se marier et avoir des enfants. Elle a eu énormément d'aventures quand elle travaillait dans le cinéma.

— Tu ne peux pas t'imaginer avec combien de types j'ai couché. J'ai été dégoûtée de moi-même, des hommes et du cinéma.

C'est alors qu'elle a rencontré son conseiller spirituel, un vieux pope qui comprend très bien les jeunes, en particulier les marginaux, les drogués. Elle a parlé avec lui toute une nuit, dans l'église de sa paroisse.

— Il n'a pas allumé les lumières, uniquement quelques cierges. Il se levait toutes les demi-heures pour remplacer les cierges consumés.

Elle lui a raconté toute sa vie, toutes ses amours. Il l'a aidée à réaliser qu'elle était victime d'une société matérialiste et d'une culture importée, tout à fait incompatible avec la sensibilité grecque.

Je me suis souvenu d'un essai sur la religion des anciens Grecs, lu à l'École d'archéologie,

qui évoque l'existence d'un temple dédié au
« dieu inconnu ». Saint Paul a fait des commentaires ironiques sur ce temple : il ne comprenait pas comment une religion pouvait envisager l'existence d'autres dieux que les siens. Celle qu'il enseignait lui-même n'encourageait pas les conjectures.

Nous nous étions installés sur le cordage. Nous avons vu un couple passer et monter sur un yacht. Quelques instants plus tard, un hublot s'est éclairé, ajoutant au paysage une seconde petite lune.

— Les icônes me regardaient avec pitié. J'étais convaincue qu'elles me connaissaient depuis mon enfance. J'ai ressenti un immense soulagement, cette nuit-là. J'avais toujours cru en Dieu, mais c'était la première fois qu'il me parlait. Sa voix était amicale, paisible, douce. Au petit matin, en quittant l'église, j'ai eu la conviction que je m'étais retrouvée.

Nous avons très peu parlé dans la voiture, en rentrant à Athènes. J'ai essayé de comprendre l'intérêt que portent à l'orthodoxie beaucoup de gens autour de moi, même d'anciens communistes. Exprime-t-il le besoin de défendre l'identité nationale ? Le refus d'un système qui, comme dirait Véronique Carrier, ne tient pas suffisamment compte des besoins essentiels de l'homme ? La plupart des intellectuels que je rencontre sont allés deux ou trois fois au mont Athos. Espèrent-ils trouver là le modèle d'une vie communautaire ? « Il faudra que je m'entretienne avec certains d'entre eux, si la question m'intéresse vraiment. »

— Tu ne veux pas qu'on aille ensemble à l'église, dimanche prochain ? m'a-t-elle demandé.

— Je serai sûrement parti dimanche.

J'ai pensé à noter le mot *ecclissia*, église, dans mon cahier.

— On ira quand tu reviendras. Il faut que tu connaisses mon conseiller spirituel. Il a une immense culture et un esprit très ouvert.

J'ai pris un bain en rentrant à la maison. J'ai entendu le vieux tousser. Il toussait continuellement, de plus en plus fort, on aurait dit qu'il poussait des cris de détresse. Devais-je aller frapper à sa porte, alerter un médecin, appeler le 166 ? Au bout d'un moment, une voix de femme a dit sévèrement :

— Tais-toi à la fin !

Un peu plus tard, le vieux s'est tu. Je suis entré tout doucement dans la baignoire, l'eau était brûlante. Elle avait la même couleur bleutée que les vitres, quand on les regarde sous un certain angle.


Le lendemain j'ai pensé que je n'avais plus aucune raison de prolonger mon séjour à Athènes. « J'ai visité suffisamment d'endroits, j'ai suffisamment regardé les trottoirs. » Je suis d'abord passé par les bureaux d'Olympic, j'ai réservé un billet pour Jannina, ensuite je suis allé à l'École française. Je me suis rendu compte, en remontant la rue Didotos, que le silence de la bibliothèque m'avait manqué. Je n'ai pas trouvé François, il est à Délos avec une équipe d'archéologues. Je suis descendu au sous-sol. Il n'y avait personne à ma place. La place d'Ilona était vide aussi. J'ai pris au hasard un des volumes à reliure bordeaux, qui rendent compte des découvertes faites pendant les fouilles de Delphes. Il datait de 1927. Il me réservait une surprise de taille. Je savais qu'aucun des deux omphalos trouvés à Delphes n'était vraiment très ancien. L'omphalos est donc cette pierre arrondie qui symbolise le nombril du monde. Ceux qui ont été découverts sont respectivement en calcaire gris et en marbre, et sont considérés comme des copies. J'ignorais que l'omphalos authentique avait été découvert lui aussi, en 1913. Il s'agit d'une pierre de poros, grossièrement taillée, de forme conique, haute de trente centimètres environ. Cette trouvaille, qui a fait sensation au début du siècle, ne m'aurait pas ému outre mesure si l'on ne voyait, gravé sur la pierre, orienté vers le bas, un epsilon. C'est un E maladroit, qui m'a paru infiniment plus beau que celui reproduit sur les monnaies de l'époque romaine. Je l'ai trouvé également plus vivant, peut-être parce que, penché comme il est, il a l'air d'un animal à trois pattes. À côté de l'epsilon, on voit les lettres gamma et alpha, qui forment le nom de la déesse Terre, Ga, la toute première maîtresse du sanctuaire. Ces lettres non plus ne sont pas très bien tracées. Le gamma (Γ) est légèrement courbé, rappelant un peu le lambda (Λ). On a l'impression que l'inscription date de l'époque où l'alphabet était encore à l'essai. J'ai regardé la photo de l'omphalos archaïque et le dessin, d'une précision photographique, qui le reproduit, avec l'attention que j'avais prêtée à Antinoüs. J'ai demandé qu'on me fasse une photocopie des deux images. « Je garderai sur moi ces photocopies. Je les regarderai, de temps en temps, comme on relit une lettre d'amour. » Je n'avais envie de lire rien d'autre sur Delphes.

Il était encore tôt. J'ai visité d'autres départements de la bibliothèque, examiné le dos des volumes. Les lecteurs sont tenus de laisser à la place de l'ouvrage qu'ils empruntent un carton portant leur nom. J'ai appris que ces cartons, qui signalent l'absence d'un livre, on les nomme en français des « fantômes ». Il y avait pas mal de fantômes entre les livres. J'ai ouvert l'*Alexiade* pour me renseigner sur la lutte pour la succession de l'empereur Alexis I$^{er}$ qui a opposé ses enfants Anna et Jean. Selon l'auteur de la préface, elle s'est jouée en deux actes. Dans le premier, Anna a tenté d'assassiner Jean avec l'accord de leur mère Irène. Dans le second, Jean s'est présenté devant le patriarche pour lui annoncer la mort de son père et se faire couronner empereur. Or, Alexis était encore en vie. Anna et Irène l'ont mis au courant de l'inqualifiable initiative de Jean, mais Alexis n'a pas réagi : il avait la même faiblesse pour son fils qu'Irène pour sa fille. Anna, l'auteur de l'*Alexiade*, n'appréciait guère la langue de son époque, le grec vulgaire du XII$^e$ siècle. Elle la jugeait de la même façon que mes professeurs considéraient le grec moderne, comme une langue de série B, incapable d'exprimer des pensées élevées. Quand elle dit qu'elle est amoureuse de la langue, elle songe à l'ancien dialecte attique. C'est dans cette langue qu'elle a essayé de s'exprimer. Son style est ampoulé et il paraît qu'elle commet beaucoup de fautes.

J'ai consulté aussi le *Trésor de la langue grecque* d'Henri Estienne, réédité par Firmin Didot — notre Didotos — au début du XIX$^e$ siècle. Je l'ai ouvert à la lettre E. Celle-ci est encadrée par une gravure qui représente un homme sur le point de rendre l'âme. Il est dans son lit, la tête rejetée en arrière. Une religieuse s'occupe de lui, alors que trois hommes l'observent. Pourquoi l'epsilon est-il accompagné d'un si triste tableau ? Dois-je supposer qu'il est inspiré par le mot *étimothanatos*, moribond ? L'homme a le torse nu, sa poitrine est gonflée comme s'il prenait une profonde inspiration. Faut-il croire que ses lèvres entrouvertes laissent échapper l'antique interjection *é é* qui exprime la douleur ou la tristesse ? Il donne en tout cas l'impression de souffrir.


Je n'ai vu qu'une seule fois ma mère en rêve depuis sa mort. Elle était assise dans son lit, le dos appuyé sur une montagne d'oreillers. Du sang coulait de ses yeux, deux grosses larmes rouges qui glissaient sur ses joues. Ce n'est pas la couleur de ses larmes qui m'a le plus troublé, mais le fait qu'elle pleurait après sa mort. Je savais parfaitement qu'elle était morte. Son visage était serein et ses yeux fermés. Mon père aussi était là, assis au coin du lit, recourbé. La pièce était relativement sombre. Je me suis approché de ma mère pour mieux voir son visage : elle avait ouvert les yeux, elle aussi me regardait. J'ai aussitôt pensé à la famille, à tous les gens à qui j'avais annoncé son décès. Il fallait naturellement les rappeler pour leur dire que ma mère était revenue à la vie. « Et si elle meurt encore une fois, dans les minutes qui viennent ? ai-je pensé. Ils finiront par ne plus me croire, si je les appelle pour leur dire tantôt qu'elle est morte et tantôt qu'elle est en vie. » J'ai décidé d'attendre un peu. Ses yeux étaient restés ouverts. La pénombre obscurcissait leur couleur, les faisait paraître presque noirs. J'avais le sentiment qu'elle faisait un petit effort pour me voir, comme si je me trouvais à quelque distance.

« Ma mère me regarde de loin. » Je n'ai pas essuyé ses larmes pour ne pas l'inquiéter. Je ne savais pas si elle avait conscience qu'elle pleurait. D'ailleurs, les deux larmes rouges avaient cessé de couler, elles s'étaient arrêtées près de sa bouche. Je me suis mis à genoux sur le lit, je l'ai prise sous les aisselles en la tirant doucement vers moi. Je l'ai aidée à poser les pieds par terre, puis à se mettre debout. Je la tenais d'une main par le bras, de l'autre par la taille. J'étais désormais sûr qu'elle était vivante. « J'appellerai la famille. » Mon père n'avait pas changé de position et restait muet comme si rien de ce qui se passait à côté de lui n'avait retenu son attention. J'ai traversé la pièce avec ma mère. Nous nous sommes arrêtés devant la fenêtre. Le soleil se couchait ou venait juste de disparaître. Le ciel était orange.

— C'est beau, n'est-ce pas ? ai-je dit.

Elle a acquiescé en inclinant la tête. J'ai essayé de me souvenir de la date, je tenais à savoir quel jour ma mère était revenue à elle. Cette date me paraissait aussi importante que celle de son décès.

— On est le 6 février aujourd'hui, je crois, ai-je murmuré.

— Non, le 8, m'a-t-elle corrigé.

Son assurance m'a étonné. J'ai pensé qu'elle avait probablement raison. Elle regardait le jardin devant la maison. Les abricotiers n'avaient pas une seule feuille. La terre était grasse et les dalles marron de la terrasse luisaient comme s'il venait de pleuvoir.

— Deux petits oiseaux ! a-t-elle dit.

Elle a prononcé ces mots avec la même satisfaction et la même difficulté qu'un enfant qui apprend à articuler. J'ai vu les deux oiseaux, ils se tenaient sur la grille qui entoure la terrasse. L'un s'est posé sur les dalles. L'autre l'a suivi quelques instants plus tard. Ma mère les observait avec sympathie. Son visage était toujours très calme.

Le lendemain soir je me suis couché avec l'espoir que je la verrais à nouveau. Je me suis réveillé à six heures du matin sans avoir fait de rêve. J'ai tenté de dormir encore un peu, sans y parvenir. Je ne l'ai revue ni cette nuit-là ni aucune autre. J'ai bien peur que ma mère ne se soit définitivement retirée de mes rêves.


La même photo en couleurs qui se trouve chez mon père est accrochée à Jannina au mur de la pharmacie de Costas et de Vasso. Au-dessous, sur une étagère, il y a un vase avec des fleurs.

— Costas les remplace tous les jours, dit Vasso. Quand il part en voyage, il m'appelle quotidiennement pour s'assurer que je n'ai pas oublié de les changer.

Je regarde la fumée de la cigarette qui monte parallèlement au bras gauche de ma mère. J'ai aussi une photo d'elle chez moi, sur la bibliothèque, une petite photo en noir et blanc aux contours dentelés. Elle a une trentaine d'années sur cette photo et moi quatre ou cinq ans. Elle me tient par la main. Nous traversons une place.

Vasso est habillée d'une blouse blanche. Elle est debout derrière le bureau, elle n'a pas le temps de s'asseoir, de nouveaux clients entrent sans arrêt. C'est un bureau en bois peint en gris. Le dessus est entouré sur trois côtés par de petites colonnes qui forment une sorte de balcon. Les rayonnages, les placards et la cloison qui sépare l'officine de la réserve sont également en bois gris. Ni Vasso ni Costas n'ont jugé utile de moderniser la pharmacie. Ils l'ont laissée telle qu'elle était au temps du père de Vasso. Ils ont conservé une série de bocaux en verre fumé, portant des noms latins sur des étiquettes bleues.

Costas est depuis le matin chez l'imprimeur. Il prépare le nouveau numéro de sa revue. Dans un coin de la pharmacie, derrière le tourniquet des aliments pour bébés, sont empilés les vieux numéros d'*Épirotika*. C'est d'ici que se fait la distribution de la revue, ici que Costas reçoit ses collaborateurs et diverses vieilles dames qui lui racontent des histoires du passé. Cette agitation permanente ne semble pas déranger Vasso. Je ne l'ai jamais entendue se plaindre, pas même du poids financier que représente la revue, qui absorbe les bénéfices de la pharmacie. Elle aime suffisamment Costas pour partager ses passions.

Je n'ai pas encore vu mon frère. Il a envoyé Vasso à l'aéroport pour m'accueillir. Le brouillard a considérablement retardé notre atterrissage. Nous faisions des tours au-dessus de la ville et au-dessus du lac, sans apercevoir ni l'une ni l'autre. Un bref instant, j'ai entrevu le toit de tuiles d'un immeuble. À Athènes, où il pleut moins, les immeubles se terminent en terrasse. C'est ma troisième visite à Jannina et j'ai bien peur de ne pas réussir cette fois encore à voir la ville. Elle était plongée dans le même brouillard lors de mes précédents voyages. Vasso ne sait pas s'il est dû au lac, à l'altitude de la ville ou aux montagnes qui l'encerclent. La plus haute s'appelle Mitsikéli. J'espère que Costas réussira à me trouver l'étymologie de ce nom. Je lui ai déjà posé plusieurs fois la question.

Nous sommes d'abord allés chez eux, près du lac. Je dormirai sur le canapé, dans le bureau de Costas. Léna, leur fille, n'était pas là, mais j'ai vu sa photo. J'ai eu du mal à la reconnaître, à cause de son maquillage et de ses cheveux courts.

— Elle sort tous les soirs avec une bande de copains, dit Vasso. Costas ne veut pas la contrarier, « Laisse-la, dit-il, elle est en vacances ». Mais elle sort autant en hiver ! Elle ne travaille pas. Elle a été à deux doigts de redoubler son année.

Ils lui ont donné le nom de ses deux grand-mères, Maria au lieu de Marika et Éléni. Mais personne ne l'appelle Maria-Éléni, le premier nom s'est effacé.

— Elle a des relations avec un garçon ?

— Tu veux dire des relations avancées ? dit Vasso en me faisant les gros yeux. Quand même pas !

Elle soupçonne cependant qu'il s'est passé quelque chose la nuit du Jour de l'An. Léna est rentrée à la maison aux aurores. Elle riait.

— J'ai cru qu'elle était ivre, mais elle n'avait pas bu. Elle n'avait pas l'air d'avoir passé une nuit blanche, son visage était éclatant ! Et elle riait ! Tout ce que je disais la faisait rire ! Elle me regardait et elle riait ! Elle regardait sa tasse de café et elle riait ! Elle me regardait tartiner et elle riait ! J'étais exaspérée ! « Cesse donc de rire ! » lui ai-je dit. Elle en était incapable !

Le brouillard est si dense que je ne distingue pas la rue. Il bouche les fenêtres et la porte ouvertes, il a même pénétré un peu à l'intérieur de la pharmacie. Les clients apparaissent soudainement. Je ne les vois pas venir, je ne les vois que lorsqu'ils sont déjà là. Ils sortent du brouillard comme surgissent parfois du fond de la mémoire des silhouettes oubliées. J'ai l'impression que les clients de Vasso appartiennent à un lointain passé.

Il est une heure. Quand donc viendra Costas ? J'ai envie de manger une soupe de pois chiches. De m'installer au fond d'une taverne et de bavarder avec lui. Il se souvient peut-être des contes de notre mère. Il se souvient certainement d'événements que nous avons vécus ensemble et que j'ai oubliés. Il a une excellente mémoire. J'espère qu'il pourra me consacrer un peu de son temps. Je remarque que j'appelle rarement notre mère *mana*, mot à peu près intraduisible car il se situe à mi-chemin entre « mère » et « maman ». C'est un nom trop émouvant, il me rappelle des poésies, des chansons, des films. *Mitéra*, la mère, crée une distance, me permet de parler d'elle calmement. Je regarde encore sa photo. Elle avait beaucoup d'estime pour Vasso.

— Elle est infiniment gentille, disait-elle. D'ailleurs, si elle ne l'était pas, elle ne supporterait pas Costas.

Quand ils se sont mariés, ma mère a offert à Vasso le seul objet précieux qu'elle avait hérité de sa mère, une paire de boucles d'oreilles en or.

— Comment ça va avec Costas ?
— Il dort mal... Il se lève la nuit... Il te dira peut-être à toi ce qui le tracasse.

Je lui demande un médicament pour mon rhume. Costas aussi est perpétuellement enrhumé.

— Tu sais que Léna a le même problème ?

Elle me donne, dans un minuscule flacon, une essence extraite d'un arbre dont le nom ne me dit rien : le niaouli. Elle a la même odeur que le camphre.

— Il faut faire des inhalations tous les soirs avant de t'endormir. Tu peux aussi mettre quelques gouttes sur ton oreiller.

Costas se tient dans l'ouverture de la porte, il est en train de parler avec quelqu'un qui est dans la rue et que je ne vois pas. J'ai le temps d'observer mon frère. Jamais dans le passé je n'avais remarqué qu'il ressemblait à notre mère. J'avais juste constaté qu'il parlait parfois de façon aussi mesurée qu'elle. Je note à présent qu'il y a dans le ton de sa voix comme un souvenir de la sienne. Les gestes qu'il fait de la main droite, sa façon de pencher la tête me la rappellent. Quand il termine sa discussion et vient vers moi, j'ai un peu l'impression de l'embrasser elle aussi en même temps.

— Tu viens déjeuner avec nous ? demande-t-il à Vasso.

Il jette un coup d'œil aux lettres qui sont arrivées. C'est la première fois que je le revois depuis ce jour. Je pense à ce mercredi. Je sais que c'était un mercredi car les magasins étaient fermés. J'ai mis longtemps à trouver une pharmacie ouverte pour acheter les ampoules prescrites par le médecin. Elle avait eu un accès de fièvre. Son front était brûlant. J'ai laissé mon père à la maison avec une voisine, Margarita, et j'ai couru acheter les ampoules. Le médecin ne m'avait pas semblé particulièrement inquiet.

— Vous serez plus tranquilles sans moi, dit Vasso.

— Est-ce que quelqu'un a téléphoné ?

Il était sept heures moins vingt du soir, peut-être sept heures moins le quart, quand je suis parti. Je ne me suis pas absenté plus d'une demi-heure. J'ai trouvé dans le jardin le mari de Margarita, il faisait les cent pas.

— Tu sais, n'est-ce pas ? m'a-t-il dit.

— Oui, oui, ai-je répondu, elle fait de la température.

Il m'a pris par le bras, il l'a fortement serré sans rien dire d'autre. En entrant dans la maison, j'ai vu mon père qui descendait les marches. Il les descendait très attentivement, comme s'il ne voyait pas bien. Je me suis approché de lui. Ses yeux étaient rouges et pleins de larmes.

Nous cheminons dans le brouillard.

— Allons vers le fort, dit Costas. On trouvera là-bas des tavernes comme celle que tu cherches. Mais tu ne pourras pas manger des pois chiches, on ne fait pas de soupes en été.

Il y a une certaine animation dans les rues. Costas s'arrête parfois pour saluer un ami. Je vois à peine les voitures. Elles roulent les phares allumés. Elles n'avancent guère plus vite que les piétons.

— Tu as des ennuis ?

— Je te raconterai ça à la taverne.

Margarita a descendu l'escalier juste après mon père.

— Elle est partie tranquillement, a-t-elle dit.

J'ai voulu savoir à quel moment exactement cela s'était passé.

— Je suis montée au premier peu avant sept heures... Il devait être environ sept heures cinq, pas plus tard.

— Mais je veux connaître l'heure *exacte*, Margarita ! me suis-je exclamé.

Ma voix lui a fait peur. Elle ne comprenait pas mon insistance.

— Il était sept heures deux, sept heures trois minutes, a-t-elle dit.

Quelques jours plus tard, j'ai pensé que j'avais réagi comme les enquêteurs des romans policiers, qui cherchent d'abord à déterminer l'heure exacte du crime.

Un autobus sort lentement du brouillard. Il va à la Cité universitaire. Derrière le pare-brise, à gauche du chauffeur, un écriteau porte l'inscription : « ÉCOLE DE PHILOSOPHIE ». Il y a très peu de passagers à l'intérieur. Costas me dit que l'université fonctionne aussi en été, qu'elle organise des cours de grec pour les étrangers.

La taverne est telle que je l'avais imaginée : il y a un grillage serré aux fenêtres, des murs gris-vert gonflés par l'humidité, un parquet délabré couleur moutarde, un énorme poêle à bois installé au centre de la pièce, une matrone derrière ses marmites et un vieux serveur au regard absent. Il y a, en plus, une gravure naïve, représentant la malheureuse dame Phrosyne au moment où un soldat d'Ali Pacha la précipite dans le lac de Jannina. Ils sont tous les deux dans une barque. Phrosyne a les pieds et les poings liés.

— Je l'ai connue l'année dernière, au printemps, dit Costas. Elle est architecte. Vasso se trouvait alors à Leucade. Je n'étais pas franchement amoureux d'elle, au début, j'avais juste envie d'une aventure, je ne voulais pas avoir de problèmes à la maison. Nous nous voyions chez elle, deux ou trois fois par semaine.

Je pense qu'il a eu cette liaison peu de temps après la mort de notre mère, à l'époque où j'ai quitté Vaguélio. Le serveur est vraiment incroyable : il ne nous apporte que des plats que nous n'avons pas commandés !

— Ça ne m'étonne pas que je me sois trompé, dit-il, je n'arrive pas à me relire !

Il examine la feuille où il a noté notre commande. Elle est couverte d'un gribouillis indéchiffrable.

— J'ai les mains qui tremblent... Répétez-moi ce que vous voulez, je tâcherai de m'en souvenir.

La matrone regarde dans notre direction.

— Ça ne fait rien, dis-je, on va manger ce que tu nous as apporté.

— Ce genre de relation semblait lui convenir. Elle ne m'a jamais rien demandé de plus. Cependant, il y a deux mois, elle est partie pour Thessalonique sans me prévenir. Elle a été absente pendant un mois. Elle m'a laissé sans nouvelles pendant un mois. Je ne l'ai vue qu'une seule fois depuis son retour. Je n'ai pas réussi à obtenir les explications que je souhaitais. Elle m'a dit simplement qu'elle veut se sentir libre, qu'elle n'est pas habituée à rendre des comptes sur ce qu'elle fait. « J'ai vingt-huit ans », a-t-elle répété à plusieurs reprises. J'ai fini par lui écrire, je lui ai avoué que je ne peux pas vivre sans elle, que je suis même prêt à me séparer de Vasso.

Il n'a touché à aucun des plats. Il fume continuellement.

— C'est à la pharmacie que nous nous sommes vus pour la dernière fois, elle est passée un jour où j'étais seul. Elle était mal habillée, pas maquillée du tout. Elle s'est présentée sous son plus mauvais jour, sans doute pour m'aider à l'oublier au plus vite. Tu sais ce que j'ai ressenti, quand je l'ai vue partir ? Que l'air du magasin s'en allait avec elle.

« Nous ne parlerons pas de notre mère. » Comme s'il devinait ma pensée, Costas dit :

— Je suis peut-être devenu amoureux pour me soustraire à la tristesse de sa mort... La présence de Margarita m'a fait beaucoup de bien, j'étais content de la voir.

Je lui rappelle que la voisine qui a fermé les yeux de notre mère s'appelle, elle aussi, Margarita. Ma remarque le frappe.

— Ah bon, dit-il. Ah bon...

Les yeux du soldat qui fait basculer Phrosyne dans le lac sont exorbités. Son expression à elle est stoïque. La scène se passe de nuit. Au fond du paysage, on voit la pleine lune. Je crois qu'Ali Pacha a ordonné l'exécution de Phrosyne parce qu'elle l'avait repoussé. Il était fou d'elle.

— J'ai l'impression qu'on m'a chassé d'un très bel endroit... D'une riche maison superbement éclairée où se déroulait une fête exquise... Qu'on m'a renvoyé du paradis ! Je suis aussi malheureux qu'Adam et Ève réunis !

Il sourit. Son sourire me fait plutôt penser à notre père. Ses observations ont souvent une originalité qui me le rappelle également. Quand il était petit, Costas disait que les arbres devraient garder leurs feuilles en hiver, pour nous protéger de la pluie. Mais il n'a pas le goût des histoires imaginaires, il n'a jamais aimé la littérature. Il ne sait pas mentir. Il a hérité le sérieux de notre mère. Les récits des vieilles dames de l'Épire l'intéressent surtout dans la mesure où ils s'inscrivent dans le contexte bien réel de la culture locale. Il étudie une réalité. Je me demande si mon père lit *Épirotika*. Les commentaires scientifiques de la revue le fatiguent sans doute, mais il y trouve peut-être des éléments susceptibles de nourrir son imagination.

— Je ne peux pas ne pas penser à elle. Son absence est ma seule compagnie, je ne veux pas en être privé. Je discute sans fin avec elle. Elle vient me trouver en pleurant, elle me demande pardon, nous tombons dans les bras l'un de l'autre. Les conversations que j'ai avec son fantôme ont une fin heureuse en général, mais pas toujours. Parfois je me fâche, je trouve insuffisantes les explications qu'elle me donne, je la brutalise, « Prends tes affaires et tire-toi ! » lui dis-je. J'essaie de me convaincre que notre séparation est conforme à mes vœux.

Je n'ai pas l'habitude de l'entendre se confier aussi librement. Il ne se confie pas facilement. Ce n'est qu'à notre mère qu'il avouait certains de ses secrets. Je ne lui racontais pas non plus les miens. J'étais refroidi par son mutisme comme il l'était, peut-être, par le mien. Ni lui ni moi n'avons jamais pris l'initiative de rompre ce vieux silence. « Il me parle à présent parce que notre mère n'est plus là. »

— J'aime bien le brouillard. J'ai constamment l'illusion que Margarita est à deux pas de moi. Je la croise sans cesse. Le brouillard multiplie sa présence, je vois partout sa silhouette. Je marche pendant des heures en espérant qu'à un moment je tomberai sur elle.

Je n'ose pas lui conseiller de fumer un peu moins, ça va l'agacer. Il n'a mangé que deux pommes de terre au four. Je le mets au courant de mes recherches sur l'epsilon.

— *Éros* commence bien par cette lettre ! observe-t-il. Tu crois que l'E de Delphes aurait pu avoir ce sens ?

— Les gens demandaient assez souvent à la Pythie s'ils devaient se marier.

— Je voudrais que tu me mettes tout cela par écrit. Je publie parfois des articles sur des sujets étrangers à l'Épire. Il faudrait que tu demandes aux Delphiens ce qu'ils pensent de l'epsilon, tu n'auras qu'à t'installer dans un café et à les faire parler.

Nous nous dirigeons vers le quartier des forgerons.

— Mais on ne pourra rien voir ! lui dis-je.

— Ça ne fait rien.

On entend déjà quelqu'un marteler du fer. Les coups sont donnés lentement, de façon calculée, réfléchie. Le son me paraît extrêmement fort et net, peut-être parce que mon attention n'est sollicitée par rien d'autre. Nous arpentons un lieu aboli, privé d'images. D'autres coups de marteau résonnent maintenant. Chaque forgeron a son propre rythme. Ils ne façonnent pas tous les mêmes métaux, une variété croissante de sons se fait entendre. On a l'impression qu'ils sont dirigés par un chef d'orchestre car, parfois, ils s'arrêtent au même instant et reprennent peu après leur ouvrage en chœur. Leur musique est sobre et grave, elle comprend cependant quelques notes gaies — elles sont peut-être dues à un enfant qui imite son père en tapant sur un bidon.

— Tu te souviens de ce que nous disait maman au sujet des bergers d'Amphissa ? Avec quelle minutie ils sélectionnaient les clochettes pour le bétail ? Je pense toujours à elle, quand je viens ici.

Il semble que la ferronnerie est toujours florissante à Jannina. Ici aussi on fabrique des clochettes et des sonnailles, mais pas uniquement. On produit toutes sortes d'objets en cuivre et en argent. Costas me conduit dans une baraque sombre, étroite et profonde. Seul le visage du forgeron, assis au fond, penché sur le fourneau, se détache vaguement. Il ne nous prête aucune attention, peut-être parce qu'il ne peut pas interrompre son travail. Derrière lui, un autre homme se tient debout.

— Tu comptes acheter quelque chose ? dis-je à Costas.

— Je veux seulement lui poser une question.

Le deuxième homme récupère le morceau de fer et le plonge dans un bac d'eau. Il porte une moufle à la main droite.

— Je suis passé il y a quelque temps avec une amie, dit Costas. Elle t'avait commandé une girouette. Est-ce qu'elle est venue la chercher ?

— Oui, dit le forgeron. Il y a quelques jours. J'avais terminé le travail à Pâques.

On entend des gens courir dans la rue, des cris, un hurlement, des coups de sifflet.

— Arrêtez-les ! Arrêtez-les !

La sirène d'une voiture de police retentit au loin. L'assistant du forgeron jette le fer dans le bac, ouvre la porte de derrière et disparaît instantanément.

— Il est albanais, dit le forgeron en riant. Il n'a pas de papiers. Il a peur des flics.

Nous sortons tous les trois dans la ruelle. Un voisin nous informe que les gens poursuivis par la police sont effectivement des Albanais.

— Tant qu'il y aura du brouillard, les flics ne pourront pas les arrêter. Mais si le brouillard se lève…

On n'entend plus courir, ni crier. Seule la sirène résonne toujours.

— Elle est donc passée, la fille, répète le forgeron. Je la connais un peu, elle est architecte, n'est-ce pas ?


Je regarde les cartes postales à la devanture d'un kiosque. C'est le seul moyen, par le temps qu'il fait, de visiter la ville. Je vois une mosquée et son minaret sur une butte escarpée protégée par des fortifications en ruine. Sur certaines photos, la mosquée se reflète dans le lac. Je vois un passage pavé du quartier des forgerons. C'est peut-être la ruelle où j'étais tout à l'heure avec Costas. Il y a une petite île sur le lac. Je compte la visiter, je la regarde pourtant attentivement. Je suis sûr que je la trouverai enveloppée de brouillard. Ali Pacha fume une chibouque. Je sais qu'il souffrait d'une maladie des yeux et qu'il portait des lunettes à verres bleus. Encore Ali Pacha, dans une barque. Ali Pacha et sa femme, dame Vassiliki. Il l'a épousée après avoir éliminé Phrosyne. Vassiliki aussi était très belle. Ses cheveux lui tombaient jusqu'aux genoux. L'homme qui a le plus marqué cette ville était donc albanais. Les brochures touristiques que j'ai lues le complimentent et le désapprouvent à la fois. Elles rappellent qu'il était fourbe, sanguinaire, mais reconnaissent que l'Épire est devenue une grande puissance sous son impulsion, et que sa révolte contre le sultan a favorisé l'insurrection des Grecs. On le surnomme « le lion de l'Épire ». Pour les commentateurs grecs, une des initiatives les plus heureuses d'Ali Pacha a été d'épouser une femme du pays. Vassiliki est devenue alcoolique après sa mort.

Les eaux du lac sont tranquilles. Le brouillard frôle leur surface comme pour se rafraîchir. Je ne vois pas à plus de deux mètres. De l'endroit où je suis assis, à l'arrière du canot à moteur, je distingue à peine les passagers debout à l'avant. Ils me font penser aux ombres que Charon transporte dans sa barque, d'une rive de l'Achéron à l'autre. J'imagine que les eaux du fleuve doivent avoir la même couleur grise que le lac et qu'elles sont perpétuellement couvertes de brouillard. « Il y a forcément un écran entre les deux rives, qui empêche de voir ce qui se passe en face. » Des roseaux surgissent çà et là, droits comme les lances d'une armée engloutie. Un canard sauvage se laisse bercer par les vaguelettes que provoque le canot. J'ai continuellement le sentiment que nous arrivons, je crois apercevoir la silhouette de l'île, mais je me trompe. On dit que le trésor d'Ali Pacha est enterré au fond du lac, enfermé dans des coffres de fer. Il l'a jeté là pour le dérober aux soldats du sultan.

Ali est également présent dans l'île. C'est ici qu'il s'est réfugié, au premier étage d'un monastère, après avoir perdu la dernière bataille. Il a été tué d'une balle tirée de l'étage du dessous : elle a traversé le plancher et l'a atteint aux couilles. Ensuite on lui a coupé la tête et on l'a envoyée à Istanbul. Il y a quatre ou cinq monastères dans l'île, je les visite au pas de course. L'expression maussade des saints ne me donne pas envie de converser avec eux. Il est de toute façon trop tard pour que nous devenions amis. La réalité est bien disposée à mon égard, car elle m'offre d'elle-même les matériaux dont j'ai besoin. Dans l'église Saint-Nicolas, à gauche de l'entrée, je tombe sur une peinture murale qui exprime avec une émouvante naïveté le désir de la Grèce moderne de convertir l'Antiquité au christianisme. Elle représente, dans le plus pur style byzantin, Solon, Chilon, Platon, Thucydide, Aristote, Plutarque et Apollonios, et affirme que « réunis dans une maison athénienne, ils ont reconnu l'incarnation divine et la présence du Christ ». Sept siècles, je crois, séparent Solon d'Apollonios. Plutarque porte le même genre de turban que Macriyannis. L'œuvre date de 1560.

Je ne m'attendais pas à retrouver Plutarque ici. Je m'installe à l'intérieur d'un café, en attendant le départ du canot. « Il faut que je raconte l'histoire de Pim à Costas », pensé-je. J'imagine mon frère dans une rue, en train de palper le brouillard, essayant de l'écarter pour voir Margarita. Les touristes se sont assis dehors, je suis seul dans la salle. La télévision est allumée. Le présentateur annonce aux chaises vides que le gouvernement est décidé à reconduire à la frontière tous les Albanais clandestins. Il entend répondre ainsi aux mesures prises par Tirana à l'encontre des Grecs d'Albanie — cinq d'entre eux, accusés de menées subversives, sont jugés actuellement. Un immigré albanais a grimpé au sommet d'un pylône, situé un peu en dehors de Jannina, au bord de la nationale. On voit mal l'Albanais sur l'écran, dissimulé par le brouillard. Il menace de s'électrocuter si on ne lui donne pas un permis de séjour. Il y a du monde autour du pylône, je vois même des touristes avec des sacs à dos. Quelques mètres plus loin s'élève une construction carrée qui ressemble à une étable. Elle n'a pas de fenêtres. Je pense que l'Albanais devait loger là. « Quelqu'un a dû le dénoncer aux flics. » Un officier de police déclare qu'il n'a rien à dire.

— On attend le préfet, dit-il. Vous n'aurez qu'à poser vos questions au préfet.

Le présentateur passe à un autre sujet. La situation des Albanais en Grèce est celle que bien des Grecs ont connue à l'étranger. Nous sommes en mesure de comprendre les raisons qui les ont obligés à quitter leur pays. Les chansons et les poèmes que nous avons écrits sur l'exil me reviennent en mémoire. C'est l'un des thèmes dominants de notre littérature. C'est un mot que nous étudions depuis longtemps. Les *Suppliantes* d'Eschyle sont, si je me souviens bien, des femmes qui demandent l'hospitalité. Euripide en a repris le titre et le thème. L'attitude que nous adoptons à l'égard des Albanais laisse pourtant supposer que leur regard ne nous rappelle rien.

Je ne peux pas dire que j'ai eu énormément de difficultés pour obtenir un permis de séjour en France. Je n'ai subi que les vexations habituelles. L'époque était moins dure bien sûr, l'extrême droite ne réunissait pas autant de voix, n'avait pas pris le pouvoir dans certaines villes, n'exerçait pas une grande influence, n'était pas invitée à la télévision. Je me souviens soudain de Paris. Je me souviens que les serveurs des cafés portent des gilets bordeaux. Je me souviens que le métro s'attarde toujours à la station Kléber. Alors que je suivais la retransmission d'un match de tennis à Roland-Garros, j'ai vu l'ombre d'un oiseau traverser rapidement le court.

7

J'écris dans la cuisine, Costas et Vasso sont partis, Léna dort encore. Hier soir, nous avons reçu la visite du frère de Vasso, de sa femme et de leur fils, un garçon réservé de quatorze ans. Personne ne les attendait. Ils ont eu un accident de voiture à quelques kilomètres de Jannina. Ils allaient vers Igouménitsa pour prendre le bac de Corfou, où ils comptent passer leurs vacances. Le brouillard les a entraînés hors de la chaussée, ils se sont heurtés à un rocher. Ils ne roulaient, heureusement, qu'à trente à l'heure. Vasso les a installés au salon. Le couple ne s'est pas encore levé, je n'ai vu que le jeune homme, il est entré un instant dans la cuisine, je lui ai demandé s'il voulait du café, il m'a dit « Non ». Son père est extrêmement bavard, il sait tout, comme les chauffeurs de taxi. Il s'appelle Apostolos, sa femme Anna et leur fils Miltiade. Je ne comprends pas pourquoi je note tous ces détails. Je me figure peut-être que la littérature est un ogre insatiable qui a besoin d'une grande variété de mets, de nourritures consistantes mais aussi d'olives, de radis, de raisins secs. D'après ce que je vois par la fenêtre, le brouillard est au moins aussi épais qu'hier.

J'ai été réveillé dans la nuit par le téléphone. Il était deux heures du matin. Je suis sorti dans le couloir, j'ai vu Costas décrocher, puis reposer le combiné.

— Personne n'a parlé ?
— Non, a-t-il dit.
— Tu crois que c'était...
— Non, c'est une autre.

Comme il hésitait à regagner la chambre à coucher, je lui ai proposé de venir dans la pièce que j'occupe, c'est-à-dire dans son bureau. Nous nous sommes assis en tailleur sur le canapé, en couvrant nos jambes avec le drap. « Nous nous sommes déjà assis de cette façon, sur un canapé, il y a très longtemps », ai-je pensé.

— L'obscurité m'oppresse, m'empêche de respirer, a-t-il dit. Ça doit être encore plus affreux de rompre en novembre ou en décembre, où les nuits sont si longues... J'essaie parfois de contrôler mes sentiments. J'écoute des chansons qui me rappellent d'autres femmes que j'ai aimées. Je me suis senti vraiment soulagé après lui avoir écrit, j'ai même cru que je n'étais plus amoureux. J'ai pensé que les lettres d'amour les plus sincères sont forcément un peu trompeuses, puisque la passion se réduit au fur et à mesure qu'elle s'exprime. Les lettres d'amour sont préjudiciables aux sentiments.

Nous avons parlé de la difficulté que nous avions naguère à communiquer. Il l'attribue aux relations amicales que cultivait notre mère avec chacun de nous séparément.

— Nous ne discutions jamais tous les trois ensemble, a-t-il dit. Elle ne favorisait pas notre dialogue. Elle devait penser que nous nous confierions moins volontiers à elle si nous parlions davantage entre nous. C'est avec elle que j'ai fumé la première fois. Lorsque tu entrais dans le salon, je cachais ma cigarette. J'étais aussi gêné de fumer devant toi que devant papa. Elle était notre amie la plus proche.

Sa théorie ne m'a pas paru absurde, je me sentais bien incapable toutefois d'adresser des reproches à notre mère. J'ai été très étonné par sa façon presque détachée de parler d'elle. J'ai supposé qu'il s'était souvent entretenu avec Vasso de nos relations familiales, qu'il avait pris l'habitude de les analyser froidement.

— C'était une femme difficile, solitaire, a-t-il poursuivi. Même la mère de Théodoris, qu'elle aimait beaucoup, elle ne la voyait que rarement. Elle ne voyait que nous, en fait... Elle ne devait pas parler beaucoup avec ses parents, quand elle était petite... Il me semble qu'elle s'occupait d'eux plus qu'ils ne s'occupaient d'elle. Elle souhaitait sans doute établir avec ses enfants d'autres rapports que ceux qu'elle avait eus avec ses parents... Elle avait beaucoup lu sur la psychologie des enfants. Elle m'a dit un jour qu'elle avait commencé à étudier la question avant notre naissance. Elle lisait systématiquement tous les essais qui paraissaient, traduits de l'allemand, du français. J'imagine que ces livres devaient conseiller aux parents de parler avec leurs enfants, de les écouter... Bizarrement, elle ne souhaitait pas que nous nous attachions trop à elle... Elle était convaincue que les enfants doivent acquérir vite leur indépendance... Elle avait probablement puisé cette certitude dans ses lectures.

Je n'ai jamais vu à la maison ce genre d'ouvrages. « Elle a dû les jeter quand nous avons grandi. » L'affection que nous avions pour elle ne nous a pas empêchés de quitter tôt la maison. Je n'ai eu aucun mal à la convaincre que je devais partir pour Paris. Mon père, avec qui je parlais si peu, s'est montré plus réticent, sans doute parce qu'il me connaissait moins. Soudain, j'ai vu Costas se troubler :

— Tu comprends, a-t-il dit d'une voix cassée, nous avons aussi perdu une amie.

Léna, qui était sortie hier soir, a fait brusquement irruption dans le bureau. Nous ne l'avions pas entendue ouvrir la porte d'entrée.

— Vous ne dormez pas, vous ?

Sa bonne humeur a aussitôt transformé l'atmosphère de la pièce.

— Je vous dérange ? a-t-elle ajouté avec un demi-sourire. Vous parlez de nanas ?

— Laisse-nous, a dit Costas.

— J'étais dans un nouveau bar, il vient d'ouvrir, le Pompéi... Vous avez envie qu'on y aille un soir ?

Costas a haussé les épaules.

— Tu as encore de la peine ?

Elle lui a caressé la nuque.

— Ça te passera, papa.

Elle m'a dit qu'elle aimait bien les youvarlakia, mais qu'elle n'avait pas souvent l'occasion d'en manger.

— Je t'en ferai demain, ai-je dit, selon la recette de ta grand-mère. Je ferai cuire les boulettes dans une soupe à la tomate.

Nous sommes restés de nouveau seuls.

— Est-ce que Léna est au courant de ton histoire avec Margarita ?

— Plus ou moins, oui... Elle nous a vus une fois dans la rue... J'essaie de me souvenir de tous les défauts de Margarita, de ses imperfections, de ses travers, pour élaborer un portrait exécrable de sa personne et me convaincre ainsi que je ferais mieux de l'oublier. J'ai réussi malgré tout à prendre en grippe son milieu social et professionnel. Elle est issue de la vieille bourgeoisie de la ville. Je ne supporte plus ni les bourgeois, ni les architectes !

— Moi aussi je vis entouré de fantômes... Je n'aime pas du tout, quand je mange seul au restaurant, qu'on prenne les chaises qui sont à ma table. Je m'entretiens avec des gens qui ne sont pas là, je repense à des conversations que j'ai déjà eues ou j'imagine celles que j'aurai dans l'avenir. Aucun des sièges qui m'entourent n'est libre en vérité.

Nous avons bavardé jusqu'à quatre heures du matin. J'ai voulu lui confier un secret, juste pour lui signifier que je n'éprouve plus aucune gêne à le faire, mais j'en ai vainement cherché un. « J'ai certainement des secrets, ai-je pensé, seulement je ne les connais pas. » Je me suis contenté de lui parler des femmes que j'ai rencontrées dernièrement à Athènes, de Stella, de Pénélope, d'Éléni, d'Ilona. J'ai aussi parlé de Fanny, mais sans révéler son secret. Je lui ai fait part de mon projet d'acheter une table de ping-pong ou un billard.

— Je rêve d'une femme qui aurait le sourire de Vaguélio, les cheveux de Pénélope, la peau de Stella, les seins d'Ilona, les jambes de Fanny, l'allure d'Éléni et qui saurait jouer au ping-pong.

Apostolos et Anna sont levés depuis un moment. Ils ont préféré prendre leur petit déjeuner au salon pour ne pas me déranger. Apostolos s'apprêtait à me raconter encore leur accident, mais sa femme l'a arrêté :

— Nous avons dit tout cela hier. Aujourd'hui est un autre jour.

Elle portait une chemise de nuit bleue parsemée de petits cœurs rouges. Un peu plus tard, Apostolos a voulu apprendre à Miltiade à se raser. Le cours a eu lieu dans la salle d'eau qui communique avec la cuisine. Ils ont laissé la porte ouverte. Il a d'abord montré à Miltiade comment étaler la mousse sur son visage.

— Étale-la sur ta moustache avec l'index, lui a-t-il dit. C'est plus pratique. Ne mets pas trop de mousse, sinon tu vas te boucher les narines et tu ne pourras plus respirer. Je vais te montrer.

Apostolos a mis, à son tour, de la mousse sur son visage, en l'étalant soigneusement.

— Tu as compris ?

Ensuite il a montré à son fils comment tenir le rasoir.

— Tu commences par les favoris et tu descends progressivement. Ne fais pas de gestes brusques ! Doucement, je te dis ! On ne doit jamais s'énerver quand on se rase !

Il était très inquiet, comme si la tête de Miltiade était en danger. J'ai pris la décision de couper moi aussi ma barbe. Je retrouverai ainsi le visage que j'avais quand je suis parti pour la France, mais vieilli bien sûr.

— Les endroits les plus délicats sont sous le nez et autour de la bouche, a poursuivi Apostolos. Tu places la lame verticalement, au milieu de ta moustache, et tu la diriges soit vers la droite soit vers la gauche. Mais tu commences toujours par le milieu !

Comme il tenait lui-même un rasoir, il en a profité pour se raser la moustache.

— Tu vois ?

Miltiade, lui, ne se rasait pas. Il observait son père dans le miroir. Il m'est déjà arrivé de voir des parents enseigner à leurs enfants des choses qui ne nécessitent pas d'apprentissage particulier, comment nettoyer ses oreilles, comment ficeler un paquet, comment déplacer une table sans abîmer le parquet, comment fixer un clou. Beaucoup de parents grecs attribuent une grande importance aux connaissances pratiques qu'ils ont acquises et entendent les transmettre intégralement à la génération suivante.

— Rase maintenant ton menton, a dit Apostolos. Fais comme tu l'entends. Je suis curieux de voir ça.

Miltiade n'a même pas eu le temps de poser le rasoir sur son menton.

— Non ! a crié son père. Tu vas te couper ! Tu dois arrondir ton menton en mettant la langue derrière la lèvre inférieure, comme ceci !

Apostolos a placé sa langue derrière sa lèvre, ce qui lui a donné l'air d'un singe. Miltiade n'a pas ri : il a jeté le rasoir dans le lavabo et il est parti, en traversant la cuisine d'un pas vif. Son père, atterré, l'a suivi des yeux, il m'a regardé, puis il s'est tourné vers le miroir et a continué à se raser.


La dame qui a cassé mon œuf à Stamata m'a sans doute fait plus de peine que je ne le croyais, car je n'ai pas oublié son geste. D'après les renseignements que m'a fournis Costas sur la coutume de trinquer avec des œufs, mon amertume n'est nullement fondée. Les œufs symbolisent la création, le renouvellement de la vie, ce sont des miniatures de l'univers. Les Romains les mangeaient pendant les enterrements, ainsi que les Byzantins. La coutume en question est connue depuis le XIII$^e$ siècle. En brisant la coquille, on libère les forces qu'elle contient, on évoque la sortie du Christ de son tombeau. On a donc tort de se réjouir quand on réussit à la garder intacte, car seul l'œuf brisé exprime le mystère de la Résurrection.

La couleur rouge rappelle le sang des agneaux avec lequel les Hébreux d'Égypte ont barbouillé leurs maisons pour échapper à la vindicte de l'ange exterminateur. La croix que nous avons l'habitude de tracer sous le linteau de l'entrée principale des maisons, les habitants de Corfou la dessinaient jadis avec du sang d'agneau.

Je n'ai pas à me plaindre, Costas a répondu à toutes mes questions. Le nom du mont Mitsikéli s'inspire du mot slave *mečka*, qui signifie l'ours. Il m'a trouvé également un toponyme étranger que nous avons changé récemment : le village Kavakia — du turc *kavak*, le saule — a été rebaptisé Les Rosiers. Costas a eu l'occasion de rencontrer un de ses habitants et lui a demandé s'il y a vraiment des rosiers au village.

— Non, a répondu celui-ci, mais on va en planter !

Il m'a confirmé qu'il n'existe pas de dictionnaire général des toponymes, mais un grand nombre de monographies portant sur les noms de lieu d'un secteur limité, d'une île par exemple, comme Mykonos ou Ithaque.

— Ne crois pas que nous sommes les seuls à changer les noms d'origine étrangère, a-t-il dit. Nos voisins en font autant.

Je me suis installé dans un relais touristique de style épirote traditionnel, construit sur les fortications, près de la mosquée que j'ai vue sur les cartes postales. C'est l'un des endroits les plus élevés de la ville, avec une vue superbe sur le lac et les montagnes. Je suis assis face à la fenêtre, qui est ouverte, mais je ne vois rien, naturellement. Je quitterai une fois de plus Jannina en n'emportant aucune image de la ville. Je me souviendrai de son brouillard. Jannina a l'élégance de ne pas charger la mémoire de son visiteur d'images superflues, qui seront de toute façon effacées. Elle offre le tableau d'une ville déjà oubliée. Elle dépose dans la mémoire de son visiteur un petit morceau de coton.

Costas passera vers deux heures, ça l'arrange de me prendre ici, il a des courses à faire au centre-ville. Il m'emmènera en voiture à Amphissa et repartira tout de suite, il regagnera Jannina dans la nuit. Il ne veut pas s'absenter plus longtemps. On fera un détour pour voir l'Achéron.

— Tu seras déçu, m'a-t-il annoncé, ce n'est qu'un ruisseau !

Il est davantage intéressé par la visite du Nécromantion, l'oracle des morts, car il n'a pas encore eu l'occasion de le voir. Il n'y a pas très longtemps qu'il a été découvert, il se trouve près de l'Achéron, sur une colline.

Nous sommes mercredi. Je suis arrivé à Jannina avant-hier. Je comptais y rester un peu plus, mais Costas préfère qu'on fasse le voyage aujourd'hui, jour de fermeture de la pharmacie. Pour ma part, je ne reviendrai pas à Jannina. Je visiterai Amphissa, puis j'irai à Delphes.

Je pense parfois que si cela n'était pas arrivé un mercredi, que si je n'avais pas eu tant de mal à trouver une pharmacie ouverte, que si j'avais couru plus vite... Toute la nuit, une femme du quartier que je ne connaissais pas, assise sur la deuxième marche de l'escalier, a lu des psaumes. Elle lisait à la lumière d'une bougie que j'avais posée sur le coffre, à côté du téléphone. Il n'y avait pas d'autre lumière dans la pièce. Je passais de temps en temps près de ma mère, mais sans la regarder. La quiétude qui l'entourait m'effleurait à chaque fois. L'air était léger près d'elle, comme si elle dormait. Sa présence était une bonté.

Les autres femmes s'étaient réunies dans la cuisine. Elles parlaient peu. Je leur ai fait du café et du thé. Quand le jour s'est levé, j'ai préparé le petit déjeuner pour tout le monde. J'ai passé la plus grande partie de la nuit dans la chambre à coucher de mes parents, en compagnie de Vaguélio. Nous étions assis de part et d'autre de la machine à coudre. Mon père essayait de dormir dans la pièce voisine. Nous buvions de la vodka. Nous n'avons pas bu énormément, une demi-bouteille. Je regardais le sommier nu du grand lit, le plan de Paris et la marque que j'avais faite sur le mur, sous le plan, à l'endroit de mon adresse actuelle.

Alors que je connais beaucoup de monde à Ano Patissia, le lendemain, quand je suis sorti pour faire quelques achats, je n'ai croisé que des inconnus, surtout des jeunes. Même l'épicier était un inconnu.

— Je ne suis pas nouveau, a-t-il dit, cela fait trois mois que j'ai repris la boutique.

J'ai eu néanmoins l'impression que la population du quartier avait changé. La dame qui lisait les psaumes faisait certainement partie des nouveaux venus. J'ai eu le sentiment que plusieurs années s'étaient écoulées en une nuit.

Je caresse ma joue, mon menton. Ma tête a diminué depuis que je me suis rasé, elle a la taille d'un melon. Je tâte un visage qui ne m'est guère familier. J'ai été déçu par l'image que j'ai eue sous les yeux après avoir coupé ma barbe. Mon menton m'a paru minuscule et mes lèvres excessivement grosses. J'ai remarqué des plis sur mon cou. Pas une seconde je n'ai pensé à l'enfant que j'étais. J'ai vite tourné le dos au miroir.

Vasso m'a regardé comme si elle voyait un revenant :

— Tu es devenu méconnaissable, toi !

Mais c'est Costas qui a été le plus surpris. J'étais en train de préparer les youvarlakia quand il est rentré. Je venais de mettre une noix de beurre dans la soupe. Je la regardais fondre, comme autrefois. J'étais assez content du résultat : la marmite dégageait l'odeur habituelle. Costas est resté sans voix en entrant dans la cuisine. J'ai attribué sa réaction aux souvenirs que cette odeur ne pouvait que réveiller en lui.

— C'est incroyable comme tu lui ressembles !

— Il ne faut pas exagérer, a dit Vasso. C'est sûr qu'il rappelle un peu votre mère...

Je n'avais discerné aucune ressemblance avec elle dans le miroir.

— Les premiers mois après la mort de mon père, a repris Vasso, je trouvais qu'Apostolos lui ressemblait étonnamment. Mais petit à petit il a cessé de me le rappeler. C'est peut-être parce que je commençais à l'oublier.

« Nous avons atteint un âge où personne n'a ses deux parents », ai-je pensé.

— Tu utilises parfois les mêmes mots qu'elle, m'a dit Costas.

— Je l'imite peut-être sans m'en rendre compte.

J'ai revu notre père assis dans le fauteuil qu'elle occupait. « Nous avons partagé son rôle, comme nous avons partagé ses pull-overs. »

Anna trouve que je suis mieux sans la barbe, que je parais plus jeune. Je lui ai laissé mon rasoir électrique en partant, pour qu'elle le donne à Miltiade.

— Mais pourquoi ? a-t-elle demandé.

— Comme ça.

Je ne compte pas rester longtemps à Amphissa. Demain soir je serai à Delphes. Combien de jours resterai-je là-bas ? Ils passeront très vite et je me retrouverai à Athènes sans avoir éclairci aucun des mystères de cette période, sans avoir pris aucune décision. Jusqu'à quand ferai-je les cent pas dans mon appartement ? J'ai peut-être tort d'aller à Delphes. Le sanctuaire m'a offert un mystère. Il va peut-être me le reprendre, quand je serai sur place. « Je vais à Delphes non pour trouver, mais pour perdre quelque chose. » Cette pensée me soulage et m'amuse presque. Je verrai la statue de la petite fille souriante qui plaisait à ma mère et je toucherai, profitant d'un moment d'inattention du gardien, l'omphalos archaïque qui porte la trace de l'étrange E. Je constaterai que le temps a déjà usé le visage d'Antinoüs. Il y a cent ans qu'on l'a déterré. Aucun des ouvriers qui se sont fait photographier avec lui ne doit être en vie aujourd'hui. J'irai ensuite au café du village et je tâcherai d'engager la conversation avec les Delphiens. Ils me diront, eux aussi, quelques mots dont l'initiale sera un E, que je noterai ou que je ne noterai pas. Je verrai par la fenêtre du café l'immense falaise qui entoure le sanctuaire et qui le bombarde occasionnellement de rochers. Sa couleur rouge est due, semble-t-il, à l'oxyde de fer qu'elle contient. Elle sera d'un rouge très vif à l'heure du couchant. Je verrai l'ombre de la nuit l'escalader et arriver tout doucement jusqu'à son sommet. À la fin, seule une pointe restera éclairée, elle aura l'air suspendue dans le paysage nocturne. J'attendrai qu'elle disparaisse elle aussi. Les Delphiens — il n'y aura aucune femme parmi eux — tourneront leur siège vers la télévision. Ils regarderont les informations. Je n'ai pas su ce qu'il est advenu de l'Albanais monté sur le pylône. Je réglerai ma note et je partirai. Je rentrerai à Athènes en autocar. Le chapitre de Delphes sera terminé. Je n'aurai plus rien à écrire. Peut-être lirai-je une dernière fois les mots inscrits dans mon cahier. L'epsilon sera devenu une lettre morte.

Il reste vivant, pour le moment. Je devine sa présence, comme Costas aperçoit partout la silhouette de Margarita. Il se peut que son silence présente des analogies avec celui des psychanalystes, mais il m'est difficile de l'affirmer car je n'ai jamais été en contact avec eux. Est-ce que j'espère encore découvrir quelque chose ? J'ai consigné le mot *elpida*, espérance, que m'a proposé Fanny, ainsi qu'*ecclissia*, église, que j'ai volé à Pénélope. Jadis, ce mot désignait une assemblée, petite ou grande, dont les réunions avaient un caractère régulier. Dans divers textes, il est question de l'*ecclissia* des membres de l'amphictyonie. Quel mot pourrais-je offrir à mon père ? Costas a choisi pour lui-même le mot *éros*, l'amour. Le moribond qu'on voit sur la gravure qui illustre la lettre E dans le *Trésor de la langue grecque* serait-il son auteur, Henri Estienne ? J'ai écrit le mot *étimothanatos* et le cri de détresse *é é*. L'exemple que j'ai choisi pour accompagner le si interrogatif, *ei apodèmein*, évoque déjà l'émigration. J'aimerais cependant réserver une page à part à ce dernier mot. J'ai passé la plus grande partie de ma vie à l'étranger. La plupart de mes amis à Paris sont des étrangers. J'ai fait plusieurs caricatures, ces dernières années, sur le racisme. La xénophobie est désormais omniprésente. Elle est perceptible dans les décisions de justice qui concernent des citoyens français d'origine étrangère, dans les propos des commentateurs des matchs de l'équipe de France de football, dans le regard que pose le présentateur du journal télévisé sur l'Arabe musulman qu'il a dû inviter à cause de l'actualité. Il le considère avec méfiance, cherche à débusquer l'intégriste qui forcément sommeille en lui, et lui retire aussitôt la parole. Malheureusement, ni étranger *(xénos)* ni émigré *(xéniténos)* ne commencent par E. Il est vrai que le mot émigré est de plus en plus souvent utilisé en grec aussi (on dit *énas émigrès*), mais je ne suis pas encore sûr que la langue l'ait définitivement adopté. Je préfère donc écrire *ekpatrisménos*, expatrié.

Pendant que je me rasais, je me suis souvenu du mot *bamterlélé*. D'après Costas, il s'agit d'une déformation drolatique de l'expression française « barbe Napoléon III ». C'est bien cette barbe, en tout cas, qu'on appelle en grec *bamterlélé*. Il n'a pas pu m'expliquer en revanche pourquoi Stamata se nomme « Arrête-toi » : à qui a-t-on donné cet ordre ? Et que lui a-t-on demandé d'interrompre ? Il m'a appris qu'on attribue parfois le nom de Stamata à une fille, dans l'espoir que sa mère fera la prochaine fois un garçon.

Le paysage commence à se dégager. Le brouillard recule. Je vois d'abord la cime des arbres plantés au bord du lac, puis les canots à moteur attachés au quai. Le brouillard se retire rapidement, sur toute la largeur du paysage, dévoilant à la fois le lac et ses rivages, les maisons qui l'entourent et une petite forêt. Le tableau prend des dimensions inouïes, une chaîne de montagnes naît sous mes yeux et, pour la première fois, je vois le Mitsikéli. Le soleil fait enfin son apparition, donnant une lueur métallique aux eaux immobiles au milieu desquelles surgit, comme par miracle, l'île. Le spectacle m'enchanterait davantage si j'ignorais les conséquences que cette brusque disparition du brouillard risque d'avoir pour certaines personnes.

À une vingtaine de kilomètres de Jannina, j'ai reconnu, sur la gauche de la nationale, l'étable que j'avais vue à la télévision. J'ai demandé à Costas de s'arrêter. Il n'y avait personne aux alentours pour me renseigner sur le sort de l'Albanais. En haut du pylône, près des câbles, au croisement de deux barres de fer, était accroché un bout de tissu jaunâtre. « Sa chemise s'est déchirée pendant qu'ils le tiraient pour le faire descendre. » Costas était resté dans la voiture, il écoutait *Le Trouvère*. J'ai sonné à la porte du jardin de l'unique maison qui se trouvait près de là, sans résultat. La porte de l'étable était fermée par un beau cadenas en bronze. Avant de regagner la voiture, j'ai jeté un dernier coup d'œil sur le lambeau d'étoffe qui flottait là-haut comme un drapeau.

— C'est Catérina qui m'a fait cadeau de cet opéra, a dit Costas.

J'ai aussi *Le Trouvère*, à Paris, mais personne ne me l'a offert. Je n'ai pas pu me souvenir de Catérina, pas plus que je n'avais réussi à me rappeler cette ancienne camarade de classe dont Fanny m'a parlé.

— Tu étais amoureux de Catérina ?

— Il me semble... Je me suis donné, en tout cas, beaucoup de mal pour la séduire... Tu comprends ce qu'ils disent, là ?

Il a monté le son de la musique. C'était le début de l'air des gitans.

— Ils se demandent ce qui embellit la vie du gitan et répondent tous en chœur « la zingarella », la gitane.

— Je sais, ai-je dit. Est-ce que tu te souviens des histoires qu'elle nous racontait ?

Il n'a pas répondu. Peu après, il a baissé le volume de la musique. Une lumière blanche et dure écrasait le paysage. J'ai fermé les yeux. De temps en temps je tirais une bouffée de ma pipe sans penser à rien.

— Je me souviens d'un puits. D'un puits et de trois sœurs.

— Il y en a une qui tombe dans le puits ?

— La plus belle je crois... Elle se réveille dans un autre monde.

— C'est un endroit sinistre ?

— Pas du tout, mais c'est loin. Elle a envie de rentrer. C'est vraiment très loin. Je crois que je confonds deux contes, car cet endroit est situé au sommet du monde. Elle ne peut en descendre qu'avec l'aide d'un aigle.

Le centre du monde a été localisé grâce à deux aigles que Zeus a fait partir de ses extrémités. Ils se sont rejoints à Delphes, tels les bagnards de mon père qui se retrouvent à la gare de Santa Fe. Les aigles ne se sont pas entre-déchirés : ils se sont posés sagement sur une pierre en forme d'œuf qui allait désormais figurer le nombril du monde.

— Les trois sœurs étaient des princesses ?

— Peut-être... Ou bien elles étaient pauvres... C'étaient peut-être des filles pauvres qui sont devenues des princesses.

« Je n'ai aucune mémoire. » Les archéologues ne retrouvent habituellement que les socles des statues. Ceux-ci portent des cavités cylindriques où étaient scellés les fers qui fixaient les personnages. Les archéologues se penchent sur ces trous, les étudient, les interrogent au sujet des œuvres disparues. Il m'est quelquefois aussi difficile de me souvenir du passé que s'il n'en restait qu'une rangée de petits trous noirs. Au moment précis où je songeais aux défaillances de ma mémoire, je me suis souvenu que dans un conte quelqu'un partait pour un long voyage :

— Quelqu'un devait aller quelque part chercher quelque chose, ai-je dit. Son chemin était semé d'embûches.

— Mais oui ! « Et les jours passaient, et le temps passait, et il marchait sans relâche », disait maman. Le voyage durait des mois, des années même. Mais il revenait toujours. Il revenait quand personne ne l'attendait plus.

« J'ai trop tardé à revenir. Quand on tarde tant, c'est un peu comme si l'on ne revenait pas. » Manrico, le trouvère, chantait « Addio, Leonora, addio ! ». Je crois qu'on le jette en prison, en fin de compte.

— Tu sais de quoi je me souviens encore ? a-t-il continué. D'un grand oiseau qui protège du soleil un voyageur, en volant au-dessus de sa tête.

Je lui ai dit qu'il y a une scène semblable dans le récit d'aventures que relate notre père aux dames du quartier.

— Il est peu probable qu'il ait emprunté cette idée à maman. Ils ne se racontaient pas entre eux leurs histoires. Maman faisait semblant d'ignorer le goût de papa pour la fabulation, elle était persuadée qu'il pouvait lui nuire dans son travail à la banque. « Tu connais beaucoup de caissiers qui racontent tout ce qui leur passe par la tête ? lui disait-elle. Tu as envie qu'on te traite de plaisantin ? »

« C'est l'oiseau lui-même qui a pris l'initiative de passer d'une histoire à l'autre, ai-je pensé. Il s'est rendu aux États-Unis pour assurer la protection de Pim, après avoir survolé la France... C'est son ombre que j'ai vue traverser le court central de Roland-Garros un jour de match... Il allait aux États-Unis pour protéger Pim. » J'ai pris conscience de l'intérêt que je portais depuis peu aux oiseaux. Les Anciens percevaient dans leur vol des signes du futur. Il m'a semblé que ceux auxquels j'avais songé me renvoyaient plutôt au passé. Je me suis souvenu de l'un des dessins que j'avais faits pour *Embros Dimanche*, montrant un oiseau qui passe rapidement au-dessus d'une tombe. « J'aurais dû dessiner l'ombre de l'oiseau sur la tombe. » L'opéra s'était terminé. Je me suis endormi malgré moi.

— Voici l'Achéron, a dit Costas.

J'ai regardé autour de moi sans rien voir, sinon des champs cultivés, des roseaux et des buissons et, à travers la vitre arrière de la voiture, une colline.

— Descends et tu le verras.

Je l'ai vu en ouvrant la portière de la voiture, il passait juste en dessous. Nous étions sur un petit pont en bois. J'ai vu ses eaux à travers l'écart qui séparait les planches. Les deux côtés du pont étaient obstrués par les roseaux et les herbes qui poussaient sur les rives du fleuve. Il était tout à fait insignifiant. Sa largeur ne devait pas excéder trois mètres.

— Mais quel besoin avaient-ils d'une barque pour traverser ?

— Je crois qu'il est plus large ailleurs, à l'endroit où il rencontre deux autres fleuves, le Noir et le Muet.

J'ai pensé que c'étaient là des noms très bien choisis pour des affluents de l'Achéron — son nom veut dire « disgracieux ». Nous avons préféré visiter d'abord le Nécromantion, qui était tout proche, avant de nous mettre à la recherche de cet endroit. Nous sommes montés en voiture jusqu'au sommet de la colline. Hadès et Perséphone, les souverains des morts, logeaient dans une salle souterraine du sanctuaire. Ils avaient beaucoup de visites cet après-midi-là. Un car et plusieurs voitures étaient garés devant le site archéologique. Une chapelle, construite au milieu des ruines, rappelait que des moines avaient investi le lieu. Il reste du sanctuaire des murs parfois larges de plusieurs mètres, formant des pièces exiguës où les pèlerins, enfermés dans le noir, se préparaient moralement à rencontrer le défunt de leur choix. On leur donnait à manger des fèves fraîches qui, dit-on, provoquent des troubles psychiques. C'est la deuxième fois que j'entends parler de ce légume à propos d'un oracle — je n'oublie pas que les fèves faisaient partie des attributs de la Pythie. Il existait des passages secrets à l'intérieur de ces murs cyclopéens, qui facilitaient le travail de mise en scène des prêtres. Les archéologues ont mis la main sur des pièces d'une machinerie qui servait peut-être à faire surgir, devant le visiteur passablement déboussolé, l'idole personnifiant le mort. Cette scène devait se dérouler au-dessus de la chambre d'Hadès et de Perséphone. Nous l'avons visitée aussi, en même temps qu'un couple de Grecs. Nous avons descendu un grand nombre de marches. Nous avons abouti dans une longue salle voûtée, silencieuse. Bien qu'il n'y eût rien de particulier à voir, nous y sommes restés un bon moment, comme si nous espérions que le silence finirait par nous dire quelque chose. Soudain, nous avons entendu la sonnerie très faible d'un téléphone. La dame a sorti un portable de son sac.

— Allô ? a-t-elle dit d'une petite voix.

Elle paraissait extrêmement ennuyée, elle nous a regardés d'un air navré. L'homme qui l'accompagnait semblait, lui aussi, déplorer l'incident.

— Je ne peux pas te parler d'ici... Je t'appellerai plus tard... Je suis à un endroit où l'on ne peut pas parler... Je t'expliquerai.

Elle a coupé la communication. Dans les heures qui ont suivi, la phrase « Je suis à un endroit où l'on ne peut pas parler » m'est revenue plusieurs fois à l'esprit.

Nous avons eu toutes les peines du monde à trouver le confluent des trois fleuves — de deux en vérité, car le Noir et le Muet se joignent avant de rencontrer l'Achéron. Une plaine sans fin, labourée et aride, s'étend entre la colline qui abrite l'oracle des morts et la mer. Les rares chemins de terre qui la traversent sont presque impraticables pour une voiture de tourisme et ne portent aucune indication. Nous nous sommes néanmoins engagés sur un sentier qui paraissait se diriger vers l'Achéron. Nous devinions la présence du fleuve à la végétation qui accompagne son cours. Parfois nous nous en approchions et parfois nous nous en éloignions. Après plusieurs kilomètres, nous avons été arrêtés par un monticule de terre qui barrait la route. Nous avons réalisé que nous avions perdu la trace du fleuve. Nous avons laissé la voiture et nous avons continué à pied. Nous avons parcouru plusieurs champs, nous avons inspecté tous les buissons et les arbrisseaux du coin, sans trouver l'Achéron. Nous avons regardé derrière nous : nous ne voyions plus la colline, ni la voiture d'ailleurs. Les couleurs du paysage avaient commencé à changer. Elles ne s'étaient pas encore assombries, il était déjà perceptible cependant qu'elles s'assombriraient. « Nous sommes au cœur d'un conte pour enfants, dont nous avons oublié la suite. »

— Qu'est-ce qu'on fait ? ai-je demandé.

— On rebrousse chemin ?

Un paysan qui venait vers nous a mis fin à notre hésitation. Il marchait lourdement, il était assez corpulent.

— Qu'est-ce que vous cherchez par ici ? a-t-il dit sur un ton bourru.

Nous étions sur ses terres. Il nous a appris que le champ suivant, à l'extrémité duquel le Noir rencontrait l'Achéron, lui appartenait également. Savait-il que son territoire était situé exactement à la frontière de l'au-delà ? Nous n'avons pas jugé utile d'aborder ce sujet. Il nous a permis de poursuivre notre chemin et a continué le sien.

Nous n'avons pas trouvé l'illustre bois de peupliers et de saules dédié à Perséphone où, selon Homère, Ulysse rencontre l'ombre de sa mère. Le paysage ne ressemble pas beaucoup à celui décrit par le poète. Nous n'avons pas aperçu la grotte qui donne accès au royaume des morts. Nous n'avons vu aucun rocher.

Nous avons tout de même aperçu quelques saules et des tas de buissons au bout du second champ. Au fur et à mesure que nous avancions, les buissons devenaient plus nombreux. Nous avons eu bien du mal à franchir les derniers mètres.

L'Achéron est vert sombre avec de grandes taches noires placées sous les arbres qui se penchent sur lui. Il est large d'une bonne quinzaine de mètres à cet endroit. Il n'était pas couvert de brouillard, on voyait très bien la rive d'en face. J'ai supposé que sa couleur devait être plus claire à midi, mais il m'a été impossible de l'imaginer sous une telle lumière. « L'Achéron ne trouve sa véritable couleur qu'au moment où le jour décline. » Ses eaux étaient parfaitement calmes, même à l'endroit, cinquante mètres sur notre droite, où il accueillait le Noir. Les deux fleuves se rencontraient silencieusement, comme de vieux camarades qui n'ont plus grand-chose à se dire.

Nous avons fumé. Nous n'avons vu personne en face, n'avons observé aucun mouvement. J'ai pensé une fois encore aux paroles de la dame :

« Je suis à un endroit où l'on ne peut pas parler. » Je n'ai jamais accepté le silence de ma mère. Je lui en veux quelquefois de ne pas me donner de ses nouvelles, comme si la mort n'était pas une excuse suffisante. Son silence ne m'ennuie pas moins quand je suis à Paris, car elle me téléphonait souvent. Je lui adresse des reproches absurdes : « Pourquoi est-ce que tu n'appelles pas, enfin ? Tu as perdu le numéro ? Tu ne t'en souviens plus ? » J'imagine l'au-delà comme un pays lointain certes, mais d'où l'on peut téléphoner de temps en temps. J'ai accepté plutôt facilement l'idée que je ne la verrais plus, je me suis résigné à la distance, non au silence. Sa mort m'a rappelé toutes les questions que je n'avais pas eu le temps de lui poser, tous les sujets que nous n'avions pas encore abordés. J'ai fait en même temps la constatation que nous ne pouvions plus parler et que nous avions une foule de choses à nous dire.

Nous avons fait quelques pas sur la rive. C'est Costas qui l'a remarquée le premier :

— Regarde, a-t-il dit.

En face de nous, attachée au tronc d'un arbre, flottait une petite barque, peu profonde, à fond plat. Elle était peinte en vert, c'est sans doute pour cela que nous ne l'avions pas vue plus tôt. C'était un vert moins soutenu que celui du fleuve, un vert amande.

Nous n'avons pas parlé beaucoup jusqu'à Amphissa. Nous nous sommes arrêtés deux fois seulement, à Agrinion pour prendre de l'essence et à Naupactos pour manger des brochettes. J'ai feuilleté en chemin le dernier numéro d'*Épirotika*, qui publie un important lexique du dialecte local. On appelle *apalomounida*, « au sexe soyeux », la femme qui accorde facilement ses faveurs et *héliogéni*, « née du soleil », celle qui est très belle. Le cimetière se nomme aussi *thaphtiko*, l'endroit où on enterre, « l'enterroir » en quelque sorte. J'ai bien aimé le mot *aka* qui signifie « non ». Le père de ma mère, celui qui est mort pendant la dernière guerre sur le front albanais, était originaire de Zitsa, un village du département de Jannina. Il s'appelait Vryzalas.

J'ai eu l'idée de faire une place aux couleurs dans mon cahier. Je passe énormément de temps, quand je dessine, à les regarder avant d'en choisir une. Il m'a semblé qu'aucune couleur ne portait de nom commençant par epsilon, mais j'ai fini par me rappeler que le rouge se nomme aussi *érythro*. Je me suis souvenu d'un des jeux que nous avions mis au point avec Vaguélio :

— Apporte-moi quelque chose de rouge, lui disais-je.

Elle m'apportait une chaussette, une bouteille de vin rouge. Je me suis souvenu du sol rouge d'une cuisine que ma tante avait traversé les seins nus — elle portait une serviette blanche autour des hanches. Il n'existait aucun lien entre les images qui me venaient à l'esprit : j'ai pensé au rouge grenat des œufs de Pâques, au rouge funèbre des boucles d'oreilles de Rava Noora, aux larmes qui séchaient sur les joues de ma mère pendant qu'elle regardait les deux oiseaux sur la terrasse, au trait rouge tracé au milieu de la voie ferrée des États-Unis. Mes pensées m'ont conduit au rouge des rochers de Delphes, comme pour me rappeler le but de mon voyage.

Mais elles ne se sont pas arrêtées à Delphes. J'ai revu une nouvelle lune immense qui était apparue derrière une falaise du Péloponnèse. Je voyageais avec Vaguélio, c'était elle qui conduisait. La route passait au pied d'une montagne qui se dressait verticalement sur notre gauche et nous cachait la moitié du ciel. Nous n'avions pas remarqué que la lune s'était levée et nous ne pouvions pas le soupçonner car il faisait encore jour. Dans un virage où la route s'écartait un peu de la montagne, nous l'avons vue littéralement bondir devant nous, pour se cacher aussitôt après, à la même vitesse foudroyante, derrière les rochers. Nous avons eu très nettement l'impression que la lune avait bougé, qu'elle avait voulu jeter un coup d'œil sur la route, comme si elle nous guettait et commençait à perdre patience. Vaguélio a freiné brutalement, le moteur a calé. Nous sommes convenus que cette apparition menaçante ne présageait rien de bon. Le beau-père de Vaguélio était alors à l'hôpital, comme ma mère. Nous nous sommes demandé lequel des deux était visé par cet avertissement. Quelques mois plus tard, nous avons su qu'il les concernait tous les deux. Toutes les prédictions disent juste, pour peu qu'on leur laisse le temps de s'accomplir.

Vaguélio n'avait pas tort de ne pas me faire confiance. J'ai pensé à Christina. L'été n'était pas encore arrivé, il faisait plutôt frais. Elle a pourtant voulu se baigner. Sur son maillot blanc étaient imprimés des fruits aux couleurs vives, dont un ananas, placé sur son sexe. J'étais assis sur la plage et je l'attendais. La journée s'achevait. L'ombre des rochers qui entouraient la plage avançait vers nous. Nous avons fait l'amour sur le sable. Nous souhaitions finir avant la disparition du soleil. L'ombre est arrivée tout près, nous l'avons vue recouvrir nos affaires.

— Elle n'ira pas plus loin, a dit Christina.

Elle n'a plus bougé, en effet. Christina prétendait par la suite que nous avions, ce jour-là, retardé le coucher du soleil de cinq minutes.

— Nos ennuis sont peut-être dus au fait que nous ne savons pas comment occuper nos mains, a dit Costas. Contrairement aux pieds, aux yeux ou aux oreilles, les mains n'ont pas une mission bien précise. C'est à nous de leur fixer un but, de leur trouver un emploi. Nous apprenons un métier pour occuper nos mains.

Nous apprenons à conduire pour la même raison. Les poches de nos vêtements, le komboloï et la cigarette permettent de résoudre provisoirement le problème. Le passe-temps idéal nous est fourni par le corps féminin. Si nous n'avions pas ce problème, nous ne tomberions pas amoureux.

Il a dit tout cela sur un ton joyeux, sauf la dernière phrase. Nous n'étions plus très loin d'Amphissa. La nuit était tombée. Nous avons croisé quelques lièvres, qui ont regardé un instant les phares de la voiture, mais qui se sont écartés à temps.

— C'était mon anniversaire quand elle est allée à Thessalonique. J'ai cinquante ans, Pavlos.

Il a fait une grimace.

— Cinquante, a-t-il répété.

Il a laissé passer le camion qui nous suivait depuis un moment. Il avait réduit la vitesse du véhicule. Cela m'a fait plaisir, car je n'étais pas pressé que notre tête-à-tête prenne fin. J'ai supposé qu'il n'était pas pressé lui non plus.

— J'ai peu vécu, a-t-il dit. J'ai l'impression que le temps me facture trop cher le peu que j'ai vécu. Mon âge me fait du tort. Héraclite compare le temps à un enfant qui s'amuse en jouant aux dés. On ne peut pas exiger de l'équité de la part d'un enfant, encore moins d'un coup de dés... Margarita affirmait qu'elle n'attribuait aucune importance à notre différence d'âge...

Mais elle disait bien des choses encore qui étaient probablement fausses... Je me sens dépossédé même des souvenirs qui me restent de cette aventure.

J'ai pensé que la rue Héraclite, à Colonaki, me rappellerait désormais un enfant qui s'amuse en jouant aux dés.

— Tu l'oublieras. Tu oublieras son numéro de téléphone. Les chiffres s'effacent un à un. Je crois qu'ils commencent à s'effacer par la fin. Dans quelques mois, tu ne te souviendras plus que des deux premiers chiffres.

— C'est ce que me dit Léna... Ça m'ennuie de leur faire de la peine, à elle et à Vasso... Ne crois pas que Vasso ne se soit rendu compte de rien, elle me connaît... Les princesses des contes étaient très belles en général... J'ai peut-être la nostalgie de l'époque où de belles princesses habitaient mes nuits... Nous tombons amoureux de femmes inaccessibles, irréelles. Je me souviens d'un gentil cheval blanc, d'une longue robe bleue brodée d'étoiles, de la porte en nacre d'un château... Nous aimons les femmes qui possèdent les clés de mondes fantastiques où les bruits les plus ordinaires ont une douceur particulière.

Nous avons trouvé un vieil hôtel à deux étages, sur une place. Il a demandé à la femme qui nous a accueillis de lui préparer du café pour son Thermos. Nous nous sommes assis, en attendant, dans le salon. Nous avons parlé un peu de notre père, mais de manière distraite — l'imminence de son départ ne nous permettait pas de nous concentrer.

La femme n'a pas tardé à préparer le café. J'ai accompagné Costas jusqu'à sa voiture.

— Je souhaite qu'elle t'appelle, ai-je dit.

— Et qu'elle me dise qu'elle m'aime, naturellement.

Son sourire était ironique et infiniment triste en même temps.

— Naturellement.


Le musée des Arts et Traditions populaires d'Amphissa se trouve près de la cathédrale — une plaque de marbre rappelle qu'elle a été miraculeusement épargnée lors d'un bombardement pendant la dernière guerre —, dans une ruelle bordée d'une boucherie, du café Au Bon Cœur, d'un magasin de produits agricoles et de la boutique Modelino, qui vend des robes de mariées et des cadeaux pour les baptêmes. Il est fermé pour l'instant, mais le propriétaire de mon hôtel, M. Bouras, qui est membre de la société d'études folkloriques, l'ouvrira pour moi. Le musée ne dispose ni de personnel ni de ressources. Il a été créé par des particuliers nostalgiques, amoureux de leur ville. Trois popes, au fond de la ruelle, entrent dans une voiture. Je vois enfin M. Bouras, suivi par une grande jeune fille.

— C'est ma femme ! me dit-il. Nous nous sommes mariés en septembre.

Il est certainement plus âgé que Costas. Il est fier d'elle. Elle baisse les yeux, elle porte une robe très élégante. Une certaine pagaille règne dans l'entrée du musée, où sont entassées toutes sortes de choses, outils professionnels, ustensiles de cuisine, harnais et même un vieil émetteur radio. Dans les pièces voisines, les objets sont nettement mieux ordonnés et s'accompagnent de notices explicatives. Elles font revivre des métiers quasiment disparus, comme celui du tanneur et du sonnettier, mais aussi du cordier (j'apprends que la production de cordes comptait parmi les principales industries de la ville), du maréchal-ferrant, du ferblantier, du tonnelier. Je vois plusieurs rangées de clochettes et de sonnailles classées par taille. Je ne me sens pas étranger ici. Nous montons au premier étage, la jeune femme reste en bas, dans un petit bureau. Du haut de l'escalier, je regarde le bric-à-brac accumulé dans l'entrée : ma mémoire doit présenter à peu près cette image. J'ai déjà dit à mon guide que ma grand-mère travaillait dans une tannerie, c'est, je pense, ce qui l'a convaincu de m'ouvrir le musée. Je serais curieux de connaître l'affreuse odeur de la mixture où l'on trempait les peaux, mais plus aucun des rares tanneurs qui restent ne se sert de crottes de chien. Que font donc aujourd'hui les habitants d'Amphissa ? Ils exercent des métiers techniques, sont employés dans les carrières de bauxite du Parnasse. Quels habitants, d'ailleurs ? La plupart sont partis.

— Nous sommes l'une des régions les plus dépeuplées du pays, nous n'avons même pas vingt habitants au kilomètre carré, tu sais ce que ça signifie ?

Je regarde les enseignes de vieux magasins qui sont posées contre un mur, l'une derrière l'autre. Elles sont en bois ou en zinc. Je les fais pencher de mon côté, en les appuyant sur mon genou.

— J'espère que vous produisez toujours de l'huile et des olives.

— Plus tellement. Chacun produit l'huile dont il a besoin. Ce n'est pas une culture rentable. La majorité des gens arracheraient leurs oliviers, si l'État le leur permettait. L'oliveraie est protégée car elle fait partie du paysage delphique.

Je comprends à présent pourquoi ma mère avait parfois du mal à trouver des olives d'Amphissa.

— C'est l'agrément de notre vie, cette oliveraie. Ils ont raison de la protéger. Mais elle est en train de devenir un élément décoratif.

J'ai soudain sous les yeux l'enseigne du magasin de clochettes dont parlait ma mère : « Chez Liszt », c'est l'avant-dernière de la série, elle est composée en lettres jaunes calligraphiées sur fond marron. On entend, du rez-de-chaussée, la voix de la jeune femme :

— Je vais faire quelques courses !

— Elle a vingt-cinq ans, me dit confidentiellement Bouras. Moi, j'en ai cinquante-six... Mais c'est une poétesse !

Je ne comprends pas ce qu'il veut dire : les poètes ont-ils une perception différente du temps ? Jouissent-ils d'une maturité précoce ? Je laisse à contrecœur l'enseigne à sa place, je la volerais volontiers.

Il sait que je dois prendre le car de midi. Il n'a pas beaucoup d'estime pour les Delphiens qui sont les seuls habitants vraiment riches de la région.

— D'abord, ils sont terriblement avares, me dit-il.

Comme la plupart des riches, les Delphiens ne donnent pas. Ils n'ont jamais rien donné du reste. Il me rappelle qu'ils ont chargé Philippe de Macédoine de punir les habitants d'Amphissa parce qu'ils avaient tenté de cultiver la plaine sacrée.

— Ça nous a coûté cher, l'égoïsme des Delphiens. Philippe a saccagé de fond en comble notre ville. Nous avons versé du sang !

Il s'emporte comme s'il avait été témoin du désastre. J'ai l'impression que le sang qui a été versé il y a vingt-trois siècles n'est pas encore sec. Il reconnaît cependant que les Delphiens n'ont jamais volé ou vendu des antiquités.

Nous descendons au rez-de-chaussée, dans le petit bureau, où il me montre la revue de la société d'études folkloriques et d'autres publications à caractère culturel, les périodiques *Lettres phocidiennes* et *Chroniques phocidiennes*, des plaquettes sur les superstitions, les jeux d'enfants, les personnalités locales qui ont joué un rôle dans le soulèvement de 1821. Il a également les *Mémoires* de Macriyannis. Je pense encore à ma mère qui était fière du niveau intellectuel de sa ville natale. L'activité éditoriale paraît en effet importante pour une ville qui n'a que six mille habitants. J'achète toutes les revues que je peux tenir dans mes mains, ainsi que les *Mémoires* du général, que j'envisage de lire enfin. Il veut m'offrir certains exemplaires, mais je préfère tout payer. J'accepte cependant qu'il me fasse cadeau du recueil de poèmes de sa femme, intitulé *Nuits*.

— Il faut que je te montre quelque chose encore, me dit-il.

Il s'agit d'une broderie en laine, exposée sous la cage de l'escalier. Ses couleurs sont pâles. On y voit un berger et une bergère qui se regardent dans les yeux. Ça n'a aucune espèce d'intérêt, à première vue.

— Regarde bien leurs yeux, dit-il. La femme qui l'a réalisée a voulu donner une vivacité particulière au regard des amoureux et n'a pas utilisé de laine à cet endroit mais ses propres cheveux, qui étaient noirs.

Je regarde de plus près le tableau. Les yeux des amoureux luisent un peu, comme s'ils étaient en larmes.

La petite assiette contient une crevette frite, une bouchée de viande rôtie, un morceau de langue de bœuf, un morceau de saucisse et une pomme de terre cuite au four. Je bois de l'ouzo à la terrasse d'un café, sur la place. J'ai demandé au serveur de m'apporter en plus quelques olives. Je ne peux pas partir d'ici sans avoir goûté aux olives d'Amphissa.

Les ouvrages que j'ai achetés au musée sont posés sur le fauteuil voisin, ils forment une assez haute pile. L'ombre du verre tombe sur mon manuscrit, elle est légère, transparente, lumineuse. Mon texte me repousse insensiblement, me tient à l'écart, comme s'il n'avait plus besoin de mes services, comme s'il pouvait poursuivre son chemin sans moi.

Dix fois j'ai tourné les yeux vers le kiosque qui est un peu plus bas, sur le même trottoir, mais ce n'est que maintenant que je remarque, parmi les magazines étrangers exposés, *Le Nouvel Humaniste*! Je reconnais sur sa couverture l'amphore à deux anses que j'ai dessinée! La couleur rouge brique que j'avais donnée aux silhouettes des Européens n'a pas été très bien rendue, celle que je vois tire un peu sur le jaune moutarde — je pense à la moutarde grecque, qui est légèrement plus foncée que celle de Dijon. Le serveur vient de m'apporter les olives. J'en ai compté cinq, grosses, étincelantes. Dans le peu d'huile qui couvre le fond de l'assiette il y a une goutte de vinaigre.

— Je ne veux pas de tes olives à la sarriette ! disait-elle.

Je n'achèterai pas d'olives ici puisque, avec un peu de chance, je trouverai les mêmes à Athènes. Je suis déjà trop chargé. Mais peut-être écrirai-je le mot *élia*, l'olivier. Je ne vois pas quel autre nom je pourrais emprunter à ce lieu. J'imagine que ma mère devait se promener dans l'oliveraie. Le temps ne produit pas le même son partout. Ici, son passage est signalé par le bruissement des feuilles des oliviers. J'essaie de voir le reflet de la place sur les olives, j'aperçois quelque chose, un mouvement, je lève la tête : une fille passe sur son vélo.

Je marche jusqu'au kiosque, j'entends le bruit du cafard que j'ai écrasé en sortant de ce café de Colonaki, il y a combien de temps déjà ? C'est vrai que l'imprimeur n'a pas bien rendu le rouge, mais le noir du vase est parfait. Le casque à cimier dont j'ai affublé le Grec le fait paraître plus grand que les autres Européens. J'éprouvais une immense joie, jadis, quand je voyais publié un de mes dessins. Le temps a réduit l'intensité et la durée du plaisir. J'ouvre la revue, en reprenant ma place à la terrasse du café, les pages paraissent toutes blanches à la lumière du soleil, j'ai même du mal à lire les titres. Le premier article, après la lettre de l'éditeur signée Véronique Carrier, porte sur une série de scandales économiques, détournements de fonds et trafics d'influence qui mettent en cause des personnalités connues du monde politique. Un ministre est déjà en prison. J'imagine les membres du gouvernement français habillés en bagnards, tenant conseil dans le parloir d'une prison. L'assiette qui accompagne le deuxième ouzo n'est pas mal non plus : il y a quatre boulettes, une tomate coupée en quatre et une patate au four. *Le Nouvel Humaniste* glisse et tombe sur le trottoir.

— Tu peux m'apporter un peu de pain ? dis-je au serveur.

Le terminus des autocars se trouve de l'autre côté de la place. « Dans quelques instants, je mettrai tous les imprimés dans mon sac et je traverserai la place. » Je vois le car qui va à Delphes, il est encore vide.

L'enterrement a eu lieu le lendemain, un jeudi comme aujourd'hui, dans l'après-midi. À midi j'ai acheté tous les journaux où j'avais fait passer l'annonce de son décès. La nouvelle la plus importante que j'ai jamais lue dans la presse était sans nul doute ce texte court qui commençait par les mots « Notre bien-aimée... ». Je ne sais plus très bien comment les choses se sont passées après la cérémonie à l'église. Nous n'avons pas eu à porter le cercueil. Je l'ai vu posé par terre, à côté de la fosse. Il était en bois clair. De l'autre côté de la fosse, il y avait un tas de terre. Le plus âgé des deux fossoyeurs paraissait pressé, l'autre, le jeune, nous observait avec curiosité. Nous avions formé un cercle, il y avait une cinquantaine de personnes, peut-être davantage. Je ne me souviens pas de la femme qui se tenait devant moi, seulement de son manteau, qui était bleu. Quelqu'un a demandé qu'on ouvre le cercueil, une des sœurs de mon père, je crois. J'ai compris qu'il est de règle de l'ouvrir avant la mise en terre. Je suis passé devant la dame au manteau bleu, mais je ne me suis pas trop avancé. Costas est allé l'embrasser. Mon père a fait de même. Je suis resté à une certaine distance. Je voulais peut-être préserver l'image que j'avais d'elle. Je n'ai vu son visage que de loin. D'autres personnes s'étaient approchées du cercueil.

— Elle est belle, n'est-ce pas ? m'a dit Costas.

Il ne pleurait plus. Je l'avais vu pleurer, quelques instants plus tôt, dans les bras de Léna. Vasso aussi était là, et Fanny, et Théodoris avec Mariléna, et Yogarakis le comédien, et Stélios le photographe, et plusieurs parents éloignés que je n'avais pas vus depuis des années. Le vieux fossoyeur était sur le point de fermer le cercueil.

— Un instant, a dit mon père. Je veux lui dire quelque chose.

Tout le monde s'est tu. J'ai réalisé alors que la construction en béton au-delà de l'enceinte du cimetière, masquée en partie par les cyprès, était le terrain de football où j'allais enfant.

— Je me souviens de la première fois où je t'ai pris la main. Il y a bien longtemps, n'est-ce pas ? Plus de cinquante ans. Tu l'as peut-être oublié. C'était un Mardi gras, nous étions sortis d'Athènes. L'employé de ton père avait lancé un cerf-volant, attaché à un bout de bois. Il te l'a fait tenir, mais il t'a échappé des mains. J'ai réussi à le rattraper et j'ai commencé à enrouler la ficelle en imprimant au bois un mouvement croisé. Je t'ai dit : « C'est comme ça qu'on enroule une ficelle. » Je devais avoir l'air très docte car tu as éclaté de rire... J'ai lâché à mon tour la pelote, le cerf-volant a tout emporté, il a disparu dans le ciel, l'employé s'est mis à crier, mais quand il a vu que je te tenais la main, il n'a plus rien dit et il s'est éloigné.

Sa voix était ferme. Il se tenait à côté du cercueil, presque droit.

— Tu m'as reproché quelquefois de ne pas extérioriser suffisamment mes sentiments. « Mais il y a des choses qu'on ne peut pas dire, je te répondais, ou que moi je ne sais pas dire. » Tu prétendais que les choses qu'on ne dit pas n'existent pas... À l'hôpital aussi je voulais te parler, mais quelque chose m'en empêchait tout le temps... Je voudrais te remercier de m'avoir tenu compagnie pendant tant d'années, ma bonne Marika.

Il a sorti de sa poche quelques mimosas enveloppés dans du papier et les a posés entre ses mains. Ensuite il a baisé ses mains. J'ai remarqué que le jeune fossoyeur était ému. J'ai vu le pope, qui se tenait derrière le cercle familial, en train de regarder sa montre.

— Ne sois pas triste, lui a-t-il dit, tout ira bien. Je m'occuperai de tout. Je veux que tu sois tranquille. On ne tardera pas à se revoir. Je viendrai te chercher. Je regarderai à droite, à gauche, je finirai par te trouver, et quel bonheur alors, quel bonheur...

Sa voix s'est brisée. Le fossoyeur a posé le couvercle sur le cercueil.

Je me lève, je range mes affaires dans mon sac, je vois déjà quelques passagers dans l'autocar de Delphes.

8

Cet endroit est situé à égale distance du ciel et de la terre. Son altitude n'est que de cinq cent soixante-dix mètres, mais sous le village et le site archéologique la déclivité du terrain est si forte qu'on a l'impression de se trouver loin de la terre. Le regard dévale la pente qui est déjà chargée d'oliviers, s'arrête au pied de la montagne d'en face où passe une rivière, suit son cours vers la droite, toujours en descendant, et aboutit à l'immense oliveraie qui va jusqu'au fond de l'horizon. Là, d'autres montagnes forment de jolies courbes. La mer est cachée par la montagne d'en face. On n'en aperçoit qu'un petit bout, qui scintille aux confins de l'oliveraie : enserré par le paysage de tous les côtés, il ressemble à un lac. « C'est un endroit d'où l'on voit et ne voit pas la mer. » Des cyprès surgissent un peu partout au milieu des oliviers. On les distingue aisément car ils sont très sombres. On dirait que le paysage est émaillé de points d'exclamation. Contrairement à la terre, le ciel est tout proche. Les falaises semblent le soutenir. Elles forment un genre d'amphithéâtre derrière le sanctuaire, et sont effectivement très hautes. Leur couleur donne au bleu du ciel une étrange intensité. Le ciel ne passe pas inaperçu ici. Le plafond du temple d'Apollon était bleu, rouge et doré.

Ces roches ont un nom. Elles s'appellent les Phédriades, les Brillantes. C'est en quelque sorte leur nom de famille. Elles ont aussi un prénom : Phlemboukos, la Flamboyante, et Rodini, la Rousse. Au milieu de la brèche qui les sépare jaillit l'eau de la Castalie, qui coule jusqu'à la route. J'ai bu un peu de cette eau, appréciée des poètes, en souhaitant qu'elle me donne l'inspiration qui est naturellement indispensable quand on parle de Delphes.

L'autocar m'a laissé au village. J'ai dû faire le tour de plusieurs hôtels pour trouver une chambre. La rue principale porte le nom d'Apollon. Les hôtels, les restaurants, les magasins pour touristes se nomment la Pythie, Dionysos (il remplaçait Apollon en hiver, lorsque ce dernier prenait son congé annuel), l'Aurige, Antinoüs, Castalie, les Phédriades, le Parnasse. Leurs enseignes constituent une bonne introduction à la visite du lieu. J'ai atterri à l'hôtel Python qui perpétue le souvenir du serpent tué par Apollon lors de son installation à Delphes. Ce n'est pas sûr que la Pythie doive son nom à ce serpent. On ne peut pas affirmer non plus que Delphes signifie *delphini*, le dauphin. On peut tout juste noter qu'Apollon se plaisait parfois à se transformer en dauphin. On m'a attribué la chambre 8. J'aurais préféré la 5, à cause de l'epsilon, mais elle n'était pas libre.

— Nous avons un couple de Danois au 5, m'a dit le réceptionniste.

Je n'ai pas fait grand-chose le premier après-midi, je me suis contenté d'une promenade jusqu'aux ruines qui se trouvent à deux kilomètres du village. Je n'ai pas quitté la route qui sépare le site en deux, de manière inégale, car la plupart des vestiges importants sont réunis dans sa partie la plus élevée. En contrebas, on peut voir, hormis la très illustre rotonde en marbre, d'énormes blocs de pierre tombés des Phédriades. Je savais que Phlemboukos et Rodini avaient le goût de la destruction, mais j'ignorais qu'elles expédiaient de pareils boulets. Le paysage n'est pas seulement menacé par sa morphologie : les gaz d'échappement des voitures et les secousses que provoque leur passage accélèrent sa dégradation.

J'étais tout à fait serein, comme si j'avais la certitude que l'endroit allait répondre à toutes les questions qu'il avait fait naître en moi. J'ai vu de loin le théâtre et les six colonnes du temple d'Apollon. Une seule a été entièrement restituée, avec son chapiteau. Elles sont groupées près de l'entrée du temple, là où était accroché l'epsilon. Une foule de touristes parcourait la voie sacrée ou se promenait nonchalamment sur la route, au bord de laquelle des dizaines de cars étaient stationnés. Le nombre des visiteurs est évalué à un million par an. J'ai pensé que Plutarque aurait été ravi de voir tout ce monde. À l'évidence, Apollon a trouvé un nouveau public. L'affluence est peut-être comparable à celle que l'oracle a connue durant les premiers siècles de son activité. J'ai essayé d'imaginer les touristes habillés autrement, sans caméras ni appareils photo. J'ai tenté de leur insuffler l'émoi que devaient ressentir les anciens pèlerins. Mais je n'ai pas réussi à les métamorphoser : les voitures qui passaient sans arrêt ne facilitaient pas ma tâche.

J'ai trouvé tout de suite le café que fréquentent les autochtones. C'était le seul établissement de la rue principale qui ne cherchait pas à attirer les touristes. Il était si mal éclairé qu'il paraissait fermé. Je me suis assis au fond, près d'une fenêtre. Je voyais la plaine et la mer, mais pas les Phédriades. La télévision était allumée. La seule femme présente était la serveuse. J'ai pensé à Flaubert, qui affirme que la beauté des Delphiens est supérieure à celle des Delphiennes. A-t-il réellement eu l'occasion de voir beaucoup de Delphiennes ? Les murs, recouverts d'un bois quelconque, étaient agrémentés de photos en noir et blanc de l'Acropole, de Caramanlis, de Sikélianos et d'un Américain du nom de Cook, portant le costume local. J'ai appris qu'il avait passé une bonne partie de sa vie ici et qu'il est mort en tombant dans un précipice. Plusieurs petits drapeaux grecs et un drapeau américain étaient placés dans un verre posé sur la télévision. L'horloge murale était arrêtée à deux heures moins le quart. J'ai appris que Sikélianos avait une intense activité sexuelle. Il buvait régulièrement du bouillon de coq dont on prétend qu'il donne de l'ardeur. J'ai appris aussi que les Delphiens votent en majorité à droite. La guerre civile a donné lieu à de terribles massacres dans la région. Je ne prévois pas que leur souvenir s'effacera de sitôt. Au temps de l'Occupation, comme les radios étaient confisquées, quelqu'un annonçait les nouvelles du haut d'une montagne avec un porte-voix.

J'ai engagé la conversation sans difficulté. J'ai d'abord parlé avec la serveuse, qui a environ soixante-dix ans. Elle m'a confirmé que les Delphiens sont « presque » tous riches. Beaucoup de familles ont deux ou trois voitures. Les jeunes ne sont pas intéressés par les études car leur avenir est assuré. Le tourisme, qui a commencé à se développer dans les années 1950, a changé radicalement la vie. L'élevage a été complètement abandonné. Les couples se séparent de plus en plus souvent. Plusieurs villageois ont épousé des étrangères qui se sont établies ici, des Américaines, des Anglaises, des Néo-Zélandaises. Les couples mixtes comptent parmi les plus stables. La serveuse était employée aux fouilles avant la dernière guerre.

— Nous avons tous travaillé aux fouilles, a-t-elle dit. Les hommes creusaient et les femmes évacuaient la terre dans des couffins. Notre journée de travail se terminait quand le soleil n'éclairait plus que le haut des Phédriades.

Sur la photo d'Antinoüs on voit effectivement deux couffins. Aucune femme cependant ne pose avec les ouvriers. Elle a connu Alexandre Condoléon, le surveillant tatillon des fouilles.

— « Je suis sûr que vous n'allez rien voler, nous disait-il, parce qu'on ne se vole pas soi-même. » Il avait une grande affection pour l'Aurige. Il a coiffé un jour la statue de son chapeau de paille et l'a photographiée. Il appelait l'Aurige « mon garçon », « Je vais voir mon garçon », disait-il.

D'autres personnes sont intervenues dans la conversation. Elles m'ont assuré que leur attachement aux antiquités n'était pas dû uniquement à l'argent qu'elles rapportent. Quand le ministère de la Culture a pris la décision d'envoyer l'Aurige aux États-Unis, les habitants se sont soulevés, le préfet a fait venir les forces de police d'Amphissa, une fois de plus le sang a failli couler. L'émeute a été finalement évitée car le ministère est revenu sur sa décision. Je leur ai dit que je suis en train d'écrire une étude sur la Pythie.

— On nous appelle « les pythies » dans les villages voisins, a dit la serveuse. « Je vais voir les pythies », disent-ils. Ils se moquent de nous, ils insinuent que nous ne disons pas clairement les choses, que nous aimons les compliquer.

Je leur ai demandé s'il existait aujourd'hui au village une cartomancienne ou une femme sachant lire dans le marc de café. Ils ont été froissés, comme si je leur avais demandé de me présenter une prostituée. Il n'y en a pas, donc. Il m'a semblé toutefois que la serveuse était moins catégorique que les autres. « Il faudra que je lui repose la question quand elle sera seule. » Elle a reconnu, non sans hésitation, que jadis les femmes lisaient dans les fèves.

— Dans les fèves ? ai-je répété, car je voulais m'en assurer.

— Oui. Elles étalaient une poignée de fèves sur la table. Elles reconnaissaient très bien chaque fève, à sa taille, à sa forme, à l'état de son enveloppe. Elles étudiaient longuement leur disposition sur la table. Elles étaient en mesure de prévoir si un mariage allait se faire, de retrouver un objet perdu.

J'ai vu une fois encore la Pythie en train de secouer sa cuvette pour éjecter l'une des deux fèves. Était-ce la fève noire ou la fève blanche qui entraînait une réponse négative ? « Plutôt la noire. » Les fèves m'ont fait songer aux mots homériques qui sont arrivés intacts jusqu'à nous. Je suis charmé par les mots, les usages, les mythes qui survivent. Ils paraissent bénis par l'éternité, semblent appartenir à un monde merveilleux. Je ne manque pas de noter les analogies que je perçois entre le présent et le passé. Macriyannis — je l'ai lu dans l'autocar — raconte que, ayant été humilié publiquement quand il était jeune, il s'est enfermé dans la chapelle de Saint-Jean-le-Prodrome, près de Delphes, et a demandé au saint, sur un ton très vif, de l'aider à effacer l'affront : « J'ai tellement crié que j'ai fini par obtenir son soutien. » Les cris de Macriyannis m'ont rappelé les disputes des héros homériques avec les dieux. Mais je n'ai pas envie de contribuer à la confusion des temps qu'on cultive systématiquement en Grèce. J'ai l'impression que nous habitons un espace imaginaire, sans perspective, hors du temps, où rien ne commence parce que rien ne s'achève. Je n'ai éprouvé aucune amertume en apprenant que les Delphiennes ont cessé de lire dans les fèves. « Elles ont enfin compris que les fèves n'ont aucun génie, qu'elles sont aussi bêtes que les pois chiches. »

Nuit, à l'hôtel Python, chambre 8. Une photo de l'Aurige en couleurs est accrochée au-dessus de mon lit. J'ai demandé au réceptionniste de me réveiller à sept heures, je veux aller au musée avant l'arrivée des touristes. Je crois que les statues n'aiment pas la multitude, qu'il leur faut une certaine intimité pour s'exprimer. J'ai passé la soirée au restaurant Castri — c'était le nom du village à l'époque où il était encore installé sur les ruines. Il n'a repris le nom d'origine du lieu que lorsqu'il a été transféré à son emplacement actuel. Depuis sa transplantation, il s'appelle Delphes et les Castriotes sont devenus des Delphiens. Je voyais clignoter en face du restaurant la lumière rouge de la boîte DELPHI BY NIGHT. À quelques mètres de moi dînait l'archéologue aveugle que j'ai remarqué à l'École française. Je me suis rappelé qu'il se nommait Préaud et qu'il était épigraphiste. « Il pourrait sans doute me renseigner sur l'epsilon », ai-je pensé, sans oser le déranger. Il mangeait des œufs au plat. J'ai remarqué, en regagnant l'hôtel, que le village possédait un grand nombre de bijouteries. Dans la vitrine d'un magasin de souvenirs, j'ai vu des statuettes de satyres au sexe dressé, alignées devant une rangée d'icônes de la Sainte Vierge. Elle avait une expression encore plus triste que d'habitude.

La caissière du musée m'a informé que, conformément à une circulaire de Stathopoulou, l'entrée est gratuite pour les Grecs. Je n'avais pas remarqué que nous avions visité gratuitement le Nécromantion, je croyais que Costas avait pris des tickets. Je me suis énervé :

— J'ai envie de payer. Je trouve que ça en vaut la peine.

— Mais je n'ai pas de tickets pour les Grecs !

Un gardien est venu vers nous.

— La ministre souhaite stimuler l'intérêt des Grecs pour leur héritage, m'a-t-il expliqué gentiment. Mme Stathopoulou trouve que nous n'aimons pas assez les antiquités, et elle n'a pas tort.

— La suppression du droit d'entrée ne nous les fera pas aimer davantage.

La caissière a fait une moue. J'ai cru comprendre qu'elle était de mon avis. Deux couples de Grecs s'étaient approchés — les hommes portaient des bermudas —, ainsi qu'un petit vieux, tout maigre, coiffé d'un panama. Cinq ou six touristes faisaient la queue derrière moi. Ils suivaient la conversation sans la comprendre.

— Nous devrions payer plus cher que les touristes car nous sommes responsables de la détérioration des monuments, ai-je poursuivi. Aux Athéniens qui visitent l'Acropole, je ferais payer trois fois le prix d'entrée !

Je m'attendais à une réaction de la part des Grecs, mais ils ne se sont pas manifestés.

— Donnez-moi un ticket comme vous en avez pour les étrangers.

— C'est normal qu'on ne paye pas, car ces choses-là font partie de notre patrimoine, a dit le petit vieux.

Il a regardé le gardien.

— Monsieur vient d'employer le mot « héritage ». On ne paye pas pour voir son héritage ! Les statues sont les œuvres de nos ancêtres, elles nous appartiennent !

Sa voix avait des inflexions incertaines. On aurait dit qu'elle était mal accordée. Je l'ai regardé avec sympathie, il me rappelait vaguement un de mes professeurs. « Je ne vais pas entrer en conflit avec le passé. »

— Je conviens qu'elles nous appartiennent, si vous entendez par là que nous avons des devoirs accrus envers elles, lui ai-je dit sur un ton aimable. Mais je refuse de voir dans les effigies antiques des portraits de famille, je ne me reconnais pas en elles.

— Qu'est-ce qui se passe, là-bas, pourquoi on n'avance pas ? a dit un Français.

La file d'attente s'était considérablement allongée.

— Donne-lui un ticket pour touriste, qu'on en finisse, a dit le gardien à la caissière.

Je me suis dirigé vers la première salle, accompagné par le petit vieux. Il était pensif. Les deux couples marchaient derrière nous.

— Vous voyez en somme les vestiges comme un étranger ? a-t-il dit d'une voix sourde.

— Oui... Comme un étranger qui a l'avantage de reconnaître certains mots sur les inscriptions. Je préfère d'ailleurs les regarder sans la partialité de l'héritier ou du propriétaire. Je revendique la liberté de les trouver exécrables !

Il a enlevé son panama à l'entrée de la première salle, comme s'il pénétrait dans une église. Les deux couples nous ont dépassés. J'ai entendu l'une des femmes murmurer :

— Si nous pensions tous comme lui, il y a longtemps que nous aurions cédé notre Macédoine aux Slaves !

Le petit vieux a dû entendre cette remarque car il m'a demandé, aussitôt après, d'un air profondément préoccupé :

— Mais si nous ne sommes pas les descendants de nos ancêtres, qui sommes-nous donc ?

— Je ne sais pas... Je me reconnais une certaine parenté avec les figurines comiques du théâtre d'ombres... Avec Yannis, le marchand de cruches qui oublie de se faire payer par ses jolies clientes... Vous souvenez-vous du couple qui tenait la vedette dans les dessins d'humour du magazine familial *Trésor*, du minuscule Zacharias et de la femme géante ? Je suis peut-être le descendant de Zacharias et de la femme géante... Lisiez-vous les aventures de Gaour, le Tarzan grec, qui paraissaient en fascicules dans les années 1950 ? Je suis le fils de Gaour et de tante Léna, qui présentait les émissions pour enfants à la radio ! Du crabe, dont parle la chanson de Tsitsanis, et d'une des innombrables prostituées repenties du cinéma grec !

Il m'a regardé attentivement pendant quelques instants.

— Vous vous défendez bien, a-t-il dit. Mais vous exagérez un peu.

J'ai demandé au gardien où se trouvait la petite fille qui sourit et je suis allé directement la voir. Je ne peux pas prétendre que je l'ai regardée comme un étranger. Elle date de la période hellénistique et n'est pas considérée comme une œuvre majeure par l'auteur du guide du musée. Elle a un sourire très doux et de bonnes joues qui donnent envie de les caresser. J'ai éprouvé une certaine émotion en les touchant. Elles étaient glacées. J'ai regardé autour de moi pour m'assurer que personne ne m'avait vu. À l'autre bout de la salle, le petit vieux se tenait devant une vitrine, mais j'ai eu l'impression que c'était moi qu'il regardait.

Antinoüs m'a plutôt déçu. Je ne l'ai pas trouvé vieilli. Il m'a même paru plus jeune que sur la photo, qui a été prise avant qu'on le nettoie. Son corps est légèrement luisant, comme s'il sortait de la salle de bains. Sa beauté est trop voyante. C'est une beauté qui fait son propre éloge, qui se vante, qui fatigue. Ses avant-bras n'ont pas été retrouvés. Cela atténue un peu la perfection de l'ensemble et donne même une expression de douleur à son visage. L'absence des avant-bras ajoute, paradoxalement, quelque chose à la statue.

L'Aurige m'a beaucoup plus intéressé. Il conduisait un quadrige. Les chevaux sont partis. Il reste cependant dans sa main droite — il n'a pas de main gauche — les rênes. Il semble ne faire aucun effort. Seul le muscle sous son coude est un peu tendu. Le cordonnet qui maintient sa longue tunique pénètre assez profondément dans les plis du tissu. Il avait à l'origine la couleur dorée du bronze neuf. Sa patine verte actuelle est due au temps. Ses yeux sont faits de pâte blanche et l'iris d'une pierre marron. Je me suis assis par terre en continuant à l'étudier. Ses pieds nus sont extrêmement fins. Que regarde-t-il ? Peut-être les chevaux qui sont partis. Il regarde au loin, mais pas la ligne d'horizon, juste un point situé un peu plus bas. « C'est l'endroit où il a définitivement perdu de vue les chevaux. » Il ne paraît ni étonné ni peiné, comme s'il avait prévu qu'ils partiraient. Son regard est cependant mélancolique. Il découvre continuellement que ce n'est pas la même chose de prévoir un événement et de constater qu'il a déjà eu lieu. « C'est un spectateur résigné du temps. » J'ai examiné les rênes. Il n'en reste que de petits bouts tordus. Elles composent une figure abstraite qui rappelle les dessins qu'on griffonne quand on essaie un nouveau stylo. Je me suis levé et j'ai fait quelques pas en les regardant sans cesse. Il m'a semblé qu'elles formaient l'epsilon majuscule, mais c'était un epsilon malmené, presque méconnaissable. J'ai pensé que le regard de la statue m'indiquait la distance qui me sépare du mot que je cherche. « L'epsilon désigne le silence qui l'accompagne. Ce n'est pas l'initiale d'un mot, mais d'un silence qui permet d'entendre l'écoulement du temps. » Comme je tournais autour de la statue, je voyais les rênes prendre d'autres formes. Tantôt elles faisaient songer à un thêta (Θ) cassé, tantôt à un lambda (Λ) étiré, tantôt à un alpha minuscule (α). « L'epsilon aurait eu exactement le même sens s'il avait été un alpha, un lambda ou un thêta. Le silence aurait été le même. » J'ai pensé aussitôt que le silence résonne mieux à côté d'une voyelle que d'une consonne. Le moment n'était pas encore venu de prendre congé de l'epsilon, j'en avais toujours besoin. J'ai voulu retenir un mot de cette visite à l'Aurige, un mot qui évoque le passage du temps, commençant par epsilon ou à la rigueur par êta. Il m'a semblé que le plus approprié était en définitive le nom même de la statue, qui s'appelle en grec *Éniochos*, le cocher.

Je suis passé rapidement par les autres salles en cherchant l'omphalos archaïque. Je n'ai trouvé que celui en marbre, de l'époque romaine. J'ai interrogé à nouveau le gardien, il m'a dit qu'il y en avait un autre, en calcaire gris, sur la voie sacrée.

— Mais je ne parle pas de celui-là !

Je lui ai montré la photocopie de la pierre portant l'inscription E et GA.

— Nous l'avons dans la réserve, cet omphalos !

J'ai été choqué.

— Pourquoi dans la réserve ?

Il ne savait pas. Il m'a dit que l'accès à la réserve, qui se trouve sous le musée, n'est autorisé qu'aux archéologues.

— Comprenez que je ne suis venu que pour voir cette pierre ! Pour lire cette inscription !

Je lui ai montré sur la photocopie, qu'il tenait toujours à la main, l'epsilon penché en avant.

— Ça ne ressemble pas à un epsilon, a-t-il observé.

Le flux des visiteurs s'est interrompu un bref instant, ce qui m'a permis de voir la silhouette de Préaud qui passait devant le musée avec sa canne blanche. « C'est lui qui m'ouvrira la porte de la réserve. » J'ai abandonné le gardien et j'ai couru le rejoindre.

J'ai hésité à lui parler quand je suis arrivé près de lui. Il est plus grand que moi. Il portait une chemise militaire kaki et un pantalon blanc plein de taches, qui flottait autour de ses jambes maigres. Alors que je croyais qu'il n'avait pas remarqué ma présence, il s'est arrêté et s'est tourné vers moi :

— Vous voulez quelque chose ? m'a-t-il demandé en grec.

Je lui ai dit qui j'étais et ce que je voulais. Je ne lui ai pas dissimulé que l'epsilon avait retenu mon attention tout à fait par hasard et que mes connaissances concernant l'Antiquité étaient limitées.

— J'ai tout de même lu quelques livres à l'École d'Athènes et bavardé avec François Bouchard, le bibliothécaire.

— L'histoire de l'omphalos archaïque est plutôt drôle, a-t-il dit.

Il marchait avec la même assurance que la première fois où je l'avais vu. Il s'est engagé sur un sentier qui menait à une petite porte grillagée. Les touristes se dirigeaient vers le sanctuaire par une autre voie, parallèle à la nôtre, qui passait plus bas. Nous ne sommes pas allés jusqu'au temple d'Apollon. Nous avons pris à gauche un chemin escarpé, entouré de pins, et nous avons commencé à l'escalader. Il s'est vite essoufflé, son visage est devenu rouge.

— Vous voyez un chat ?

Il n'y avait aucun chat.

— Elle m'attend ici habituellement... C'est la chatte de l'École... Elle s'appelle Rodini.

Nous sommes arrivés devant un bâtiment moderne, bien caché par les arbres.

— Je ne tarderai pas à me coucher, a-t-il dit. Je travaille la nuit et je dors le jour. J'ai le privilège de pouvoir travailler la nuit dans le silence le plus complet.

J'ai pensé que les œufs au plat qu'il avait mangés la veille constituaient son petit déjeuner. Nous sommes entrés dans la maison qui sert de foyer aux archéologues français. Nous

nous sommes assis dans un salon éclairé par de grandes fenêtres, au mobilier hétéroclite. Il m'a raconté que, dès son arrivée à Delphes, il s'était intéressé à l'omphalos archaïque. Il voyait parfaitement, à l'époque. Il avait d'abord été intrigué par le couteau, qui était resté coincé dans un trou traversant la pierre de haut en bas, et que ses prédécesseurs n'avaient pas jugé utile de retirer. Il avait été également surpris par les traces de stuc que portait l'omphalos. Il l'a donc lavé copieusement, ce qui a fait apparaître un peu mieux l'inscription : il a constaté que la longue ligne horizontale soutenue par trois petites verticales, l'E couché, se composait en fait de deux pi majuscules (Π) entre lesquels se cachait un alpha. Il a lu la syllabe « PAP ». Il a reconnu un autre alpha un peu plus à droite. Le gamma (Γ) en déséquilibre était un lambda (Λ), et l'alpha du mot ΓA, la Terre, un omicron (O) et un upsilon (Υ) ligaturés, un « OU ». Il a lu, en fin de compte, « PAPALOU ». Comme une famille du nom de Papaloukas a existé à Delphes, il n'était pas difficile de deviner qu'un de ses membres avait gravé son nom sur la pierre. Le couteau non plus n'était pas très ancien : sur la lame était gravée la date 1860. Il pense que la pierre couronnait à l'origine une de ces pieuses constructions, dédiées à un saint, semblables aux calvaires qui poussent au bord des routes grecques, et qu'une croix de fer était scellée dans le trou.

— Si vous avez toujours envie de voir l'« omphalos archaïque » ou, plutôt, la pierre de Papaloukas, je peux vous la montrer demain.

Il souriait.

— Je veux la voir.

Son récit m'a révélé un aspect de l'E auquel je n'avais pas songé, son caractère ironique. « L'epsilon se moque des archéologues, ai-je pensé. Il se plaît à induire en erreur même les plus érudits d'entre eux. » Cet E trompeur exprimait peut-être mieux la Pythie et son dieu que la lettre mystique gravement commentée par Plutarque. Je me suis souvenu de l'ambiguïté des oracles. On dit que la Pythie a conseillé à Néron de redouter la soixante-treizième année — Cavafy mentionne cet avertissement dans un de ses poèmes. Néron s'est senti soulagé car il était encore jeune — cependant l'homme qui allait le renverser avait déjà soixante-treize ans... J'ai pensé aussi à Sikélianos, qui n'ignorait sans doute pas l'existence de cet omphalos et qui devait le croire authentique. La métamorphose du vénérable objet en vulgaire pierre néohellénique semblait railler non seulement le romantisme des archéologues, mais aussi la nostalgie des Grecs pour leur passé. « On ne trouvera sans doute jamais la pierre primitive qui symbolisait le centre du monde. Il faut nous résoudre à vivre sans elle. »

Nous avons pris rendez-vous pour le lendemain matin, à sept heures moins le quart, devant le musée. Je lui ai donné le nom de mon hôtel.

— Parfois, en hiver, le brouillard se tasse entre les ravins du Parnasse. Il prend la forme d'un gigantesque serpent. C'est ainsi que je m'explique la conviction de vos ancêtres qu'un dragon vivait ici.

J'ai trouvé un sentier qui passe derrière la maison des archéologues. Je l'ai suivi en m'éloignant du champ de ruines. Je ne voulais pas ajouter d'autres images à celles que j'avais recueillies. Ma récolte me paraissait suffisante. J'étais content, comme si j'avais accompli une part importante de ma mission. Quelle mission ? J'ai éludé immédiatement la question : « C'est une mission mystérieuse, que j'exécute de manière satisfaisante. » Je revoyais le sourire de la petite fille, le regard mélancolique de l'Aurige, l'expression moqueuse de Préaud. J'ai pensé que la Pythie rentrait peut-être chez elle par le chemin que je suivais. Elle vivait seule. Que faisait-elle, quand elle avait elle-même des problèmes, des doutes ? S'adressait-elle à un autre oracle ? « Il faut absolument que je trouve une dame qui lise dans le marc de café. Elle seule pourra m'expliquer le sens de ma quête. » Je n'étais pas pressé, j'avais toute la journée devant moi. J'avais du plaisir à marcher au milieu des arbres. De temps en temps, je shootais dans un caillou de l'intérieur du pied, comme je le faisais enfant. Je me trouvais nettement plus haut par rapport au niveau du musée et de la route, car je n'entendais pas les voitures, sauf, parfois, un coup de klaxon. Je respirais agréablement l'air qui conservait un peu de la fraîcheur matinale. J'ai vu venir vers moi un chat blanc taché de roux. « C'est Rodini », ai-je pensé. Elle courait, mais pas trop vite, comme si elle n'avait qu'un petit retard à rattraper. J'ai longé le cimetière de la commune. Il y avait un cyprès à côté de chaque tombe. « J'irai la voir dès mon retour... Il se peut qu'elle se demande elle aussi pourquoi je ne donne pas de mes nouvelles. » Je suis arrivé sur une route carrossable qui descendait en pente raide vers le village. Une belle maison de pierre, bâtie sur une hauteur, était tournée vers la plaine et vers la mer. Un passant m'a appris que c'était la maison de Sikélianos et qu'elle a été transformée en musée. Je n'ai pas eu la curiosité de pousser sa porte.

J'ai téléphoné à Théodoris du café, je lui ai rappelé son engagement de prendre les billets pour Épidaure. Je lui ai demandé si Mariléna viendrait avec nous.

— Nous sommes fâchés, m'a-t-il annoncé. Elle a poussé, une nuit, des cris affreux ! Elle a réveillé tout l'immeuble ! Il y a certes longtemps qu'elle me reproche de sortir avec mes étudiants, de continuer à donner de l'argent à Niki, de lui permettre d'utiliser notre machine à laver, mais elle protestait à voix basse. Elle a changé, subitement ! Elle m'a envoyé promener ! Elle m'a si bien rappelé Niki que j'ai failli me mettre à pleurer !

— Tu disais que tu avais besoin d'une présence forte auprès de toi.

Il s'est tu. La serveuse préparait le café sur un vieux réchaud à alcool. Elle feuilletait en même temps un magazine populaire posé sur la table.

— Je ne sais pas ce que je veux. Je suis décontenancé. Je lui ai dit que nous devrions nous séparer. Elle est d'accord, à condition que je lui laisse l'appartement ! C'est moi qui l'ai acheté, je l'ai payé jusqu'au dernier centime ! Elle veut me chasser de chez moi ! Elle a le même culot que Niki !

— Vous irez voir Stathopoulou à Épidaure ? m'a demandé la serveuse quand j'ai raccroché.

Elle m'a appris que Stathopoulou s'était mariée à Delphes, il y a trente ans, à l'église du village. L'actrice n'est pas originaire de la région, elle aurait choisi Delphes pour la beauté de l'endroit ou pour s'assurer les faveurs de tous les dieux à la fois. La cérémonie religieuse a été suivie d'une fête sans précédent. Des milliers de gens étaient accourus de toute la Grèce. Plusieurs orchestres ont joué toute la nuit. Il y avait également des trapézistes, des équilibristes et même un dompteur avec deux tigres. Stathopoulou a offert aux fauves un agneau entier.

— Nous avions fait rôtir soixante-dix agneaux sur la place !

Pour remercier les plus distingués de ses hôtes, elle leur a récité un passage de *Roméo et Juliette* au théâtre du site antique. L'élu de son cœur était un industriel. Ils se sont séparés six mois plus tard.

La serveuse m'a montré la revue qu'elle lisait.

— C'est honteux, n'est-ce pas ?

Une photo de Stathopoulou, en bikini, occupait presque toute la page de droite. C'était une photo récente en couleurs. Amalia était entourée de brèves indications précisant la nature des interventions esthétiques qu'avait subies chaque partie de son corps. Je lui ai rendu la revue.

— Vous me trouverez une femme qui lit dans le marc de café ?

Elle a admis que l'ancienne femme de ménage du musée pratiquait jadis cet art.

— Elle vit encore, a-t-elle ajouté, mais elle est très malade. Je demanderai à sa fille si elle peut vous recevoir.

Mon désir de rencontrer cette femme était si fort que je me suis senti capable de surmonter tous les obstacles. Je me suis souvenu des origines humbles de la Pythie et de ses vêtements modestes.

— Sur quoi interrogeriez-vous la Pythie si le sanctuaire était en activité ? l'ai-je questionnée.

— Sur l'avenir de la Grèce... Nous sommes menacés de tous les côtés... J'ai entendu à la télé que le gouvernement de Skopje compte revendiquer notre Macédoine... Nous étions un grand pays, autrefois... La Grèce s'étendait jusqu'au bout du monde... Notre pays se réduit sans cesse, vous n'êtes pas de cet avis ?

À la bibliothèque du village, j'ai trouvé un vieux registre d'état civil manuscrit, couvrant la période 1857-1930. J'ai pu constater que les prénoms non chrétiens restent populaires à Delphes, malgré les efforts incessants de l'Église pour les éliminer. J'ai rencontré un grand nombre de prénoms inspirés par la nature : Rose, Violette, Aurore, Rayonnante, et aussi par l'Antiquité : Diomède, Ulysse, Télémaque, Thémistocle, Épaminondas, Alcibiade, Aristomène, Aspasie, Pénélope. J'ai même trouvé une Clytemnestre, ce qui m'a étonné car ce nom, et on le comprend, n'est guère apprécié, et j'ai découvert que les noms d'Achille et de Miltiade peuvent être portés par des femmes avec une modification de leur terminaison : Achilloula, Miltiadoula. J'ai enregistré la naissance d'une Castalie, et d'une Olympiade, en 1895, un an avant la création des jeux Olympiques modernes à Athènes. Il semble cependant que les gens soient davantage connus par leur sobriquet que par leur prénom. La bibliothécaire m'en a cité quelques-uns, je les traduis comme je peux : la Sauce, le Grippe-sou, l'Existence, l'Hiver, le Mal-en-point. J'ai naturellement songé à Apollon le Paradoxal, et à un philosophe cynique surnommé Planétiade, le Vagabond, cité par Plutarque.

La bibliothèque occupe une pièce au rez-de-chaussée de l'école publique. Comme ils ne disposent pas de cour, les élèves jouent pendant la récréation sur le parvis de l'église, qui est en face, de l'autre côté de la rue. Le village est menacé d'asphyxie : le nombre des habitants, des touristes et des voitures dépasse de loin les prévisions qui avaient été faites lors de sa construction. Les autorités locales, qui veulent étendre les limites de la commune, sont en conflit permanent avec le Service des antiquités du ministère de la Culture qui a classé la région en « zone de protection absolue ».

J'ai passé mon temps à aller d'un café à l'autre. Il manque à Delphes la grâce des villages pauvres. L'insolence de l'argent est perceptible. J'ai remarqué une petite fille aux sourcils joliment dessinés. Dix Delphiens au moins m'ont entretenu du manque d'espace dont souffre le village. J'ai appris que le prix des appartements est aussi élevé qu'à Athènes. L'ancien maire, qui a déjà vu des blocs de pierre tomber des Phédriades et dégringoler jusqu'à la vallée, m'a dit qu'ils sectionnaient sur leur passage les oliviers « comme s'ils étaient des concombres ».

— La terre pousse des plaintes terribles quand elle reçoit des pierres, a-t-il dit.

J'ai vu une grenouille sur une voie pavée. Elle s'arrêtait longtemps après chaque saut, elle paraissait épuisée par l'effort qu'elle venait de faire. Elle le faisait de nouveau cependant et, ainsi, petit à petit, elle avançait. « Les grenouilles ne se déplacent qu'en cas de nécessité. » J'ai appris qu'avant l'installation d'une grille autour du site archéologique les jeunes gens du village allaient la nuit au théâtre antique et chantaient.

J'ai fait la connaissance d'un poète, qui m'a assuré que la Pythie s'était retirée quand elle a pressenti l'avènement du Christ. Un concours de poésie a lieu tous les ans à Delphes, au mois de septembre. J'ai appris encore qu'il y a beaucoup de jumeaux dans la commune. Il existe deux statues à peu près identiques au musée, qui représentent deux jeunes gens. Il s'agit, selon certains, des frères Cléobis et Biton qui ont eu l'extrême gentillesse de s'atteler eux-mêmes à un char pour conduire leur mère là où elle devait se rendre. J'ai pensé plusieurs fois à mon père. Il ne devrait pas tarder à rentrer de Tinos. J'ai distingué le corps d'une femme dans la forme d'une montagne. Un village tout blanc reposait sur son ventre. J'ai appris qu'il existe un serpent long de vingt centimètres dont la morsure entraîne la mort à l'heure où le soleil se couche.

Je suis retourné au café des autochtones à la fin de la journée. La serveuse, qui s'appelle Despino, m'a indiqué le restaurant où travaille la fille de l'ancienne femme de ménage du musée.

— Je lui ai parlé de vous... Elle verra ce qu'elle peut faire... Sa mère ne va pas bien du tout. Elle a près de quatre-vingt-dix ans.

Elle m'a conseillé de rendre une visite à la fille le lendemain après-midi. Je me suis assis à la même place, près de la fenêtre. J'ai fait un petit croquis du paysage en marge de mon manuscrit. La plaine était sombre. Il m'a semblé que la nuit montait du fond de la plaine. J'ai ouvert mon cahier et relu les derniers mots : *éros*, l'amour, *ekpatrisménos*, l'expatrié, *érythro*, le rouge, *élia*, l'olivier. J'ai enrichi ma collection de deux mots nouveaux, *Éniochos*, l'Aurige, et *eironia*, l'ironie. Je suis arrivé à la page 30. La photo de la découverte de la statue d'Antinoüs m'est revenue à l'esprit. Je me suis souvenu de l'adolescent inquiet qui paraît éprouver le vertige du temps. Les archéologues se contentent habituellement de photographier un ouvrier à côté de leur trouvaille, de façon à donner une idée de ses dimensions. J'ai vu un grand nombre de photos dans les livres de l'École où un ouvrier, la chemise boutonnée jusqu'au cou, pose à côté d'un tambour de colonne, d'un chapiteau, d'un colosse, d'une amazone. J'observais toujours avec attendrissement la physionomie de ces ouvriers. J'avais bien plus de sympathie pour eux que pour les colosses et les amazones. J'ai failli écrire *ergatis*, l'ouvrier, page 31, mais la présence de la serveuse et le souvenir de ma grand-mère m'ont fait choisir en définitive le mot *ergatria*, l'ouvrière.

Il me restait toujours à trouver le mot qui aurait convenu à mon père. La banque où il travaillait s'appelle Emboriki, mais il déteste ce nom. Je l'ai imaginé en train de regarder terrorisé — *éntromos* — le téléphone, mais je n'ai pas voulu retenir ce vocable non plus. « C'est un homme qui a peur du téléphone et qui raconte des histoires. » Je me suis arrêté un instant sur l'adjectif *eccentrikos*, excentrique, que j'ai jugé imprécis. Je me suis arrêté également sur le mot *épopiia*, l'épopée : mais les aventures de Pim ne sont que les aventures de Pim. Les histoires que racontait la Pythie étaient l'œuvre d'un esprit inventif. J'ai abouti ainsi au mot *eufantastos*, qui signifie imaginatif, inventif, ingénieux. « Mon père est un homme ingénieux. »


Préaud m'attendait, comme prévu, devant le musée. Rodini aussi était là.

— Bonjour, monsieur Nicolaïdis, m'a-t-il dit.

Il connaît très bien le grec, mais il a moins l'habitude de le parler que François. Il prononce attentivement chaque mot, comme s'il dictait un texte à des enfants. Son élocution est monocorde.

Nous avons pénétré dans la réserve. Mal éclairés par des ampoules nues, amoncelés sur des rayonnages de fortune, les morceaux de statues, de reliefs, de vases, s'offraient au regard sans cérémonie. J'avais l'impression de surprendre les vestiges dans leur intimité. Ils ressemblaient à des acteurs qui se reposent dans leur loge et qui oublient pendant quelques instants leur rôle. L'omphalos de Papaloukas était classé sous le numéro 17191. Le nom « PAPALOU » était très lisible. Préaud m'a montré le couteau qu'il avait trouvé dans la pierre. Sur la lame, à côté de la date, j'ai vu un oiseau qui s'envolait d'une branche. La même image était gravée de l'autre côté. J'ai entendu ma mère dire d'une voix presque enfantine :

— Deux petits oiseaux !

— Pourquoi vous intéressez-vous à l'epsilon ? m'a demandé Préaud alors que nous sortions de la réserve.

Je ne pouvais lui donner d'autre réponse que celle que j'avais faite à Caradzoglou :

— Je ne sais pas.

— Héraclite dit que les oracles de la Pythie ne cachent ni ne dévoilent rien, mais qu'ils signifient. L'epsilon vous a intrigué. Il a donné une certaine impulsion à vos réflexions. Si je connaissais son sens, vous auriez préféré que je vous le communique ou que je ne vous le communique pas ?

Nous suivions le sentier que nous avions pris la veille. Rodini est passée à travers les barreaux de la porte et a attendu que nous l'ayons franchie à notre tour. J'ai imaginé Préaud sur son lit de mort, dans la même position que le moribond accompagnant la lettre E dans le *Trésor de la langue grecque*, en train de me murmurer un mot totalement incompréhensible.

— Vous ne le connaissez pas, j'espère ?

— Rassurez-vous... Nous ne savons pas grand-chose en vérité... Les ruines que nous étudions trahissent rarement leurs secrets... Elles nous éclairent sur certains points, mais provoquent en même temps une foule de nouvelles interrogations... Il y a bien des mystères autour de nous... L'epsilon n'est qu'une énigme parmi beaucoup d'autres.

Son discours me flattait. « Je suis un élève assidu qui a réussi à gagner la confiance de son professeur. » Il s'est arrêté à l'endroit où commençait le chemin abrupt qui mène au foyer des archéologues.

— Vous devez vous demander, je suppose, comment un aveugle lit les inscriptions. Je vais vous l'expliquer dans un instant. Si vous voulez, attendez-moi devant le temple d'Apollon.

Sa dernière phrase m'a rappelé les films inspirés par l'Antiquité que je voyais enfant. Je me suis souvenu de Kirk Douglas. Il s'est mis à gravir la pente. Rodini a fait un pas dans sa direction, mais elle m'a finalement suivi. « Elle me surveille », ai-je pensé. Le site était encore fermé au public. Je me suis dirigé vers le théâtre qui se trouve un peu plus haut que le temple. Rodini marchait à côté de moi. « Elle a préféré mon chemin parce qu'il est moins fatigant. » Je n'ai regardé qu'un instant le théâtre. Je suis descendu sans tarder jusqu'au temple. Quand je suis parvenu là où était la grande salle à moitié obscure, aux murs chargés d'armes capables de se décrocher toutes seules pour défendre le lieu, je me suis arrêté. Très peu de choses font obstacle à la fuite du regard vers la plaine : les six colonnes du temple, le Trésor des Athéniens — il s'agit d'un petit édifice en marbre reconstruit jusqu'au toit —, quelques colonnes encore qui se dressent ici ou là. Les pierres dispersées sur cet immense espace dessinent les fondations d'une cité absente, rendent visible sa disparition. Sans cesse surgit son fantôme et sans cesse il s'écroule. On ne voit pas les ruines d'une cité, mais une cité qui tombe perpétuellement en ruine. Les pierres avaient un teint gris très doux. Elles donnaient l'impression de dormir encore. Le soleil, qui se lève derrière les Phédriades, ne s'était pas encore montré, mais il illuminait déjà le sommet des montagnes au fond de la plaine. J'entendais périodiquement le chant d'un oiseau. Je me suis rappelé que mon père avait comparé l'epsilon au message que lancent les naufragés dans une bouteille. « Je suis sur le pont d'un bateau qui a fait naufrage. »

Je me suis dirigé vers les colonnes. Sur leur fût, entre les tambours, j'ai retrouvé les mêmes herbes que j'avais remarquées enfant sur le Parthénon. J'ai repéré l'autel de Chios devant le temple. Je me suis souvenu du saut de Néoptolème. « La distance qui me sépare de l'autel est de treize mètres cinquante. » Quelque part, au-dessus de l'endroit où je me trouvais, était donc suspendu l'epsilon. J'ai levé les yeux, comme si je m'attendais à le voir. Le ciel était très léger à cette heure matinale. Il avait la couleur indéfinissable de la transparence.

J'ai traversé le temple dans toute sa longueur. Je marchais attentivement, en évitant de faire du bruit, comme je marchais dans la bibliothèque de l'École d'archéologie. J'ai trouvé l'adyton, à l'autre extrémité. Il est très peu profond et a les dimensions d'une petite pièce. Prévenu par mes lectures, j'ai constaté sans le moindre étonnement l'absence de toute fissure dans le sol. Il m'a semblé que mes pensées ne me suivaient plus, qu'elles avaient commencé, à mon insu, à prendre congé de Delphes. Rodini, qui était à mes pieds, a sauté dans l'adyton. J'ai été contrarié.

— Va-t'en ! lui ai-je dit.

Elle s'était assise tranquillement. Elle n'a pas bronché. J'ai dû descendre moi aussi dans l'adyton pour la sortir de là. Je me suis penché sur elle en la regardant sévèrement dans les yeux. Dans une comédie grecque que j'ai vue à la télévision, quelqu'un dit, à intervalles réguliers : « On ne respecte plus rien, désormais ? »

— On ne respecte plus rien, Rodini ?

Je lui ai caressé la tête. J'ai aperçu Préaud qui venait vers nous, un rouleau de papier blanc sous le bras, un seau dans l'autre main. Il avait l'air d'un enfant prêt à jouer. Je suis allé à sa rencontre.

— Suivez-moi, a-t-il dit.

Il y avait de l'eau dans le seau, une brosse et une éponge. Il a commencé par laver la surface d'une grosse pierre carrée qui portait des inscriptions à peine visibles, puis il a posé dessus le papier qui a été aussitôt trempé. Il l'a frappé avec la brosse, pour le faire mieux adhérer. Il repoussait en même temps vers ses bords les bulles d'air qui s'étaient formées en dessous.

— Il faut attendre maintenant qu'il soit sec.

Je lis les inscriptions sur le verso de la feuille, où elles apparaissent en relief.

Il s'est appuyé de la hanche sur la pierre et a regardé autour de lui comme s'il pouvait voir.

— J'aime beaucoup cette heure... Avant de perdre la vue, je venais toujours ici, à l'aube... Je voyais les choses acquérir progressivement de la netteté, retrouver leurs couleurs... En été, elles ne reprenaient complètement leurs couleurs qu'à sept heures dix.

— Il est sept heures dix, lui ai-je dit.

— Les choses remontaient à la surface du paysage... Elles restaient humides tant que la lumière du soleil ne les avait pas vues... Elles luisaient un peu... Je suppose qu'elles luisent toujours, à cette heure.

Il a respiré profondément, en fermant les yeux.

— Vous savez, a-t-il ajouté, j'aime beaucoup cet endroit.

Il a touché le papier, qui était encore mouillé.

— Ne croyez pas que je sois le seul à utiliser ce procédé. Il est difficile de lire les inscriptions sur place. Le soleil ne les éclaire sous l'angle idéal que pendant cinq ou dix minutes. Nous savons que tel texte est rendu lisible à huit heures cinq, tel autre à huit heures vingt, et ainsi de suite. Les lettres disparaissent après. Delphes est un gros bouquin — on a trouvé six mille cinq cents inscriptions — dont les pages s'effacent avant qu'on ait eu le temps de les lire. L'epsilon qui vous fait rêver voyage dans un océan de mots effacés.

Dans l'Antiquité, les lettres gravées étaient peintes en noir ou en rouge. Nous avons fait une promenade. J'avais constamment peur qu'il ne bute sur une pierre, mais il savait très bien où se trouvait chacune d'elles. Il m'a conduit vers le grand mur, construit en pierres polygonales, qui soutient la terrasse du temple d'Apollon. Il est long de quatre-vingt-quatre mètres et il est entièrement couvert de minuscules lettres.

Je ne les aurais certainement pas vues s'il ne me les avait pas montrées. Les prêtres de Delphes faisaient graver là les noms des esclaves qui, ayant réussi à réunir quelque argent, rachetaient leur liberté à leur maître. Cet acte ne prenait un caractère officiel qu'une fois enregistré sur le mur polygonal. Apollon garantissait la liberté des anciens esclaves.

Je lui ai demandé de m'indiquer une faute. Il m'a montré le mot « archiprêtre », gravé avec une syllabe en moins. Le graveur s'est toutefois rendu compte de son erreur et a ajouté la syllabe manquante par-dessus, en tout petits caractères. Les inscriptions se souviennent des querelles entre les peuples grecs : le texte accordant à une cité le privilège de consulter la Pythie en priorité est barré d'une multitude de traits.

Il m'a encore montré un marbre décoré d'une double rangée de cylindres en relief, parfaitement ronds. Il m'a fait remarquer qu'un seul portait à son sommet la trace de la pointe du compas utilisé par le sculpteur. Il a dû se sentir fatigué au moment où il dessinait ce rond et a appuyé sur son instrument un peu plus qu'il ne fallait. J'ai été séduit par cette trace presque invisible d'une fatigue si ancienne. J'ai pensé que Préaud avait très bien deviné le genre de détail qui pouvait m'intéresser.

Nous avons rebroussé chemin pour récupérer l'estampage. Seule la plaine était encore dans l'ombre. Il a détaché précautionneusement le papier. J'ai entendu le même bruit que lorsque je tournais les pages des livres de l'École. Il a caressé du bout des doigts le verso de la feuille. Elle était devenue rigide. Les lettres se voyaient nettement mieux que sur la pierre.

— Vous avez entendu le cliquetis du trousseau de clés du gardien ?

Je n'avais rien entendu et je n'avais pas vu le gardien.

— On ne le voit pas d'ici. Il passe derrière le Trésor des Athéniens. Il ne va pas tarder à ouvrir la porte.

Il m'a proposé de nous reposer quelques instants. Nous nous sommes assis tous les deux sur la pierre qui était encore mouillée par endroits. « Je n'aurai peut-être plus jamais l'occasion de le revoir. »

— Combien de mots voulez-vous réunir en tout ? J'imagine que vous vous êtes fixé une limite.

— Quarante... Cela vous paraît peu ?

— C'est un bon nombre. Je pense qu'il faut trouver au moins quarante mots pour pouvoir prétendre qu'on s'est interrogé sérieusement sur l'epsilon. Plutarque n'en donne que six ou sept, si je me souviens bien.

Je lui ai fait part de mon idée que l'affirmation « tu es » peut aussi bien se lire comme une salutation adressée par Apollon à chacun de ses visiteurs.

— Ne vous occupez pas de Plutarque. Vous avez trouvé un chemin à vous. Il faut le suivre jusqu'au bout, il vous mènera bien quelque part. Je crains seulement que l'epsilon ne vous manque, quand vous aurez rassemblé les quarante mots... Mais peut-être n'en aurez-vous plus besoin. Vous ne voulez pas me dire quels sont ceux que vous avez réunis ?

J'ai eu le trac, comme si j'étais sur le point de passer un examen très difficile. Jamais je n'avais imaginé que j'aurais à lire ma liste à voix haute, à deux pas de l'endroit où se trouvait l'epsilon. J'étais intimidé. J'ai eu du mal à sortir le cahier de ma poche. J'ai lu très vite les premiers mots. Il m'a interrompu :

— Ne vous pressez pas.

J'ai recommencé, en prenant mon temps cette fois-ci, en proférant distinctement les syllabes. J'avais effectivement l'impression de feuilleter mon journal intime. Les mots avaient fidèlement enregistré le temps qui s'était écoulé depuis mon arrivée en Grèce. J'ai vu défiler des personnages et des lieux. J'ai songé aux journées que j'avais passées à lire et à écrire. Quand je suis arrivé au milieu de ma liste, j'ai pris conscience que ma présence en Grèce avait cessé de me tourmenter depuis un moment, de me surprendre, que je ne cherchais plus à la justifier parce qu'elle me paraissait désormais naturelle. « Je suis rentré », ai-je pensé. J'ai lu avec joie la fin de la liste — *ironie, ouvrière, in-*

*génieux* — à laquelle j'ai ajouté un mot qui n'était pas encore inscrit, mais que je pensais pouvoir écrire enfin : *épistrophi*, le retour.

Préaud n'a pas réagi tout de suite. Je n'ai pas essayé de deviner ses pensées.

— C'est ça, a-t-il dit. C'est ça. Vous avez écrit un texte. Ce que vous m'avez lu est un texte.

Il m'a donné une petite tape sur l'épaule.

— J'avais cru que votre enquête n'était qu'une façon de vous occuper... Vous connaissez peut-être le conseil que la Pythie a donné aux habitants de Délos qui avaient différents ennuis. Elle leur a dit de doubler le volume de l'autel d'Apollon qui se trouvait dans leur île. La duplication du cube est un problème de géométrie extrêmement difficile. On ne le résout pas en multipliant par deux ses dimensions... La Pythie a fourni aux Déliens une occupation pour qu'ils cessent de ressasser leurs malheurs.

— J'ai souvent pensé que je songeais à l'epsilon pour m'étourdir. J'ai écrit quelques phrases en n'utilisant que des mots commençant par epsilon... C'était un exercice dépourvu de sens.

— Les mots que vous m'avez lus montrent que les choses ne sont pas aussi simples. J'ai le sentiment qu'ils composent un portrait. Je ne crois pas que ce soit le vôtre, bien que le mot *ego* soit en assez bonne place, vers le milieu de votre liste.

J'ai vu deux cars de tourisme qui se garaient sur la route. J'ai accompagné Préaud jusqu'au foyer. Il marchait d'un pas plus hésitant qu'avant, se servait davantage de sa canne. Il m'a dit qu'il passerait la soirée à la taverne Castri, en compagnie de jeunes confrères.

— Venez me dire bonsoir, si vous êtes encore là.

Rodini nous avait faussé compagnie. Je lui ai serré la main.

— Faites-moi plaisir, m'a-t-il dit, puisqu'il y a encore de la place dans votre cahier. Notez le mot *éos*, qui signifie l'aube. C'est un joli mot.


Elle habite tout en haut du village, rue Sikélianos. Nous montons des marches sans nombre pour arriver jusque-là, sa fille devant, moi derrière. De temps en temps elle se retourne et me regarde du coin de l'œil, elle trouve que je traîne. J'ai une quinte de toux. J'ai la pipe à la bouche, mais elle est éteinte.

— Pourquoi vous fumez tant ? me dit-elle.

Elle passe au milieu des groupes de touristes que nous rencontrons à chaque carrefour sans leur accorder la moindre attention. Elle monte les marches avec une facilité déconcertante. Elle doit avoir mon âge.

— Pourquoi courez-vous ? lui dis-je.

C'est une maison humble, aux volets verts, construite avec des pierres irrégulières qu'on devine sous le crépi. Seule la porte est relativement neuve.

— Maman ? dit-elle en entrant.

L'atmosphère est humide. Sur le mur je retrouve l'Aurige, exécuté en broderie. Un certain bruit me parvient de la première pièce à droite, comme si quelqu'un avait bougé. La fille pénètre dans cette pièce.

— Maman ? redit-elle.

Elle ferme la porte derrière elle. C'est une porte vitrée. Je n'entends rien, aucune conversation. Je regarde les meubles autour de moi, les bibelots, l'imperméable bleu accroché au portemanteau. « C'est peut-être la seule famille pauvre de Delphes. » La femme qui lira dans le marc de mon café, si elle en a envie et si elle est en mesure de le faire, s'appelle Chryssi. Sa fille regagne le hall d'entrée, elle a l'air satisfait :

— Elle m'a dit de vous préparer le café... Je vous mets du sucre ?

J'en mets un peu, d'habitude, mais je me dis que le sucre pourrait fausser le jugement de Chryssi. Je ne veux pas entendre une sentence édulcorée.

— Non, merci, dis-je avec courage.

— Ne dites à personne qu'elle vous a reçu, sinon ils vont recommencer à venir. Elle recevait énormément de visites dans le temps, il arrivait des gens de partout, d'Arachova, d'Amphissa et même de Livadia.

J'imagine de jolies femmes en robes rouges moulantes assises silencieusement dans l'entrée.

— Vous me le jurez, n'est-ce pas ? insiste-t-elle. Elle a besoin de repos.

Quand ai-je prêté serment pour la dernière fois ? Qu'ai-je juré de faire ou de ne pas faire ? Elle a laissé la porte de la chambre ouverte.

— Entrez. Moi je vais faire le café.

Je me tiens dans l'encadrement de la porte. J'hésite à avancer. Malgré les volets fermés et les rideaux tirés, il fait plutôt clair dans la pièce. Je vois très bien le lit en fer dans un coin. Chryssi est couverte jusqu'à la tête par un édredon bordeaux — il a exactement la même nuance que la reliure des livres de l'École. « Elle doit dormir. » Je fais deux pas. Je remarque qu'un de ses pieds dépasse de l'édredon. Il est nu. Cette image me trouble, peut-être parce que j'ai toujours imaginé la Pythie pieds nus.

— Assieds-toi, dit-elle.

Sa voix est âpre et faible. Je ne vois que ses yeux, son front étroit sillonné de rides et le fichu qui lui couvre les cheveux. Je m'assieds sur une chaise, à côté du lit.

— Je ne vous dérange pas ?

— Je suis très malade. J'ai été malmenée par la vie. J'ai élevé huit enfants toute seule. Mon homme était invalide. J'ai été enceinte vingt-quatre fois... Il était écrit que seuls huit enfants survivraient... Vassiliki a un frère jumeau, elle ne te l'a pas dit ?... J'ai eu deux fois encore des jumeaux, mais je les ai perdus.

Elle se tourne vers moi. Je regarde ses pieds :

ils dépassent maintenant tous les deux de l'édredon. Elle a travaillé pendant dix-huit ans au musée. Elle complétait son salaire avec l'argent qu'elle gagnait comme voyante.

— C'est grâce au marc de café que j'ai pu faire vivre ma famille ! Mais c'est un secret !

Je pense que c'est la dernière Delphienne qui aura gagné sa vie en prédisant l'avenir. Avait-elle une préférence pour certaines statues ? Elle cite l'Aurige et le Sphinx des Naxiens, une femme ailée qui a un corps de lionne. J'entrevois un instant le sphinx électronique d'Omonia et les gens autour de lui qui l'examinaient en attendant le métro.

— J'époussetais les statues avec un plumeau, très attentivement, comme si j'avais peur de les réveiller... C'est l'Aurige qui me donnait le plus de mal, à cause des rênes qu'il tient à la main. Ce sont des morceaux de fer entortillés. Une fois, une plume s'est coincée là, sans que je m'en aperçoive, elle y est restée toute la journée !

J'imagine un epsilon orné d'une belle plume orange. Elle répète plusieurs fois :

— Oh, mon Dieu...

Vassiliki apporte le café sur un plateau, le pose sur la table de nuit.

— Vous ne restez pas ? lui dis-je.

— Personne d'autre que vous ne doit être là au moment où elle vous parlera.

Elle quitte la pièce en fermant la porte. Je

bois rapidement le café, qui est très amer. « Elle ne me dira rien de bon. » Je pose la tasse à l'envers dans son assiette. Un peu de café s'échappe de ses bords, formant une sombre auréole.

— Tu as retourné la tasse ?

Je dis « oui » et j'attends. Soudain, Chryssi se dresse dans son lit, le corps tout droit, sans s'appuyer sur ses oreillers, et me prend la tasse des mains. Il émane de ses gestes une force qui me fait peur. Son fichu glisse en arrière, laissant ses longs cheveux gris se répandre sur ses épaules. Sa bouche est petite et un peu tordue, elle forme une curieuse petite vague. « Ce n'est pas une bouche ordinaire. » Elle scrute le fond de ma tasse. Je suis sûr que le marc compose une image de cauchemar.

— Tu veux que je t'annonce clairement les choses, n'est-ce pas ?

— Oui, dis-je d'une toute petite voix.

Sa position me rappelle un des dessins que j'ai faits en essayant de donner un sens à la forme de l'epsilon : j'avais représenté une femme assise sur ses talons, penchée sur une tasse de café.

— Tu as eu beaucoup d'ennuis... Et tu en as encore... Je vois une famille dispersée, et une mort. Tu vois la mort ?

Elle me montre la tasse. Je vois des nuages lourds et des toiles d'araignée, des chaînes de montagnes et des ruisseaux à sec, et dans le ciel des points noirs comme des étoiles éteintes. Je ne vois pas la mort, mais je sais qu'elle est là, bien sûr.

— Une personne que tu aimes bien a des problèmes de santé... Il faudra faire attention... La femme qui est avec toi en ce moment a de l'affection pour toi, elle te soutient... Elle est instruite.

Je suis sur le point de lui dire qu'il n'y a aucune femme, je me retiens cependant. Elle réagit comme si je l'avais dit, en se reprenant :

— Je veux dire qui était avec toi, parce que je vois que vous vous êtes séparés. Son nom commence par V.

Je pense évidemment à Vaguélio. Cela me fait une certaine impression qu'elle ait pu deviner son initiale. J'écoute la suite avec une attention accrue.

— Tout ira mieux l'année prochaine. Tu gagneras, en plus, beaucoup d'argent... Tu rencontreras une femme dont le prénom commence par A, qui t'aidera à venir à bout de tes ennuis... Ce sera une belle femme.

« Il est peut-être temps que je commence à m'occuper d'une autre lettre de l'alphabet », pensé-je.

— Une belle femme, dit-elle encore.

Elle ferme les yeux en se laissant aller en arrière. La tasse lui échappe des mains et roule par terre.

— Vous ne vous sentez pas bien ?

— Je suis fatiguée, murmure-t-elle.

Je remets tant bien que mal les oreillers en place, derrière sa tête. Je glisse ses mains sous l'édredon. « Elle a froid. » Vassiliki pénètre de nouveau dans la pièce.

— Ne vous inquiétez pas, me dit-elle, cela l'épuise toujours de lire dans le marc.

Je lui propose de lui laisser de l'argent, mais elle refuse net.

— Nous n'en avons plus besoin... Nous avons ce qu'il nous faut... Ne dites pas « merci », non plus. Si vous remerciez, aucune de ses prédictions ne se réalisera.

Avant de sortir, je tire le bas de l'édredon de façon à recouvrir les pieds de Chryssi.

— Vous n'avez pas appris à lire dans le marc de café, vous ? demandé-je à Vassiliki.

Elle ne répond pas, elle sourit cependant. J'ai probablement eu tort de considérer sa mère comme la dernière voyante de Delphes.


Une archéologue française d'une trentaine d'années est assise à ma droite. Elle habite depuis quatre ans en Grèce, mais elle n'a pas appris le grec moderne. Elle en est fière.

— Je ne connais pas un mot ! me dit-elle en riant.

Je ne comprends pas de quoi elle est fière. Elle ne fréquente que des Français. Je pense à François qui, lui, les évite systématiquement. Elle me pose la question suivante :

— Vous ne trouvez pas que les Grecs sont des gens peu intéressants ?

Me considère-t-elle comme un Français ? Seule la Grèce antique l'intéresse. Si elle compare tous les Grecs qu'elle croise à Platon, il est fatal qu'ils lui paraissent médiocres. Préaud, qui est assis à ma gauche, lui explique que la Grèce moderne a sauvegardé bien des valeurs de l'ancienne. Il nous confie qu'au début de son installation à Delphes il passait des heures à observer les paysans dans les champs car il trouvait que leurs gestes avaient une grâce presque classique. Il confirme à la jeune femme que le peuple a maintenu vivante une très vieille langue. Il appuie sa thèse sur une série d'exemples. Il lui fait un cours. Elle l'écoute non sans incrédulité, mais elle ne dit rien. L'expression de son visage m'est familière, comme me sont familiers les arguments de Préaud. Tous les hellénistes comparent les Grecs d'aujourd'hui à ceux du passé : les uns voient surtout en quoi ils se ressemblent et les autres en quoi ils diffèrent. Seuls les premiers parlent le grec moderne.

— Qu'est-ce que vous pensez de tout cela ? m'interroge Préaud.

— Je préfère que cette thèse soit soutenue par vous plutôt que par mes compatriotes. Je trouve que nous nous sommes suffisamment occupés de notre arbre généalogique. Le programme des théâtres donne en ce moment l'impression que rien d'intéressant n'a été écrit depuis Sophocle et Euripide. Je me souviens que les colonels avaient censuré un magazine parce qu'il avait osé parler de l'homosexualité chez les anciens Grecs. Le dialogue avec nos ancêtres n'a jamais été libre.

Préaud semble réfléchir. Il a cessé de manger.

— Je n'ai pas envie de convaincre notre amie que je parle la même langue qu'Homère. Je préfère lui avouer que j'ai énormément de difficultés à le lire dans le texte. Je lui conseillerai simplement de voir quelques pièces de théâtre, d'écouter un peu de musique, et de lire quelques poètes modernes. Je ne peux pas apprécier la production néohellénique. Elle est ce qu'elle est, et nous, nous sommes ce que nous sommes.

— Mais dites-moi alors ce que je dois lire ! dit-elle avec empressement.

Par où commencer ? Je lui cite Cavafy, il existe cinq ou six traductions de ses poèmes en français. Elle a sorti de son sac un superbe stylo, avec une plume en or.

— Comment ça s'écrit ?

Elle ne connaît même pas Cavafy. Elle écrit le nom du poète sur une serviette en papier qui boit l'encre et se déchire. Je vais finir par m'énerver. Trois autres personnes sont assises à notre table, mais suivent une autre conversation.

— Mettez-moi un peu de résiné, me dit Préaud.

Il ne travaillera pas ce soir, il ne travaille jamais dans la nuit du samedi au dimanche. J'aimerais pouvoir l'interroger sur sa vie, sur son infirmité, mais je sais que je n'aurai plus le temps de le faire. Je partirai demain matin, par le premier car. En sortant de chez Chryssi, j'ai compris que mon voyage à Delphes était terminé. Seule l'envie de voir une fois encore Préaud m'a empêché de partir ce soir même.

— À votre santé, dit-il.

Il attend que je trinque avec lui, en tenant son verre en l'air. La suite de la conversation m'apprend qu'il a publié un article dans *Le Monde* où il soutient que la Grèce a raison de réclamer les marbres du Parthénon qui sont en la possession du British Museum. Il semble que son point de vue ait provoqué un certain émoi même en France, où l'on ne souhaite pas que le dossier de la restitution des antiquités soit ouvert.

— Quand j'étais jeune, dit-il, je rêvais souvent que je découvrais une très belle main de femme dans la terre. Mais je recherchais en vain le reste de la statue. J'apprenais qu'elle avait déjà été découverte et qu'elle était éparpillée entre différents musées : sa tête se trouvait au Vatican, son autre main à Copenhague, ses seins au British Museum, ses hanches au Louvre, une de ses jambes à Berlin-Est et l'autre à

Berlin-Ouest. J'entreprenais une véritable croisade à travers l'Europe pour essayer de réunir tous les morceaux et de les coller. Je voyageais inlassablement d'une ville à l'autre, je suppliais, mais personne ne voulait me céder ce qui lui appartenait. J'étais désespéré.

Je me suis arrêté au café des autochtones pour dire au revoir à Despino. Elle était seule. Elle buvait son café debout, devant la fenêtre, en regardant le paysage. Il commençait à peine à faire jour.

J'ai regardé moi aussi le paysage pendant que j'attendais à l'arrêt des cars. Je m'étais déjà si bien habitué à lui que j'avais l'impression de le connaître depuis des années. Le car était à peu près vide. Il venait d'Amphissa. Je me suis installé tout au fond, du côté gauche, car je verrais mieux de ce côté le temple d'Apollon.

Nous avons traversé lentement le village. Quand nous sommes arrivés au niveau du site archéologique, mes yeux se sont fixés sur les colonnes. Je les ai comptées une fois encore comme si je tenais à m'assurer qu'on n'en avait volé aucune pendant la nuit. Un homme était assis sur les marches du temple. J'ai reconnu Préaud à sa chemise kaki. « C'est son heure préférée », ai-je pensé. Il m'a semblé qu'il tenait Rodini dans ses bras.

9

   Je suis à Paris avec une Grecque, elle est étudiante je crois. Nous sommes à la recherche d'un endroit pour faire l'amour, mais nous n'en trouvons aucun. Je ne la connais pas bien, je ne sais pas comment elle s'appelle, ce n'est pas non plus une inconnue. Elle est petite, menue. Je ne peux pas dire qu'elle me plaise beaucoup, cependant nous avons décidé de faire l'amour et les difficultés que nous rencontrons me désolent.
   Nous trouvons finalement un endroit. C'est une salle immense, elle ressemble à un salon de réception de vieil hôtel. Des paravents sont placés ici et là, qui structurent vaguement l'espace. Ils ne nous permettent pas de nous isoler vraiment. Nous nous couchons sur un canapé en cuir, nous essayons de nous couvrir avec un drap qui part tout le temps d'un côté ou de l'autre. J'envisage de le clouer autour du canapé, mais il me paraît peu probable que je puisse trouver sur place un marteau et des clous. Le cuir est

lisse. Nous sommes sur le dos d'un animal qui cherche à se débarrasser de nous.

Alors que nous commençons à faire l'amour apparaissent cinq ou dix étudiants, amis de la fille, qui commencent à préparer leurs valises. Ils font aussi la vaisselle — il y a un évier quelque part. Ils ne s'occupent pas de nous, ils font semblant d'ignorer notre présence. La fille se lève, elle n'est pas complètement nue, elle leur dit quelque chose, puis elle revient.

— Ils ne vont pas tarder à s'en aller, me dit-elle.

Ils s'en vont en effet, chacun avec sa valise à la main. On n'entend plus rien. L'intensité de la lumière a sensiblement diminué. Les grandes portes du fond de la salle s'ouvrent soudainement, livrant passage à des centaines de personnes. Je constate que nous sommes dans l'entrée d'un cinéma, où l'on vient de présenter, en séance de gala, le film d'un réalisateur français avec qui j'ai déjeuné un jour. Je l'aperçois dans la foule. Je décide de déguerpir.

Je suis à l'aéroport, je traverse en courant la piste, on a déjà retiré la passerelle. On m'explique que je ne pourrai accéder à l'appareil qu'en prenant place sur un monte-charge.

— Vous ne parlez pas sérieusement, dis-je.

Je m'installe toutefois sur le monte-charge. Il s'agit d'une petite plate-forme nue, sans parapet, qu'un mécanisme soulève par en dessous. Pour échapper au vertige, je me couche dessus, je me recroqueville, je me fais tout petit. Tout doucement, avec un léger grincement, la plate-forme s'élève.

« Ai-je été plus malheureux à Paris que je ne le crois ? Ai-je eu des ennuis que j'ignore ? » Je me suis réveillé en me posant ces questions, le premier matin après mon retour à Athènes. C'est le deuxième cauchemar que je fais, relatif à ma vie parisienne, depuis que je suis en Grèce. Le premier, je l'ai déjà raconté : je suis dans une classe d'immigrés et j'apprends une nouvelle langue étrangère. C'est probablement une réminiscence des premières années que j'ai passées en France. « La nuit a son propre point de vue sur les choses », ai-je pensé. Il me semble qu'elle a une prédilection pour le drame.

Ma première journée à Athènes a plutôt mal commencé et je ne peux pas dire qu'elle s'est améliorée par la suite. Peu avant dix heures, j'ai reçu un appel de Fanny qui m'a d'abord annoncé que les phobies de mon père ont augmenté, et m'a ensuite agressé sous prétexte que mes amis français, si pointilleux en matière de défense des droits de l'homme, ne réagissent nullement à l'élimination du peuple kurde par les Turcs.

— Ils ont déjà tué quinze mille Kurdes et je t'assure que l'opinion publique en France n'est même pas au courant de cette affaire.

— Je sais. La France a investi beaucoup d'argent en Turquie, je crois même qu'elle est le principal investisseur étranger dans ce pays... Pourquoi tu me parles des Kurdes ?

— La question n'est pas là, a-t-elle dit, et elle a raccroché.

Je n'ai pas pu l'interroger sur l'état de mon père. Je ne lui ai pas téléphoné, de peur d'accroître encore ses craintes. J'ai pris un taxi et je suis allé le voir.

Il m'a paru en bonne forme, il a pris des couleurs à Tinos, il a grossi un peu. Son regard cependant était fuyant. Il n'a pas remarqué que je me suis rasé la barbe. « Peut-être ai-je moins changé que ne le dit Vasso. »

— Comment ça s'est passé ton voyage ? Comment va Costas ? Tu as résolu l'énigme de l'epsilon ?

Il m'a interrogé de manière mécanique, comme on récite une leçon. Apparemment, il n'attendait de réponse à aucune de ses questions.

— Je ne l'ai pas résolue, mais j'en ai presque fini avec ce mystère. Une diseuse de bonne aventure que j'ai visitée à Delphes a attiré mon attention sur la lettre A.

« L'epsilon n'est qu'une lettre de l'alphabet... Je réapprends l'alphabet. L'E est la première lettre que j'ai étudiée. »

— Et toi, comment vas-tu ? lui ai-je demandé.

— J'étais très bien à Tinos... Je suis rentré hier soir... J'ai eu l'impression, pendant la nuit, que les meubles se déplaçaient... Qu'ils marchaient dans le noir... J'entendais des bruits.

Il regardait vers la cuisine. J'ai suivi son regard et j'ai vu la table où nous déjeunions et les chaises autour. Les pieds de cette table sont légèrement inclinés vers l'extérieur. On dirait qu'elle s'apprête à partir dans toutes les directions.

— Tu n'as pas le sentiment, a-t-il dit à voix basse, que la table et les chaises tiennent conseil ? Qu'elles sont en train de comploter ?

— Tu parles sérieusement ?

Il s'est blotti dans son fauteuil.

— Je te signale que je n'ai plus très peur du téléphone... Je le redoute moins que les meubles, en tout cas.

Il a posé sa main sur le buffet.

— Le buffet ne m'inquiète pas... Il ne peut pas monter au premier. Il n'arriverait pas à passer par la cage de l'escalier, il est trop grand. Je viens de le mesurer.

— Tu avais peur qu'il ne monte tout seul au premier ?

— Oui... J'ai entendu des craquements toute la nuit dans l'escalier... Ce n'étaient pas des pas humains... Ils étaient secs, et brefs... C'étaient les meubles qui montaient.

— Mais pourquoi monteraient-ils au premier ?

Il m'a regardé comme s'il n'arrivait pas à croire qu'un de ses fils était capable de dire pareille ineptie.

— Pour m'écraser, voyons ! Ils veulent me piétiner pendant mon sommeil ! Tu ne comprends pas ?

Je ne savais pas quoi dire. J'ai ressenti le besoin de quitter momentanément le salon. Je suis allé dans la cuisine et j'ai vidé ma pipe dans la poubelle. J'ai encore oublié les problèmes de mon père. « Je réapprends ma langue maternelle... Tant que vivait ma mère je n'avais pas peur de perdre le contact avec la langue... Je savais que je pouvais le retrouver à chaque instant... Il me suffisait de lui téléphoner. » J'ai regagné le séjour. Il m'a demandé de fermer la porte de la cuisine.

— C'est la table de la cuisine qui t'inquiète, n'est-ce pas ?

— Je crois qu'elle me déteste parce que je l'utilise trop souvent... Même quand j'ai besoin de scier un bout de bois ou de peindre un objet, je me sers de cette table... Il m'est arrivé plus d'une fois de monter dessus pour changer l'ampoule du plafonnier... J'envisage de lui faire de petits cadeaux pour l'amadouer... J'ai déjà mis dans son tiroir un joli ruban blanc. Demain je mettrai un vieux timbre.

« Mon père offre à la table de la cuisine des rubans et des timbres. » Je me suis dit que je devrais lui rendre plus souvent visite, que je devrais aussi dormir chez lui de temps en temps.

— Si tu arrives à comprendre à quoi sont dues tes craintes, tu réussiras à t'en débarrasser.

— Tu as probablement raison, a-t-il admis posément.

Il m'a parlé de Fanny, qui s'est liée à un groupe de Kurdes installés à Athènes, de Pim, qui est arrivé au cap de Bonne-Espérance, de l'église de Tinos qui est investie par une foule immense — je ne faisais cependant qu'à moitié attention à ce qu'il disait. « Le texte que j'ai écrit n'est qu'un exercice sur ma langue maternelle... C'est une conversation avec la langue... Je poursuis avec elle les discussions que j'avais avec ma mère... Nous sommes les enfants d'une langue... C'est cette identité que je revendique... J'écris pour convaincre les mots de m'adopter... J'essaie de retrouver l'odeur des premiers livres que j'ai jamais lus, *La Petite Poule* et *Les Trois Petits Cochons.* »

— Les popes de Tinos ne m'ont pas inspiré grande confiance... Je n'ai pas vraiment aimé l'atmosphère de l'église... Je ne leur ai pas demandé de dire une messe, je me suis contenté d'allumer un cierge à taille humaine, comme on en vend là-bas. Je ne l'ai pas bien allumé, il s'est éteint aussitôt. J'ai suivi la fumée qui montait... Elle se dirigeait vers la coupole qui était noire comme un puits... Un pope s'est chargé de l'allumer pour moi. Je suis sûr qu'il récupère les cierges dès que les pèlerins ont le dos tourné. Tu sais que Soussoula fréquente maintenant l'église catholique ?

Il a esquissé un sourire. Je me suis souvenu que nous avions rangé nos livres d'enfants et les manuels scolaires dans une caisse en carton.

— Elle prétend que les catholiques se tiennent mieux à l'église, qu'ils bavardent moins que les orthodoxes ! Qu'ils sont moins bruyants ! Elle les trouve plus distingués ! Elle aime mieux l'Église catholique, comme certains préfèrent les films américains au cinéma grec !

— Tu n'as remarqué aucun changement sur moi ?

— Si, tu as changé quelque chose... Tu t'es coupé les cheveux ?

Je lui ai demandé s'il avait jeté nos vieux livres.

— Absolument pas ! J'en ai d'ailleurs relu certains, *Les Aventures de Robinson Crusoé*, *L'Île au trésor*, *Le Comte de Monte-Cristo*... Mais il y a longtemps... Ils étaient dans une caisse, je ne sais plus où je l'ai rangée.

Nous l'avons cherchée partout, sous les lits, dans l'armoire, dans le cagibi qui donne sur le séjour, dans le cabanon du jardin. Nous l'avons trouvée dans l'armoire, la seconde fois où nous avons regardé là, la caisse était sur le rayon supérieur, derrière les piles de draps. Je n'ai pas trouvé *La Petite Poule* ni *Les Trois Petits Cochons*. Mais j'ai mis la main sur l'abécédaire illustré dont se servait ma mère pour m'apprendre les lettres. Chaque page présentait une lettre. Je n'ai pas trouvé l'alpha, comme je m'y attendais, au milieu de la première page, mais, entouré d'un éléphant, d'une église et d'un sapin — *élato* — l'E majuscule.

Mes dessins ne paraîtront pas dans *Embros Dimanche*. La nouvelle m'a été annoncée par la journaliste que j'ai connue. Les dessinateurs qui collaborent de façon régulière à l'hebdomadaire se sont opposés à leur publication. Se sont-ils imaginé que je convoitais leur place ? Cela ne m'a pas réellement ennuyé car j'ai trouvé, entre-temps, un autre journal qui est prêt à les publier. J'ai appris que Caradzoglou a démissionné d'*Embros Dimanche* et qu'il a dénoncé dans une lettre ouverte la « junte des industriels » qui contrôle la presse et la télévision. Naturellement, ni la grande presse ni la télévision n'ont fait état de sa protestation. Sa lettre n'a paru que dans un bimensuel d'extrême gauche. On en a parlé aussi sur une radio périphérique. J'ai plusieurs fois failli l'appeler. Je le ferai sûrement, quand j'aurai terminé. Je me demande ce que devient Marika.

— J'ai trouvé quelque chose, lui dirai-je.

L'epsilon me manquera bien sûr. Je pense encore à ma première rencontre avec cette lettre dans l'appartement de Vaguélio, et au plombier qui, involontairement, m'a incité à lire le livre sur Delphes. L'idée que j'aurais pu ne pas rencontrer l'E me fait éprouver cette anxiété rétrospective que ressentent les amoureux quand ils se remémorent le caractère fortuit de leur première rencontre. Il m'est très difficile d'analyser mes relations avec l'epsilon. Ce qui est sûr, c'est que sans lui je ne me serais jamais mis en route pour Delphes. Je revois l'expression étonnée de ma mère :

— Comment est-ce possible que tu n'y sois encore jamais allé ?

Je ne suis pas allé loin, je ressens pourtant de la lassitude. On ne franchit pas sans peine tant de siècles. Je ne suis pas trop déçu de ne pas avoir réussi à déchiffrer le secret de la lettre antique : son silence m'a appris que le temps provoque des fractures définitives. L'epsilon a revêtu tant de déguisements au cours de cette période que j'ai l'impression d'avoir rendu le problème encore plus compliqué qu'il ne l'était au départ. Je me console en pensant que le but de l'écriture n'est peut-être pas d'éclaircir, mais de multiplier les mystères.

J'ai une dette envers cette lettre. C'est grâce à elle, notamment, que je me sens désormais plus à l'aise dans les rues de Colonaki. Je sais que Pindare célébrait les vainqueurs des jeux qui se déroulaient à Delphes et qu'il disposait d'un siège dans le temple d'Apollon. La rue Plutarque me rappelle que nous mourons plusieurs fois au cours d'une vie, et rue Héraclite je crois entendre rouler les dés lancés par un enfant. Je descends toujours la rue Homère avec entrain.

Il ne reste plus que deux pages vides dans mon cahier. J'ai écrit *épistrophi*, le retour, page 33, et *éos*, l'aube, page 34. Juste après, j'ai tenu à signaler les étranges craquements qui résonnent dans les maisons des vieillards la nuit et j'ai consigné le mot *éphialtis*. Éphialte était le nom du traître qui provoqua la perte de Léonidas. Dans la langue moderne, ce mot signifie cauchemar. La page suivante, je l'ai dédiée à ma langue maternelle, *ta ellènika*. Il se peut que l'abécédaire que j'ai trouvé à la maison commence par la lettre E parce qu'elle est l'initiale de la langue elle-même. Je croyais que la mort de ma mère m'éloignerait de la Grèce. Elle m'en a rapproché, au contraire. J'espère peut-être que le pays me rendra un peu de la présence de ma mère et que la langue grecque me consolera de son silence.

Depuis que je suis rentré de Delphes je vais tous les jours à midi chez mon père. Nous déjeunons ensemble, ensuite je m'en vais. Il ne m'a plus parlé de ses craintes. À un moment où il ne me voyait pas, j'ai ouvert le tiroir de la table de la cuisine. Il est plein : j'ai repéré une bougie rouge, un nœud papillon, un billet de cent drachmes. Je vais toujours en taxi à Ano Patissia. Puisque le chauffeur de taxi athénien a un avis sur tout, comme la Pythie, j'ai estimé que je ne devais pas clore mon enquête sans l'avoir consulté. J'ai donc parlé à un chauffeur de l'epsilon de Delphes.

— Je n'ai aucune idée sur la question, m'a-t-il avoué.

C'est peut-être la première fois que j'entends un chauffeur reconnaître son ignorance.

— Mais si tu veux, a-t-il ajouté un peu plus tard, je peux te dire un mot qui commence par E et qui me plaît bien.

Il faisait des manœuvres invraisemblables pour essayer de se frayer un chemin dans la rue encombrée. Il doublait à droite, franchissait la ligne continue, montait sur le trottoir. « Il se faufile », ai-je pensé. Quand il a réussi à doubler le trolleybus qui était la cause de l'embouteillage, il a dit :

— L'enthousiasme, mon ami ! Voilà ce qui nous manque, l'enthousiasme ! Tous mes clients sont tristes, éplorés, j'ai l'impression de conduire un corbillard ! Je n'ai pas une vie bien agréable, moi non plus. Je suis obligé de travailler douze heures par jour, et parfois je vais jusqu'à quatorze pour m'en sortir. Mais je ne me laisse pas décourager ! Je n'aime pas le malheur ! Ce n'est pas mon genre !

Ce mot m'a enchanté : il m'a rappelé la Pythie. Être enthousiaste signifie, à l'origine, être habité par Dieu. J'ai songé une autre fois à la prophétesse, un jour où j'arrosais le jardin. Je n'ai pas trouvé en très bon état ni le cyprès, ni le mimosa. Le laurier, lui, se porte à merveille.

Alors que je regardais ses belles feuilles vertes, je me suis souvenu que la Pythie les mâchait avant de pénétrer dans l'*adyton*. J'en ai arraché quelques-unes et je les ai mâchées. Elles sont très amères. J'ai tout de même avalé ma salive avant de les recracher. La Pythie avait donc un goût plutôt désagréable dans la bouche quand elle rendait les oracles.

J'ai eu l'idée de noter dans mon cahier un mot dépourvu de sens, d'offrir en quelque sorte au mystérieux E qui m'escorte depuis si longtemps une petite énigme à moi. J'ai inventé ainsi le mot *ékélès*. Je me suis assuré qu'il ne figure dans aucun dictionnaire. Il me renvoie aux jeux de langage que nous pratiquions, Vaguélio et moi, dans les premiers temps de notre liaison. J'ai écrit *enthousiasmos*, page 37, et *ékélès*, page 38.

Élias a fait tous les travaux que je lui avais commandés, l'appartement est tout blanc. Le souvenir des cloisons démolies commence à s'estomper. Je lui demanderai de peindre le sol en jaune, quand je partirai pour Paris. Il faudra bien que j'y aille, un jour ou l'autre. Mais je ne compte pas reprendre ma vie telle que je l'ai laissée. Je proposerai à Véronique Carrier de limiter ma collaboration à deux ou trois dessins par mois. J'entends me libérer de l'obligation d'aller tous les jours au journal et même de rester à Paris en permanence. Martha m'a fait suivre les lettres qui sont arrivées chez moi. Il n'y avait rien d'intéressant, en dehors de la proposition d'un éditeur qui souhaite reproduire certains de mes dessins pour illustrer un bilan de la présidence de Mitterrand. La lettre de Grèce m'a été envoyée par une cousine, la fille de l'une des sœurs de mon père : elle a besoin d'un médicament qu'on ne trouve pas à Athènes.

J'ai opté en définitive pour la table de ping-pong. Les murs blancs confèrent à l'appartement un caractère plutôt rustique, qui sera encore accentué par le jaune du sol. Ce n'est pas un décor digne d'un billard. Je n'ai ni les meubles, ni les tableaux, ni les rideaux qu'il faut pour l'accueillir. Le ping-pong s'adaptera sans difficulté à la nudité de l'espace. J'ai déjà fait le tour de quelques magasins d'articles de sport. J'ai remarqué que les tables de ping-pong ont trois pieds de chaque côté, deux au bout et un au milieu, sous le filet. Vues de profil, elles ressemblent à un epsilon penché, un peu comme celui que les archéologues du début du siècle ont cru discerner sur la pierre de Papaloukas. Je continue d'espérer que la prédiction de Chryssi se réalisera, et que je rencontrerai une Anna, une Anastassia ou, pourquoi pas, une Antigone. D'ici là, je jouerai au ping-pong avec Théodoris.

Je me remettrai au dessin. J'ai envie de retrouver mes crayons, mes pinceaux. Les couleurs commencent à me manquer. Le spectacle des mots que j'aligne inlassablement au crayon me paraît parfois bien austère. Il y a quelque chose de funèbre dans cet interminable défilé de lettres grises. Les mots reflètent le passage du temps. Chaque phrase est une journée qui commence et se termine. Il y en a d'amusantes, mais je ne pense pas qu'il en existe de joyeuses. Le dessin d'humour suspend le temps. Les pots de fleurs qui tombent du ciel n'arrivent jamais à destination. Les flèches qui fendent l'air sont également immobiles. J'ai la nostalgie de la légèreté du dessin d'humour. Il me met de bonne humeur. Je me sens toujours un peu contrarié quand je m'assieds à ma table pour écrire. Les mots me rendent anxieux, comme si je devais négocier avec eux le sens de ma vie.

Une nuit, à minuit pile, j'ai reçu un coup de téléphone de Costas.

— Margarita a appelé, a-t-il dit. Elle m'a demandé pardon, elle pleurait. Elle n'a jamais souhaité vraiment notre séparation... Elle m'a expliqué qu'elle avait pris ses distances pour éprouver ses sentiments à mon égard. Elle est sûre de m'aimer à présent, elle veut qu'on se voie si possible tous les jours. Pour ce qui est de l'avenir, on verra bien... Elle m'a dit exactement ce que j'avais besoin d'entendre, elle a prononcé les phrases que j'avais tant de fois imaginées... Je te dérange, peut-être ?

— Non. Attends une minute.

Je me suis servi un verre de whisky pour fêter l'événement. J'ai allumé ma pipe.

— Elle m'a appelé un peu avant la fermeture du magasin, comme elle le faisait autrefois. J'ai ressenti un immense soulagement. « Je t'attends », m'a-t-elle dit. Les instants qui ont suivi son appel ont été parmi les plus heureux de ma vie.

Il avait grande envie de courir la rejoindre. Il a préféré cependant passer d'abord chez lui pour prendre une douche et se raser. On ne se rend pas a un rendez-vous de cette importance sans se préparer. Malheureusement, le chauffe-eau n'était pas allumé. Il a dû attendre une demi-heure avant de prendre sa douche. Il en a profité pour rêver au bonheur qui l'attendait, il a projeté d'offrir à Margarita un voyage à Florence. Plus il réfléchissait, plus il lui paraissait évident que leur liaison était appelée à prendre de l'ampleur. Margarita n'était plus une forme incertaine perdue dans le brouillard, mais une femme prête à partager sa vie avec lui. Sans doute lui demanderait-elle un jour de rompre avec Vasso. Il a eu le temps de penser aussi à Vasso, à Léna et à la pharmacie.

Pendant qu'il prenait sa douche il a de nouveau songé à Margarita. Il s'est souvenu de ses qualités, mais aussi de ses défauts qu'il avait étudiés avec minutie quand il essayait de l'oublier. Il s'est souvenu qu'elle était méprisante et parcimonieuse. Il n'a pas pris de taxi pour aller chez elle, il a préféré faire le trajet à pied. Il s'est rendu compte que la passion que lui avait inspirée son éloignement diminuait alors qu'il s'approchait de sa maison.

— Au moment où j'allais appuyer sur sa sonnette j'ai compris que je n'étais plus amoureux. Je suis resté là, devant sa porte, pour réfléchir encore un peu. J'ai fumé une cigarette et ensuite je suis parti. Je t'appelle du Pompéi, le bar de Léna. Je viens de boire un whisky. Je t'assure que je me sens merveilleusement bien.

Deux heures avant la représentation, le théâtre d'Épidaure était déjà plein à craquer. Je ne sais pas quelle est sa capacité. Il devait y avoir au moins dix mille personnes, peut-être quinze mille. Nous étions assis un peu plus bas que le promenoir qui sépare l'amphithéâtre en deux zones. Une foule bariolée occupait celle du haut. Les gens étaient déjà plus sobrement vêtus à notre hauteur. Quant aux personnalités qui occupaient les premiers rangs autour de l'orchestre, elles étaient, elles, en noir. Le ciel était rose. La journée touchait à sa fin, pourtant il faisait encore très chaud : par-delà le brouhaha de la foule, on entendait le chant des cigales. Le décor était constitué, en tout et pour tout, d'un monumental cube gris, posé à une dizaine de mètres du rond central de l'orchestre. Il ne comportait aucune ouverture, à part une petite porte sur le devant, encadrée par deux colonnes, coiffée d'une enseigne où on pouvait lire le mot *Palais*. Certains jugeaient intéressant le décor et d'autres pas. Les gens bavardaient, regardaient les personnalités. Je les ai scrutées aussi, avec les jumelles de Théodoris. J'ai aperçu Calogridou, au premier rang, avec Pandélis, le frère de Stathopoulou, qui dirige la chaîne de télévision publique et, quelques gradins en arrière, Acridakis. Puis j'ai promené mes jumelles à travers la foule. C'était un plaisir de voir tant de couleurs juxtaposées. Je me suis arrêté sur l'élégante robe rose saumon portée par une blonde qui se tenait debout sur l'un des nombreux escaliers qui traversent les gradins de bas en haut. J'ai éprouvé une joie inattendue : c'était Éléni.

— C'est Éléni ! ai-je dit à Théodoris. Je vais lui dire bonjour !

Il a eu l'air très surpris par mon empressement. Peut-être ne se souvenait-il même pas qu'il me l'avait présentée. Il n'a fait aucun commentaire. Au moment où je partais, il m'a dit :

— Tu ne veux pas me chercher une bière ?

J'ai mis énormément de temps à atteindre l'escalier. Quand j'y suis arrivé, Éléni avait disparu. J'ai descendu les marches jusqu'au rond central que j'ai respectueusement contourné et je me suis dirigé vers la buvette qui se trouve dans le bois voisin. Par chance, Éléni était là, devant le comptoir. Mais j'ai d'abord vu Stélios, l'ami de mon père, qui faisait la queue en compagnie d'un jeune homme. Ils étaient tous les deux chargés de plusieurs appareils photo. Stélios portait un costume noir et un nœud papillon. « Il est venu pour se faire prendre en photo avec Stathopoulou. » Il m'a paru très fatigué. Il est plus jeune que mon père, mais pas beaucoup plus. Il m'a confirmé qu'il était venu pour poser à côté du ministre.

— Stathopoulou est le seul personnage public grec qui me manque, a-t-il dit. Je pense d'ailleurs mettre un point final à ma collection avec cette photo... Comment va ton papa ?

Ils ne se voient pas souvent. Ni l'un ni l'autre ne prennent facilement la décision de se déplacer. Ils se reprochent mutuellement leur paresse. Mon père croit avoir trouvé l'explication de ses craintes : il soutient qu'il assimile son environnement à son organisme, qu'il projette sur les meubles les inquiétudes que lui inspire en fait son foie ou son cœur. La sonnerie du téléphone serait un signal d'alarme émis par son corps.

— Tu comprends pourquoi j'ai du mal à décrocher, n'est-ce pas ? m'a-t-il dit. Je préfère ne pas savoir !

Il est entièrement satisfait par sa théorie, il en est même fier, m'a-t-il semblé. Je crois que je ne comprendrai jamais tout à fait mon père. J'ai vu Éléni s'éloigner de la buvette, avec une cannette de bière à la main. J'ai couru vers elle, je l'ai embrassée sur les deux joues. Elle a été interloquée.

— Je me suis coupé la barbe ! lui ai-je dit. Nous nous sommes rencontrés au Titanic, j'étais avec Théodoris.

— Ah..., a-t-elle dit, comme si elle était en train de me repérer dans un coin obscur de sa mémoire.

Je l'ai imaginée nue, plongée dans l'eau bleutée de ma baignoire. « On profitera des voyages de son ami à Serrés pour se voir... On boira de l'ouzo sur la côte en mangeant des olives d'Amphissa. » Je lui ai proposé de sortir un soir.

— Quand tu seras seule, ai-je précisé.

— Mais je ne suis jamais seule ! Je vis avec mon ami.

— Il ne va plus à Serrés ?

— Non, a-t-elle dit. Sa grand-mère est morte !

J'ai regagné, sans me presser, le théâtre. Je regardais les gens qui allaient et venaient ou couraient pour trouver une place, dans l'espoir de rencontrer Caradzoglou et Marika, Vaguélio, Stella, Ilona, François ou encore Préaud, mais je n'ai vu personne. Acridakis m'a fait des signes de la main. Je me suis contenté de le saluer à distance. Le frère de Stathopoulou tenait Calogridou par la main. « Ils vont se marier à Delphes, ai-je pensé. Un dompteur participera à la fête, accompagné de deux vieux tigres. »

Je ne comprendrai jamais tout à fait Théodoris non plus. Ses relations avec les femmes resteront un mystère pour moi. Il s'est séparé de Mariléna il y a deux semaines. Il lui a laissé finalement l'appartement. Il n'est pas mécontent de faire seul le trajet en voiture, jusqu'à Stamata, où il s'est installé.

— Je peux enfin réfléchir librement, m'a-t-il dit. Niki et Mariléna intervenaient constamment dans mes pensées.

Il supporte mieux la solitude qu'il ne le pensait. Il a pris de nouvelles habitudes. Il se lève à six heures du matin et travaille pendant deux heures. Il ne sort presque plus avec ses étudiants. Il préfère, quand il s'ennuie le soir, boire un alcool au café du village. Les gens du cru affirment que Stamata signifie bien « Arrête-toi ». Cette injonction aurait été lancée par leurs lointains ancêtres au soldat qui, après la bataille de Marathon, a couru jusqu'à Athènes pour annoncer la victoire sur les Perses. Il faut croire qu'il était déjà dans un état pitoyable en atteignant le site du village actuel.

On avait allumé les lumières qui éclairaient les gradins. Les dames qui étaient assises derrière nous se demandaient si la recette de la représentation atteindrait le prix présumé du tableau du Greco. Le débat autour de l'authenticité du *Saint Pierre* se poursuivait dans la presse. Les deux camps échangeaient quotidiennement de longues lettres venimeuses. Théodoris m'a parlé d'un tableau de Poussin où l'on voit le Christ en train de confier une clé en or à saint Pierre. Derrière eux, sur une colonne carrée, est gravé un E majuscule.

— Il signifie *Ecclesia*, probablement, m'a-t-il dit. Mais il me semble qu'un spécialiste de Poussin conteste cette interprétation.

J'ai pensé que le panneton des vieilles clés ressemble à un epsilon. « Je finirai par déceler des epsilons partout... Les dents des fourchettes me feront songer à cette lettre, ainsi que les griffes des animaux, les mains des gens, les branches des arbres, les antennes de télévision... La nuit, les étoiles formeront un nombre infini d'epsilons dans le ciel. »

Le Premier ministre est arrivé cinq minutes avant le commencement de la représentation. Sa voiture, une longue limousine noire, l'a déposé à quelques mètres de la scène. La moitié des spectateurs se sont levés et ont applaudi. Quelques-uns ont sifflé. Il a salué la foule en levant la main et a pris place au milieu du premier rang. Il a été aussitôt entouré par deux équipes de télévision, des photographes et beaucoup d'autres personnes. J'ai regardé avec les jumelles ce petit monde qui s'agitait. Je ne l'ai pas reconnu tout de suite, car il me tournait le dos, j'ai cependant eu un doute, à cause de sa petite queue de cheval. C'était le poète de Stamata, avec un micro à la main. J'ai passé les jumelles à Théodoris.

— Regarde qui est là, lui ai-je dit.

— Ça ne m'étonne pas... Il travaille maintenant pour la radio, il a une bonne situation... Ce n'est pas un mauvais poète, mais sa principale ambition a toujours été de se faire une situation.

Au moment où la lumière envahissait la scène, les gradins étant plongés dans l'obscurité, j'ai pensé à l'histoire drôle que Théodoris avait racontée à Stamata et au Titanic en faisant de petits sauts sur place. Je n'ai pas pu lui demander de me la répéter, car Oreste avait déjà commencé à expliquer à un vieillard comment il allait tuer Clytemnestre, sa mère et Égisthe, l'amant de celle-ci. Je connaissais à peu près la pièce : elle complète la chaîne de meurtres inaugurée par le sacrifice d'Iphigénie. Seule la mort d'Iphigénie m'avait fait de la peine quand j'étais élève. Celle d'Agamemnon, atrocement exécuté par sa femme et Égisthe, ne m'a jamais touché. Je n'ai pas tardé à réaliser que je n'étais guère absorbé par le spectacle. J'étais simplement curieux d'entendre Stathopoulou dire à Oreste : « Voix tant attendue, tu es donc arrivée ? » Je crois que tout le monde attendait cette réplique. Les journaux la rappelaient sans cesse en relatant le premier triomphe d'Amalia dans le rôle d'Électre : « Elle a gagné l'éternité grâce à une seule phrase prononcée il y a quarante ans », écrivait *Éleuthérotypia*. Ils publiaient aussi des photos prises au cours de cette mémorable représentation : on y voyait Stathopoulou en robe noire relativement courte, coiffée en chignon.

On a d'abord entendu sa voix de l'intérieur du palais :

— Malheur, malheur à moi !

Tout le théâtre s'est mis à l'applaudir, à l'acclamer, de plus en plus fort car il était évident qu'elle n'allait pas tarder à apparaître. Lorsqu'elle s'est présentée à la porte du palais, vêtue d'une robe noire identique à celle qu'elle avait portée autrefois, les cheveux en chignon, tout le public s'est levé et lui a fait une ovation. Elle paraissait avoir vingt ans. J'ai eu la sensation qu'elle était en train de franchir une limite, d'accéder à un univers plus léger que le nôtre. « Nous assistons à une sorte de miracle », ai-je pensé. Elle a dû faire au moins dix révérences pour que les applaudissements et les cris s'estompent et que la représentation puisse se poursuivre.

Elle récitait avec aisance son texte, qui était assez long, faisant mentir ceux qui avaient répandu la rumeur qu'elle n'était plus capable d'apprendre un rôle. Il m'a juste semblé que sa voix, juvénile et douce, rendait mal compte du caractère farouche d'Électre, qui ne pense qu'à venger la mort d'Agamemnon. Elle attend Oreste avec impatience car lui seul pourra punir leur mère comme elle le mérite. Elle le rencontre dès le début de la pièce, mais ne le reconnaît pas car Oreste a été élevé ailleurs.

J'avais toujours du mal à me concentrer. Je regardais de temps en temps les genoux d'une des femmes assises derrière. Pendant la dispute d'Électre avec sa sœur, qui souhaite mener une vie paisible, j'ai demandé à Théodoris de me raconter son histoire.

— Une putain propose à quelqu'un de lui faire un pingouin, m'a-t-il murmuré à l'oreille.

J'ai tout de suite eu envie de rire.

— Elle empoche la somme convenue, puis elle lui demande de baisser son pantalon...

— Chut ! a dit une dame.

Il a été obligé de se taire. Nous avons suivi la fin de l'altercation entre les deux sœurs. J'ai rêvé d'une pièce composée des scènes les plus sombres de toutes les tragédies, où l'on verrait couler des flots de sang. Une femme de ménage laverait assidûment le sol. J'ai imaginé Chryssi dans le rôle de la femme de ménage. Théodoris a profité de l'intervention du chœur pour me raconter la suite de l'histoire :

— Au moment où le pantalon lui tombe sur les chevilles, la fille s'en va avec l'argent. Il essaye de la rattraper, mais il n'arrive pas à courir, à cause de son pantalon justement, qui lui entrave les jambes.

Il faut croire que le chœur ne couvrait pas suffisamment la voix de Théodoris, car la même femme a dit :

— Taisez-vous donc !

— Il ne peut faire que des petits sauts, comme un pingouin !

Nous avons eu un de ces rires irrépressibles qu'un rien suffit à relancer. La deuxième grande empoignade de la pièce, entre Clytemnestre et Électre, qui venait de commencer, nous a paru désopilante. Les gens autour de nous étaient exaspérés.

— Vous ne respectez rien, vous ? a dit un homme.

Je me suis souvenu de Rodini dans l'adyton et de la comédie vue à la télévision où quelqu'un répète le même genre de phrase. Les protestations nous faisaient rire davantage, ainsi que le désespoir croissant d'Électre :

— Cette nouvelle me tue... Tout est fini pour moi !

Nous n'avons réussi à nous calmer qu'après la fin de cet épisode et le commencement de la scène centrale de la pièce. Oreste et Électre se tiennent à quelques mètres l'un de l'autre. Elle est convaincue que son frère est mort. Oreste la laisse pleurer un moment. Il finit cependant par lui révéler la vérité. Elle ne le croit pas au début, puis elle le croit.

Le théâtre était absolument silencieux à cet instant. On aurait dit qu'il n'y avait personne dans les tribunes.

— Ô bienheureux jour ! a dit Stathopoulou.

Elle s'est tue un instant et elle a ajouté :

— Voix tant attendue, tu es donc arrivée ?

Cette phrase que tous les spectateurs attendaient, elle a eu l'intelligence de la dire simplement, en retenant sa surprise et sa joie, comme si elle n'avait pas passé toute sa vie à guetter le retour de son frère. J'ai compris pourquoi elle avait été si remarquée dans cette scène la première fois où elle l'avait interprétée : on ne pouvait pas la jouer mieux. Je me suis demandé si le traducteur de la pièce en grec moderne n'avait pas pris quelques libertés avec le texte de Sophocle. Le public restait muet, comme si la voix de la comédienne continuait à résonner. Elle a fait quelques pas pour se jeter dans les bras d'Oreste et soudain, elle a perdu l'équilibre : elle s'est heurtée au sol nu, a chancelé, elle a mis un genou à terre, a fait un geste de désespoir en direction d'Oreste puis elle est tombée. Les spectateurs se sont dressés aussi brusquement qu'elle s'était effondrée. Elle a essayé de se relever mais, malgré l'aide d'Oreste, elle n'a pas pu. Il y avait du sang sur ses genoux et ses cheveux s'étaient défaits. Pandélis, son frère, suivi de près par Calogridou, s'est précipité vers elle, plusieurs acteurs sont sortis du palais pour lui porter secours. « Elle a été trahie par ses jambes. Elle n'a pas été trahie par sa mémoire, ni par sa voix, mais elle a été trahie par ses jambes. » Pandélis et Oreste ont réussi à la remettre debout, ils lui ont fait faire quelques pas en direction des coulisses, mais la comédienne a réagi, elle a voulu saluer son public, ils l'ont donc amenée, tant bien que mal, jusque sur le devant de la scène. Elle paraissait minuscule entre les deux hommes. Ses cheveux lui cachaient presque entièrement le visage. Elle a essayé de se dégager pour tenir, ne serait-ce qu'un instant, sur ses propres jambes et elle a encore failli perdre l'équilibre. Les spectateurs lui faisaient une nouvelle ovation, criaient son nom. Elle n'a pu saluer qu'en inclinant un peu la tête. « Le temps lui a retiré sa faveur », ai-je pensé. Plusieurs dizaines de policiers essayaient de la protéger des journalistes et des photographes qui couraient dans tous les sens. Je n'ai aperçu nulle part Stélios. « Sa collection restera inachevée. » Les gens applaudissaient à tout rompre. Elle leur a enfin tourné le dos et, soutenue par les deux hommes, elle a pris le chemin du palais.

Plusieurs images me sont venues à l'esprit pendant qu'elle s'éloignait, d'un poète en tenue antique chevauchant un cheval blanc, d'un ancien Grec jouant au football, d'une pleine lune avec des aiguilles d'horloge, de Stélios tenant par le bras un champion allemand dont personne ne se souvient plus. J'ai pensé à l'enfant qui joue aux dés, au jeune homme inquiet qui figure sur la photo d'Antinoüs, à un mot définitivement usé par le temps suspendu entre six colonnes et à une petite barque attachée au bord d'un fleuve silencieux. Lorsque Stathopoulou a disparu à l'intérieur du palais, j'ai pris conscience que le moment était enfin venu de rendre cette visite que je remettais depuis tant de temps.

Théodoris a choisi le mot *éleuthéria*, la liberté. Il me l'a dit quand nous sommes rentrés d'Épidaure. Il était quatre heures du matin. Je l'ai écrit tout de suite dans mon cahier, page 39, comme si j'avais peur de l'oublier. J'ai songé aux esclaves libérés qui se mettaient sous la protection d'Apollon et dont les noms sont inscrits sur le mur polygonal. En mai 1968 les ouvriers de chez BERLIET ont interverti les lettres composant le nom de leur entreprise au-dessus du portail d'entrée de l'usine, pour former le mot LIBERTÉ.

Je me suis réveillé tôt le lendemain. J'ai préféré prendre le bus pour y aller. Je n'étais pas disposé à entendre les bavardages d'un chauffeur de taxi.

Le nouveau cimetière était à peu près désert. J'ai trouvé très facilement cette fois-ci la tombe. Je me suis assis par terre. La dalle de marbre est rehaussée à l'arrière. Elle est surmontée d'une croix, fixée dans une encoche de la pierre. J'ai d'abord enlevé les feuilles mortes des géraniums plantés autour, puis je me suis assis. J'ai regardé le mimosa. Il est plus grand que le mien, il m'a quand même paru fragile. Sa tige reste très fine. Elle est attachée à un tuteur en plastique vert olive. Est-ce qu'il deviendra jamais un arbre ? Ses feuilles ne sont qu'une multitude de traits dessinés de part et d'autre de la nervure. Ce sont des feuilles qui ne font pas d'ombre. Elles s'agitaient continuellement, malgré l'immobilité de l'air.

La dalle était légèrement poussiéreuse. Il y avait un peu plus de poussière dans les lettres gravées de son nom. Je me suis penché et j'ai soufflé la poussière. J'ai songé une fois encore à l'epsilon. Le nom de ma mère, Marika Nicolaïdis, ne comporte pas cette lettre. Ni le mien, d'ailleurs. J'étais certain pourtant que le mot qui me manquait pour compléter mon cahier était là, quelque part. J'ai regardé le gravier qui forme une mince bordure autour des géraniums. Deux oiseaux picoraient un peu plus loin. J'ai soudain pensé au mot *ellipsi*, le manque.

— Tu nous as manqué, Marika, ai-je pensé.

Je ne suis pas sûr de ne pas avoir prononcé ces mots à voix haute. L'émotion que j'avais réussi à contrôler le jour de sa mort, et le jour de son enterrement, et que je n'avais pas cessé de contrôler depuis, m'a enfin échappé. J'ai entendu, à un moment, des pas qui s'approchaient puis qui s'éloignaient. J'ai entendu aussi le piaillement des oiseaux. J'avais posé la tête sur mes genoux. Je me suis souvenu des cris des supporters qui avaient retenti lors de ma précédente visite. Ils m'auraient sûrement aidé à me remettre, s'ils avaient résonné à nouveau. Mais le stade de football restait muet et c'était mieux ainsi. Je n'étais pas pressé de me remettre.

Je me suis levé au bout d'un long moment. Les deux oiseaux étaient toujours là. Ils ressemblaient à ceux que j'avais vus avec ma mère dans un de mes rêves. Avant de m'en aller, je les ai priés de monter de temps en temps sur sa tombe et de balayer de leurs ailes la poussière qui s'accumule.

*Le 27 avril 1995.*

# DU MÊME AUTEUR

*Aux Éditions Stock*

LE CŒUR DE MARGUERITE, *roman*, 1999 (Le Livre de Poche)

CONTRÔLE D'IDENTITÉ, *roman*, Le Seuil, 1985 ; nouvelle édition, Stock, 2000

LES MOTS ÉTRANGERS, 2002 (Folio n° 3971)

AVANT, Le Seuil, 1992. Prix Albert-Camus ; nouvelle édition, Stock, 2006

LA LANGUE MATERNELLE, *roman*, Fayard, 1995. Prix Médicis ; nouvelle édition, Stock, 2006 (Folio n° 4580)

PARIS-ATHÈNES, *récit*, Le Seuil, 1989 ; nouvelle édition, Stock, 2006 (Folio n° 4581)

JE T'OUBLIERAI TOUS LES JOURS, 2005 (Folio n° 4488)

*Aux Éditions Fayard*

TALGO, *roman*, Le Seuil, 1983 ; nouvelle édition, Fayard, 1997 ; Stock, coll. « Cosmopolite », 2003

PAPA, *nouvelles*, 1997. Prix de la Nouvelle de l'Académie française (Le Livre de poche)

*Chez d'autres éditeurs*

LE SANDWICH, *roman*, Julliard, 1974

LES GIRLS DU CITY-BOUM-BOUM, *roman*, Julliard, 1975 (Points-Seuil)

LA TÊTE DU CHAT, *roman*, Le Seuil, 1978

LE FILS DE KING KONG, *aphorismes*, tirage limité, Les Yeux ouverts, Suisse, 1987

L'INVENTION DU BAISER, *aphorismes*, illustrations de Thierry Bourquin, tirage limité, Nomades, Suisse, 1997

LE COLIN D'ALASKA, *nouvelle*, illustrations de Maxime Préaud, tirage limité, Paris, 1999

L'AVEUGLE ET LE PHILOSOPHE, *dessins humoristiques*, Quiquandquoi, Suisse, 2006

*Composition Nord Compo
Impression Novoprint
à Barcelone, le 20 juillet 2007
Dépôt légal : juillet 2007*

ISBN 978-2-07-034434-5./Imprimé en Espagne.

148986